Sans les mains

DU MÊME AUTEUR

A visage couvert (Cover Her Face), Fayard, 1989.
Une folie meurtrière (A Mind to Murder), Fayard, 1988.
Sans les mains (Unnatural Causes), Mazarine, 1987, Fayard, 1989.
Meurtres en blouse blanche (Shroud for a Nightingale), Fayard, 1988.
La Proie pour l'ombre (An Unsuitable Job for a Woman), Mazarine, 1984, Fayard, 1989.
Meurtre dans un fauteuil (The Black Tower), Mazarine, 1986, Fayard, 1990.
Mort d'un expert (Death of an Expert Witness), Fayard, 1989.
La Meurtrière (Innocent Blood), Mazarine, 1984, Fayard, 1991.
L'Ile des morts (The Skull Beneath the Skin), Mazarine, 1985, Fayard, 1989.
Un certain goût pour la mort (A Taste for Death), Mazarine, 1987, Fayard, 1990.
Par action et par omission (Devices and Desires), Fayard, 1990.
Les Fils de l'homme (The Children of Men), Fayard, 1993.

P. D. JAMES

Sans les mains

traduit de l'anglais par
Lisa ROSENBAUM

FAYARD

L'édition originale de cet ouvrage est parue chez Faber and Faber
sous le titre :
Unnatural Causes.

Première partie

SUFFOLK

1.

Le cadavre aux mains coupées reposait au fond d'un canot à voile qui dérivait tout près de la côte du Suffolk. C'était le corps d'un homme entre deux âges, un petit cadavre pimpant. Son linceul : un costume sombre à fines rayures qui épousait sa maigre silhouette, aussi élégant sur le mort qu'il l'avait été sur le vivant. Hormis leur bout renforcé, légèrement éraflé, ses chaussures sur mesure continuaient à briller et une cravate de soie était nouée sous sa pomme d'Adam proéminente. Cet infortuné voyageur avait pris soin de s'habiller correctement pour la ville, non pas pour la mer déserte, non pas pour la mort.

C'était un début d'après-midi de la mi-octobre. Ses yeux vitreux étaient tournés vers le ciel d'un bleu surprenant où une brise du sud-ouest chassait quelques nuages déchiquetés. Sans mât ni dame de nage, la coque de bois bondissait doucement sur la houle de la mer du Nord, de sorte que la tête du cadavre bougeait et roulait comme celle d'un dormeur agité. Déjà banale de son vivant, la figure du mort n'exprimait plus qu'une pitoyable vacuité. L'homme avait des cheveux blonds clairsemés au-dessus d'un haut front bombé et un nez si étroit que l'arête blanche semblait sur le point de transpercer la chair; petite et mince, la bouche s'entrouvait, révélant deux incisives pointues qui donnaient à l'ensemble du visage l'air dédaigneux d'un lièvre mort.

Encore saisies par la rigidité cadavérique, ses jambes étaient tendues de chaque côté du puits de dérive et l'on avait posé ses avant-bras sur le banc de nage. Ses deux mains étaient tranchées à hauteur des poignets. L'homme avait peu saigné. Sur chaque avant-bras, un filet de sang avait dessiné un réseau noir entre les poils raides; le banc de nage était couvert de taches sombres comme s'il avait servi de billot. Cependant, le reste du corps et les planches de l'embarcation étaient immaculés.

La main droite avait été coupée proprement. On voyait luire l'extrémité blanche et arrondie du radius. La gauche, par contre, avait été massacrée : des éclats d'os irréguliers, aussi fins que des aiguilles, saillaient de la chair qui se retroussait. Avant de procéder à cette boucherie, on avait relevé les manches de la veste et de la chemise, et une paire de boutons de manchettes en or gravés d'initiales pendaient des poignets de tissu. Ils tournaient lentement sur eux-mêmes, étincelant au soleil automnal.

Le canot, dont la peinture pâlie s'écaillait, dérivait comme un jouet abandonné. A l'horizon, la silhouette découpée d'un caboteur glissait vers Yarmouth. Sinon, la mer était vide. Vers deux heures, un point noir traversa le ciel; il fonçait vers la terre, traînant un léger panache blanc. Un vrombissement aigu déchira l'air. Quand ce bruit s'estompa, on n'entendit plus que le clapotis de l'eau contre la coque du bateau et, de temps à autre, le cri d'une mouette.

Soudain, le canot tangua violemment, puis se stabilisa et tourna. Comme happé par le courant, il se mit à suivre une direction plus précise. Une mouette à tête noire qui s'était posée à l'avant et restait perchée là, aussi immobile qu'une figure de proue, s'éleva avec des cris aigus et commença à décrire des cercles au-dessus du corps. Lentement, inexorablement, le petit bateau fendait l'eau, emmenant sa macabre cargaison vers le rivage.

2.

Ce même après-midi, peu avant deux heures, le superintendant Adam Dalgliesh de Scotland Yard garait sa Cooper Bristol sur le bord herbeux de la route, devant l'église de Blythburg. Puis il entrait dans l'édifice par le portail nord, plongeant dans la blancheur froide et argentée d'une des plus jolies églises du Suffolk. Il se rendait à Monksmere Head, au sud de Dunwich, pour y passer dix jours de vacances chez une tante célibataire, seul membre restant de sa famille. Blythburg serait son dernier arrêt. Il avait quitté son appartement de la City avant que Londres s'éveille et, au lieu de prendre la route directe de Monksmere par Ipswich, il avait filé sur Chelmsford, au nord, pour pénétrer dans le Suffolk à Sudbury. Après un petit déjeuner à Long Melford, il avait tourné à l'ouest, à Lavenham, puis roulé lentement, au gré de son caprice, à travers le paysage or et vert de ce comté que l'homme n'avait pas encore gâté. Son humeur se serait parfaitement accordée à la beauté de cette journée, n'eût-il été tracassé par un problème personnel. Une décision d'ordre privé qu'il avait repoussée jusqu'à ses vacances. Allait-il demander à Deborah Riscoe de l'épouser?

Paradoxalement, il aurait trouvé cette décision plus facile à prendre s'il n'avait été certain de la réponse qu'il recevrait. De ce fait, c'était sur lui que retombait la responsabilité de changer un statu quo somme toute satisfaisant, du moins pour lui – et ne pouvait-on pas soutenir que Deborah était plus heureuse maintenant qu'elle ne l'avait été un an plus tôt? – et de créer entre eux des liens plus solides. Or tous deux considéreraient certainement ceux-ci comme indissolubles, quelles qu'en fussent les conséquences. Peu de couples sont aussi malheureux que ceux qui, trop orgueilleux, refusent d'admettre leur échec. Il connaissait certains des écueils que rencontrerait leur ménage. Deborah détestait le métier qu'il faisait et lui en voulait de l'exercer. C'était compréhensible et n'avait pas grande importance en soi. Son travail, c'était lui qui l'avait choisi et il n'avait jamais eu besoin de l'approbation ni du soutien de personne. Toutefois, l'idée de devoir téléphoner chez lui et s'excuser chaque fois qu'il serait retenu à son bureau pour une affaire urgente le décourageait d'avance.

Dalgliesh déambulait sous le magnifique plafond aux poutres cintrées et sentait l'odeur typiquement anglicane de cire, de fleurs et de vieux livres d'hymnes humides. Il se rendit soudain compte qu'il avait ce qu'il voulait à l'instant même où il commençait à se dire qu'il n'en voulait plus.

Bien que trop banal pour affecter outre mesure un homme intelligent, cette sorte de désappointement n'en était pas moins déconcertante. Non pas que la perspective de perdre sa liberté le faisait hésiter, généralement c'étaient les hommes les moins indépendants qui protestaient le plus contre cet aspect du mariage. Non, pour lui, le plus difficile à accepter était la perte de son intimité, à commencer par celle de son intimité physique. Caressant un lutrin sculpté du xve siècle, il essaya de s'imaginer habitant avec Deborah dans son appartement de Queenhithe. Deborah serait toujours présente, et non plus une visiteuse impatiemment attendue, elle partagerait sa vie quotidienne, serait sa compagne légale.

Au Yard, le moment tombait mal pour ce genre de problème. Le quartier général de la police judiciaire avait subi récemment une importante réorganisation. Inévitablement, celle-ci avait perturbé les alliances, la routine, et provoqué rumeurs et mécontentement. Le travail n'en avait pas diminué pour autant. A l'échelon supérieur, on faisait des journées de quatorze heures. Bien qu'il eût réussi à la résoudre, la dernière affaire dont il s'était occupé – le meurtre d'un enfant – avait été particulièrement pénible. L'enquête s'était transformée en une chasse à l'homme, chose qu'il détestait le plus et qui convenait le moins à son tempérament. Il avait dû constamment vérifier les faits un par un, gêné dans sa tâche par la publicité donnée à ce crime et par le climat de peur et d'hystérie qui régnait dans le quartier de la victime. Les parents du petit garçon s'étaient accrochés à lui comme des gens en train de se noyer, avides d'une bouffée d'espoir. Il sentait encore peser sur lui le poids presque physique de leur chagrin et de leur sentiment de culpabilité. Il avait dû jouer à la fois le rôle de consolateur et de père confesseur, de vengeur et de juge. Cette situation n'avait rien eu de bien nouveau pour lui. Il ne s'était pas senti personnellement concerné et, comme toujours, ce détachement avait fait sa force, de même que l'indignation et l'intense engagement de certains de ses collègues, face au même crime, auraient fait la leur. Cependant, la tension entraînée par cette affaire subsistait encore et les vents automnaux du Suffolk ne suffiraient pas à chasser de son esprit certaines images de cet épisode. Aucune femme sensée ne se serait attendue à ce qu'il la demandât en mariage pendant cette période. Deborah l'avait fort bien compris. Tous deux avaient pourtant passé sous silence le fait qu'il avait trouvé le temps, et l'énergie, de terminer son second recueil de poèmes quelques jours avant l'arrestation de l'assassin. A cette occasion, Dalgliesh s'était aperçu avec tristesse que même l'exercice d'un talent mineur pouvait excuser l'égoïsme et l'inertie. Il ne s'aimait pas beaucoup ces derniers temps. Espérer que ces vacances y changeraient quelque chose était peut-être faire preuve d'optimisme.

Une demi-heure plus tard, il ferma doucement la porte de l'église derrière lui et entama les derniers kilomètres de son voyage. Il avait écrit à sa tante qu'il arriverait probablement à deux heures et demie. Avec un peu de chance, il serait ponctuel. Si, comme à son habitude, sa tante sortait de sa maison à ce moment-là, elle verrait la Cooper Bristol franchir le point le plus élevé du cap. Dalgliesh pensa avec affection à sa haute et anguleuse silhouette en train de l'attendre. La vie de cette femme n'avait rien eu de bien extraordinaire.

Le peu qu'il en savait, il l'avait déduit de phrases échappées à sa mère, ou simplement toujours connu comme l'un des faits de son enfance. Le fiancé de sa tante avait été tué en 1918, six mois avant l'Armistice. Jane n'avait pas dix-huit ans. Sa mère était une beauté délicate et capricieuse. On ne pouvait imaginer pire épouse pour un pasteur de campagne, érudit de surcroît. Elle-même admettait souvent cette incompatibilité comme si elle pensait que cette franchise justifiait et excusait d'avance son prochain acte d'égoïsme ou de prodigalité. Elle détestait voir une autre personne malheureuse pour la bonne raison que, pour un temps, cela la rendait plus intéressante qu'elle. Elle décida donc d'être extrêmement affectée par la mort du jeune capitaine Maskell. Quels que fussent les sentiments que pouvait éprouver sa fille, une enfant sensible, renfermée et plutôt difficile, il devait être évident que sa mère souffrait plus qu'elle. Trois semaines après que la famille eut reçu le télégramme fatidique, elle mourut de la grippe. Même si ce décès dépassait ses intentions, elle aurait été fière du résultat obtenu. Désespéré, son mari oublia en une nuit toutes les irritations et les anxiétés de sa vie conjugale pour ne se rappeler que la gaieté et la beauté de sa femme. Se remarier était, bien entendu, hors de question. Jane Dalgliesh, dont le deuil personnel passait maintenant au second plan, remplaça sa mère à la tête de la maison. Elle demeura avec son père qui prit sa retraite en 1945 et mourut dix ans plus tard. C'était une femme très intelligente. Même si la tenue d'un intérieur et des activités paroissiales aussi immuables que le calendrier liturgique ne la satisfaisaient guère, elle n'en souffla mot à personne. Convaincu de l'ultime importance de sa vocation, son père ne pensa jamais qu'elle gaspillait peut-être ses dons à son service. Respectée, mais jamais aimée, des paroissiens, Jane Dalgliesh remplissait sa tâche et se consolait en étudiant les oiseaux. Après la mort de son père, les articles qu'elle publia à ce sujet lui valurent une certaine renommée. Avec « son petit passe-temps », comme on disait dédaigneusement dans la paroisse, elle avait fini par devenir une excellente ornithologiste amateur. Il y avait cinq ans, elle avait vendu sa maison dans le Lincolnshire pour acheter Pentlands, un cottage en pierre, sur les falaises du cap Monksmere. Et c'était là que Dalgliesh lui rendait visite au moins deux fois par an.

Ce n'était pas uniquement par devoir, quoique, dans une certaine mesure, il se serait peut-être senti des responsabilités envers elle, sa tante n'eût-elle été une femme si manifestement indépendante. Parfois, il avait même l'impression que le simple fait de lui porter de l'affection était une sorte d'affront. Néanmoins, cette affection existait. Tous deux en étaient conscients. Dalgliesh se réjouissait à l'idée de la voir, savourait à l'avance les plaisirs que lui procurait toujours un séjour à Monksmere.

Dans la cheminée brûleraient quelques morceaux de bois ramassés sur la plage qui parfumeraient tout le cottage. Devant, il y aurait le haut fauteuil provenant du bureau de son père, le chanoine, et dont le cuir avait pour lui une odeur d'enfance. Il dormirait dans une chambre à peine meublée avec vue sur la mer et sur le ciel, dans un lit confortable, bien qu'étroit, garni de draps imprégnés d'une légère odeur de feu de bois et de lavande. Il disposerait d'eau chaude à volonté et d'une baignoire dans laquelle un homme d'un mètre quatre-vingt-quatre pouvait s'allonger à l'aise. Mesurant elle-même un mètre quatre-vingts, sa tante avait un goût masculin des commodités essentielles. Mais, bien avant cela, il y aurait le thé servi devant le feu, des toasts brûlants avec du beurre et une conserve de viande faite à la maison. Et, surtout, il n'y aurait ni cadavre ni conversation tournant autour de cadavres. Il soupçonnait Jane Dalgliesh de trouver curieux qu'un homme intelligent gagnât sa vie en attrapant des assassins et il n'était pas dans son caractère de feindre un intérêt poli. Comme elle ne lui demandait rien, pas même de l'affection, elle était la seule femme au monde avec laquelle il se sentît complètement détendu. D'avance, il savait exactement comment se passerait son séjour. Ils se promèneraient tous deux, le plus souvent en silence, sur la bande de sable ferme et humide qui s'étendait entre l'écume des vagues et le talus caillouteux de la plage. Lui, porterait son attirail de dessinatrice. Elle, marcherait à quelques pas devant, les mains enfoncées dans les poches de sa veste, guettant les culs-blancs qui, une fois posés à terre, se confondaient presque avec les galets, suivant des yeux le vol d'hirondelles de mer ou de pluviers. Ce seraient des vacances paisibles, reposantes, dénuées de toute obligation; cependant, au bout de dix jours, il retournerait à Londres avec un certain soulagement.

Il traversait maintenant la partie de la forêt de Dunwich où des sapins sombres plantés par les Eaux et Forêts bordent la route. Il crut sentir déjà la mer : la saveur salée du vent l'emportait sur l'odeur amère des arbres. L'euphorie le gagna, tel un enfant qui rentre chez lui. Puis la forêt se termina. Une clôture métallique sépara le vert foncé des arbres du vert d'eau des champs et des haies qui disparurent à leur tour, faisant place à une lande couverte de bruyère et d'ajoncs. Il atteignait le village de Dunwich et remontait la colline le long du mur d'enceinte de la vieille abbaye franciscaine en ruine lorsqu'il entendit un bruit d'avertisseur. Une Jaguar, roulant à tombeau ouvert, le doubla. Il entrevit une tête brune et une main levée en un geste de salut, entendit un coup de klaxon d'adieu et la voiture s'éloigna à toute allure. Ainsi donc, Oliver Latham, le critique dramatique, passait le week-end dans son cottage. Non pas que cela gênât beaucoup Dalgliesh : ce n'était pas la vie mondaine que Latham venait chercher dans le Suffolk, ressemblant en cela à Justin Bryce, son voisin le plus proche. Son cottage lui permettait de fuir Londres et peut-être aussi les gens, quoiqu'il fût moins souvent à Monksmere que Bryce. Dalgliesh, qui l'avait rencontré deux ou trois fois, avait décelé en lui une nervosité et une tension similaires à celles qu'il connaissait lui-même. Latham avait la réputation d'aimer les voitures rapides et la vitesse, et Dalgliesh le soupçonnait de faire le trajet Londres-Monksmere uniquement pour assouvir sa passion. Sinon, pourquoi aurait-il gardé son cottage? Il y venait très rarement, n'y emmenait aucune de ses maîtresses, ne se donnait même pas la peine de le meubler. Il s'en servait principalement comme point de départ pour ses folles virées dans la région, dont la violence et le manque de logique semblaient indiquer qu'elles étaient une sorte d'abréaction.

Quand Rosemary's Cottage apparut dans un virage, Dalgliesh accéléra. Même s'il avait peu de chance de passer devant inaperçu, il pouvait toujours rouler à une allure qui excluait un arrêt. Au moment où il dépassait la maison, il eut tout juste le temps de voir du coin de l'œil un visage à la fenêtre du premier étage. Il s'y attendait. Se considérant la doyenne de la petite communauté de Monksmere, Celia Calthrop s'était assigné certains devoirs et privilèges. Quand ses voisins avaient eu le tort de ne pas l'informer de leurs déplacements, ou de ceux de leurs visiteurs, elle se donnait beaucoup de mal pour les découvrir toute seule. Dotée d'une excellente ouïe, elle entendait arriver une voiture de loin et l'emplacement de sa maison, à la jonction du chemin raboteux qui traversait le cap et de la route de Dunwich, lui permettait d'exercer efficacement sa surveillance.

Miss Calthrop avait acheté Brodie's Barn, rebaptisé Rosemary's Cottage, douze ans plus tôt. Elle l'avait eu pour pas cher et, en faisant doucement pression sur les artisans locaux, avait réussi à le transformer pour un prix tout aussi raisonnable. Cette agréable, bien que modeste, maison de pierre était devenue l'idéal romantique de ses lectrices. On en voyait souvent la photo dans les magazines féminins avec la légende : « La ravissante chaumière que Celia Calthrop possède dans le Suffolk. C'est là, dans l'atmosphère paisible de la campagne, qu'elle écrit ses merveilleux romans. » Prétentieux et de mauvais goût, l'intérieur de Rosemary's Cottage n'en était pas moins très confortable; l'extérieur affichait tout ce que sa propriétaire jugeait indispensable à un typique cottage anglais : toit de chaume (affreusement cher à assurer et à entretenir); buissons d'herbes aromatiques (une triste plate-bande : miss Calthrop n'avait pas la main verte); une petite pièce d'eau (qui empestait l'été) et un pigeonnier (où les colombes refusaient obstinément d'habiter). Il y avait aussi une belle pelouse où « la petite communauté d'écrivains » – l'expression était de Celia – était invitée à prendre le thé en été. Au début, Jane Dalgliesh avait été exclue de ces réunions, non pas parce qu'elle n'avait jamais prétendu écrire, mais parce qu'elle était une vieille fille solitaire, donc, selon l'échelle de valeurs de miss Calthrop, une ratée tant du point de vue social que sexuel. Puis la romancière s'aperçut que des gens bien qualifiés pour en juger considéraient sa voisine comme une femme de valeur et que les hommes qui, au mépris des convenances, étaient invités à Pentlands et qu'on rencontrait se promenant joyeusement sur la plage avec leur hôtesse, étaient souvent eux-mêmes des personnages de marque. Une autre découverte la surprit encore davantage : Jane Dalgliesh dînait avec R.B. Sinclair, au prieuré. Peu des nombreux admirateurs que comptaient les trois grands romans de cet auteur, dont le dernier avait été écrit plus de trente ans plus tôt, se rendaient compte que Sinclair vivait toujours. Plus rares encore étaient ceux qu'il recevait chez lui. Miss Calthrop n'étant pas femme à persister dans l'erreur, miss Dalgliesh devint « ma chère Jane » du jour au lendemain. Pour sa part, aussi peu consciente de ce brusque rapprochement que du rejet d'avant, celle-ci continua à appeler la romancière « miss Calthrop ». Dalgliesh ignorait ce qu'elle pensait réellement de Celia. Elle parlait rarement de ses voisins et les deux femmes se voyaient trop peu pour qu'il pût le deviner.

Le chemin qui traversait le cap pour aboutir à Pentlands devenait mauvais à moins de cinquante mètres de Rosemary's Cottage. Une lourde barrière le fermait d'habitude. Aujourd'hui, grande ouverte, elle s'enfonçait dans la haute haie de mûriers et de sureaux qui la bordait. La voiture cahota lentement par-dessus les nids-de-poule et sur le chaume qui fit bientôt place à de l'herbe, puis à des fougères. Elle passa devant les deux cottages de pierre identiques et contigus de Latham et de Justin Bryce, mais Dalgliesh ne vit aucun signe de leurs occupants quoique la Jaguar de Latham fût garée devant sa porte et qu'une fine spirale de fumée s'élevât de la cheminée de Bryce. Le sentier se fit plus raide à monter et, tout à coup, Dalgliesh découvrit tout le panorama : le cap s'étendait, pourpre et or, jusqu'à la falaise et la mer étincelante. Il s'arrêta au sommet de la colline pour regarder et écouter. L'automne n'avait jamais été sa saison préférée, pourtant durant la minute qui suivit l'arrêt du moteur, il n'aurait échangé cette impression de paix suave contre aucune des sensations plus aiguës du printemps. La bruyère commençait à pâlir, mais la seconde floraison des ajoncs était aussi épaisse et dorée que celle du mois de mai. Au-delà, s'étendait la mer striée de violet, d'azur et de brun; au sud, les marécages embrumés de la réserve d'oiseaux ajoutaient au paysage des touches de verts et de bleus plus doux. L'air embaumait la bruyère et les feux de bois, inévitables et évocatrices odeurs de l'automne. On avait du mal à croire, se dit Dalgliesh, qu'il était en train de contempler un champ de bataille sur lequel la terre avait vainement lutté contre la mer pendant neuf siècles, que, sous le calme apparent de cette eau veinée, gisaient les neuf églises englouties de l'ancien Dunwich. Il y avait peu de bâtiments sur le promontoire, maintenant; certains d'entre eux étaient neufs. Au nord, Dalgliesh distinguait tout juste les murs bas de Seton House, la maison que Maurice Seton, l'auteur de romans policiers, s'était fait construire pour abriter sa vie bizarre et solitaire. Sept cents mètres au sud, comme un dernier bastion dressé contre la mer, s'élevait la masse carrée du prieuré. Et, à l'extrême limite de la réserve d'oiseaux, Pentlands Cottage paraissait pendre au-dessus du vide. En balayant le cap du regard, Dalgliesh aperçut un boghei attelé foncer allégrement sur le sentier du haut, vers le prieuré, au milieu des ajoncs. Un petit corps grassouillet était tassé sur le siège du cocher, le fouet, délicat comme une baguette magique, planté à ses côtés. Ça devait être la gouvernante de R.B. Sinclair qui revenait de faire les courses. Le pimpant petit équipage avait quelque chose de gai, évoquait une agréable vie domestique. Dalgliesh prit plaisir à le suivre des yeux jusqu'à ce qu'il disparût derrière l'écran d'arbres qui cachait à moitié la maison. A cet instant, sa tante tourna le coin de son cottage et leva la tête vers le sommet du promontoire. Dalgliesh consulta sa montre. Il était exactement deux heures trente-trois. Il embraya. La Cooper Bristol roula en bringuebalant au bas de la pente.

3.

Reculant instinctivement dans l'ombre de sa chambre, au premier étage, Oliver Latham regarda la voiture gravir le promontoire en cahotant. Il éclata de rire, puis s'interrompit, interdit par le bruit d'explosion qu'il semblait produire dans le silence du cottage. Ça, c'était vraiment trop fort! Encore couvert de sueur suite à sa dernière chasse à l'homme, le petit prodige de Scotland Yard n'avait pas perdu de temps pour entrer en scène! La voiture s'arrêta au sommet : cette maudite Cooper Bristol était-elle enfin tombée en panne? Non, Dalgliesh semblait simplement vouloir admirer le paysage. Le pauvre imbécile savourait probablement à l'avance le plaisir de se faire dorloter deux semaines à Pentlands. Eh bien, il allait avoir une surprise! La question était de savoir s'il était prudent pour lui, Latham, de rester dans les parages pour assister aux événements. Pourquoi pas? Rien ne l'obligeait à retourner à Londres avant le jeudi suivant, date de la première au Court Theatre. Et puis, un départ précipité, alors qu'il venait d'arriver, paraîtrait bizarre. De plus, il était curieux de voir ce qui allait se passer. Il était venu le mercredi, sûr de s'ennuyer. Mais, maintenant, le week-end s'annonçait très excitant.

4.

Alice Kerrison conduisit le boghei derrière la rangée d'arbres qui protégeait le prieuré au nord du cap, sauta de son siège et, passant une large voûte en ruine, mena la jument dans une écurie qui datait du XVIe siècle. Alors qu'elle désharnachait l'animal, grognant un peu sous l'effort, elle passa complaisamment en revue le travail accompli dans la matinée et savoura d'avance les petits plaisirs domestiques qui l'attendaient maintenant. D'abord, ils prendraient le thé ensemble, du thé très fort et trop sucré, comme l'aimait Mr. Sinclair, assis de part et d'autre de la cheminée, dans le hall. Même par une chaude journée d'automne, Mr. Sinclair appréciait un feu. Puis, avant la tombée de la nuit et l'apparition du brouillard, ils feraient leur promenade quotidienne sur le promontoire. Ce ne serait pas une simple promenade puisqu'ils avaient quelque chose à enterrer. Enfin, c'était toujours agréable d'avoir un but, et, malgré toutes les belles et savantes paroles de Mr. Sinclair, des restes humains, aussi incomplets fussent-ils, demeuraient des restes humains; ils avaient droit au respect. Il était grand temps qu'on en débarrassât la maison.

5.

Il était presque huit heures et demie. Dalgliesh et sa tante avaient dîné. Maintenant, ils étaient assis en un silence convivial de chaque côté de la cheminée, dans le séjour. La pièce, qui occupait presque tout le rez-de-chaussée du cottage, avait des murs de pierre, un plafond bas soutenu par d'immenses poutres de chêne et un carrelage rouge. Devant la cheminée séchait un tas bien rangé de planches et de branches ramassées sur la plage. L'odeur du feu de bois se répandait dans la maison comme de l'encens. L'incessant grondement de la mer faisait vibrer l'air; dans cette paix rythmée par les vagues, Dalgliesh avait du mal à rester éveillé. Il avait toujours aimé les contrastes, aussi bien dans l'art que dans la nature, et à Pentlands, une fois la nuit tombée, cette sorte de plaisir était facile à susciter. La maison était claire et chaude; on y jouissait du confort et des couleurs d'un intérieur civilisé; dehors, sous les nuages, il y avait les ténèbres, la solitude, le mystère. Dalgliesh imagina le rivage, trente mètres plus bas, où la mer étendait sa frange dentelée sur le sable froid et dur de la plage et, au sud, la réserve d'oiseaux, silencieuse, dont les roseaux frémissaient à peine dans l'eau tranquille.

Allongeant les jambes vers les flammes et calant sa tête encore plus confortablement contre le haut dossier du fauteuil, il regarda sa tante. Comme de coutume, celle-ci était assise droite comme un « i » tout en ayant l'air d'être parfaitement à l'aise. Elle tricotait une paire de chaussettes en laine rouge. Dalgliesh espéra de tout cœur qu'elles ne lui étaient pas destinées. Peu vraisemblable, se dit-il, car sa tante n'avait pas l'habitude de donner ce genre de gages de son affection. Le feu mettait des reflets rouges sur sa longue figure, brune et aiguë comme celle d'une Aztèque, aux paupières tombantes, au nez long et droit, à la grande bouche mobile. Ses cheveux, tordus et ramassés sur sa nuque en un énorme chignon, étaient d'un gris presque métallique. C'était un visage que Dalgliesh se rappelait depuis son enfance. Il ne l'avait jamais vu changer. En haut, dans la chambre de sa tante, négligemment glissée dans un coin de miroir, il y avait une photo pâlie d'elle-même et de son fiancé, prise en 1916. Ce garçon, portant une casquette aplatie et une culotte de cheval, lui avait paru, jadis, légèrement ridicule, mais à présent il incarnait tout le romanesque et la nostalgie d'une époque depuis longtemps révolue; une jeune fille se penchait vers lui avec la grâce anguleuse de l'adolescence, ses cheveux relevés en un large rouleau enrubanné, ses chaussures pointues apparaissant sous sa jupe fluide. Jane Dalgliesh ne lui avait jamais parlé de sa jeunesse et il ne l'avait jamais interrogée à ce sujet. C'était la femme la plus indépendante, la moins sentimentale qu'il connût. Il se demanda comment Deborah s'entendrait avec elle. Il lui était difficile d'imaginer Deborah ailleurs qu'à Londres. Depuis la mort de sa mère, celle-ci n'allait presque plus jamais dans sa famille et, pour des raisons que tous deux ne comprenaient que trop bien, Dalgliesh n'était jamais retourné à Martingale avec elle. A présent, il ne pouvait se la représenter que dans le cadre de son appartement de la City, de restaurants, de foyers de théâtre et de leurs pubs préférés. Ils vivaient dans des mondes différents. Deborah n'avait rien à voir avec son travail ni, jusqu'à présent, avec Pentlands. Mais, s'il l'épousait, elle partagerait dans une certaine mesure ces deux aspects de son existence. Était-ce vraiment ce qu'il désirait? Voilà ce qu'il lui faudrait décider pendant ces brèves vacances.

« Veux-tu écouter un peu de musique? lui demanda sa tante. J'ai un nouveau disque. Du Mahler. »

Dalgliesh n'était pas musicien, mais il savait le rôle que la musique jouait dans la vie de sa tante et les petits concerts qu'elle lui organisait faisaient maintenant partie de ses vacances à Pentlands. L'érudition et l'enthousiasme de sa tante dans ce domaine avaient quelque chose de contagieux; il commençait à faire des découvertes. Et, vu son humeur du moment, il était même prêt à essayer du Mahler.

C'est alors qu'ils entendirent une voiture.

« Oh, mon Dieu! s'écria-t-il. Qui est-ce? Pas Celia Calthrop, j'espère! »

Si on ne la décourageait pas avec fermeté, miss Calthrop pouvait arriver chez vous à n'importe quel moment et essayer de plaquer sur la solitude de Monksmere les règles confortables de la vie mondaine de banlieue. Elle avait tendance à venir à Pentlands particulièrement quand Dalgliesh y était. Pour elle, un célibataire de belle prestance représentait une proie toute désignée. Même si elle n'en voulait pas pour elle-même, il y avait toujours quelqu'un que cela pouvait intéresser. Elle détestait le gaspillage. Lors d'une des visites de Dalgliesh, elle avait même donné un cocktail en son honneur. Cette fois-là, le côté incongru de la réunion l'avait amusé. Les membres du petit groupe qui habitait Monksmere s'étaient conduits comme s'ils se voyaient pour la première fois. Ils avaient grignoté des canapés et siroté du xérès bon marché en papotant poliment dans le salon rose et blanc de Celia tandis que, dehors, le vent hurlait sur le promontoire et que des lampes tempête encombraient le vestibule. Indéniablement, il y avait eu du constraste ce jour-là. Mais Dalgliesh n'avait nulle envie de renouveler l'expérience.

« On dirait la Morris de miss Calthrop. Notre voisine nous amène peut-être sa nièce. Elizabeth vient de rentrer de Cambridge. Elle relève d'une mononucléose infectieuse. Elle est arrivée hier, je crois.

– Dans ce cas, elle devrait être au lit. J'ai l'impression qu'il y a plus de deux personnes. N'est-ce pas la voix de Justin Bryce? »

Dalgliesh avait raison. Quand sa tante ouvrit la porte, ils aperçurent par les vitres du porche les phares de la voiture et une masse confuse de formes sombres qui finirent par se détacher et devenir des silhouettes reconnaissables. Tout Monksmere avait l'air d'être venu voir sa tante. Même Sylvia Kedge, la secrétaire infirme de Maurice Seton, était là. Appuyée sur ses béquilles, elle se traînait vers la lumière qui filtrait par la porte ouverte. Miss Calthrop avançait à son côté comme pour l'aider. Suivait Justin Bryce qui continuait à pérorer de sa voix chevrotante. La silhouette élancée d'Oliver Latham se dressait près de lui. Hésitante et maussade, Elizabeth Marley fermait la marche, la tête rentrée dans les épaules, les mains enfoncées dans les poches de sa veste. Elle s'attardait sur le sentier, regardant à droite et à gauche dans les ténèbres comme si elle voulait se dissocier des autres. Bryce cria :

« Bonsoir, miss Dalgliesh, bonsoir, Adam. Ce n'est pas moi qui ai organisé cette invasion, c'est Celia. Nous venons vous demander conseil, chers amis. Nous tous, sauf Oliver, que nous avons rencontré en chemin, et qui vient seulement chercher du café. C'est du moins ce qu'il nous a dit.

– J'ai oublié d'en acheter avant de quitter Londres, hier, expliqua calmement Latham. J'ai donc décidé d'aller voir la seule voisine susceptible de me prêter un peu de café de bonne qualité sans me le faire payer par un sermon sur mon manque d'organisation. Si j'avais su que vous receviez, j'aurais peut-être attendu jusqu'à demain. »

Toutefois, il ne fit pas mine de repartir.

Ils entrèrent, clignant des yeux à la lumière, apportant avec eux un courant d'air froid qui envoya la fumée du feu à travers la pièce. Celia Calthrop se dirigea droit vers le fauteuil où était assis Dalgliesh et prit une pose majestueuse comme si elle s'apprêtait à recevoir l'hommage vespéral de ses sujets. Ses jambes élégantes, savamment placées pour les mettre en valeur, contrastaient avec son gros corps enfermé dans un corset qui lui remontait la poitrine, ses bras à la peau flasque et couverte de taches de son. Selon les estimations de Dalgliesh, elle devait friser la cinquantaine, mais on lui donnait plus. Comme d'habitude, elle était outrageusement, quoique habilement, fardée. Sa petite bouche rusée était peinte en rouge carmin; ses yeux enfoncés et légèrement tombants qui conféraient à sa figure un air de fausse spiritualité, expression qu'on ne manquait jamais d'accentuer sur ses photos publicitaires, étaient ombrés de bleu; ses cils, alourdis par le mascara. Elle ôta son foulard en mousseline de soie, découvrant la dernière création de son coiffeur. Entre ses cheveux, fins comme ceux d'un bébé, on apercevait par endroits, d'une façon presque indécente, la peau rose et lisse de son crâne.

Dalgliesh n'avait rencontré la nièce que deux fois auparavant. En lui serrant la main, il se dit que Cambridge ne l'avait guère changée. Elle était toujours telle qu'il se la rappelait : une fille maussade aux traits épais. Pourtant, avec un peu plus d'animation, son visage intelligent aurait pu avoir un certain attrait.

La pièce avait perdu sa paix. Dalgliesh se demanda comment sept personnes pouvaient faire autant de bruit. On s'affairait autour de Sylvia Kedge pour l'installer dans un fauteuil, opération que miss Calthrop dirigeait avec autorité, sans toutefois y participer. La fille avait un visage qui sortait de l'ordinaire. Hormis ses vilaines jambes tordues emprisonnées dans des appareils orthopédiques, ses larges épaules, ses mains masculines déformées par les béquilles, on aurait presque pu dire qu'elle était belle. Elle avait une longue figure, basanée comme celle d'une gitane, encadrée de cheveux noirs qui tombaient sur ses épaules, séparés au milieu par une raie. Sa physionomie ne manquait pas de caractère, mais son air de pitoyable humilité et de souffrance résignée jurait avec son haut front. Ses grands yeux noirs avaient appris à quémander de la compassion. Maintenant, Sylvia ajoutait encore à la confusion générale en assurant qu'elle était parfaitement assise alors que, de toute évidence, ce n'était pas vrai. Avec un sourire d'excuse, elle demanda qu'on plaçât ses béquilles à portée de sa main. Prenant désagréablement conscience de leur santé imméritée, les autres furent donc obligés d'appuyer tant bien que mal les cannes contre ses genoux. Ce n'était pas la première fois que Dalgliesh assistait à cette comédie, mais, ce soir, il sentait que Sylvia la jouait sans conviction, presque machinalement. Aujourd'hui, la jeune fille paraissait réellement malade. Elle avait des yeux ternes comme des pierres et de profonds sillons se creusaient entre ses narines et les coins de sa bouche. On aurait dit qu'elle manquait de sommeil. Quand Dalgliesh lui donna un verre de xérès, il vit que sa main tremblait. Pris d'une pitié sincère, il plaça ses doigts sur les siens et tint le verre jusqu'à ce qu'elle fût capable de boire. Lui adressant un sourire, il demanda gentiment :

« Eh bien, que se passe-t-il? Que puis-je faire pour vous? »

Mais Celia Calthrop s'était attribué le rôle de porte-parole.

« Je sais que ce n'est pas très gentil de notre part de venir vous déranger, Jane et vous, le soir même de votre arrivée. Mais nous nous faisons beaucoup de souci. Du moins, Sylvia et moi. Nous sommes extrêmement inquiètes.

– Moi, intervint Justin Bryce, je suis moins inquiet qu'intrigué, pour ne pas dire plein d'espoir. Maurice Seton a disparu. Malheureusement, je crains que ce ne soit qu'un truc publicitaire monté pour la sortie de son prochain polar et que nous ne le revoyons bientôt parmi nous. Enfin, ne soyons pas pessimistes. »

Tassé sur un tabouret devant la cheminée, il allongeait le cou vers le feu comme une tortue malveillante. Dans sa jeunesse, il avait eu une belle tête caractérisée par des pommettes saillantes, de larges lèvres mobiles et d'immenses yeux d'un gris lumineux surmontés de lourdes paupières. Mais, à quarante ans, il était devenu une caricature de lui-même. Bien qu'ils parussent plus grands encore, ses yeux étaient moins clairs et larmoyaient comme si Bryce affrontait en permanence un vent violent. Son front se dégarnissait et ses cheveux avaient pris l'apparence d'une paille sèche et décolorée. L'ossature anguleuse de son visage le faisait ressembler à une tête de mort. Seules ses mains n'avaient pas changé : elles étaient douces, blanches et délicates comme celles d'une fille. Les tendant vers les flammes, Bryce se tourna vers Dalgliesh en souriant :

« *Perdu auteur de romans policiers. Quadragénaire. Tempérament nerveux. Mince. Nez pointu. Dents proéminentes. Cheveux clairsemés. Grosse pomme d'Adam. Inutile rapporter...* Nous venons donc vous demander conseil, mon cher. Vous êtes encore tout auréolé de gloire, à ce qu'il paraît. Voilà : devons-nous attendre que Maurice réapparaisse sans se préoccuper de sa disparition? Ou bien jouons-nous le jeu et demandons-nous à la police de nous aider à le retrouver? Parce que, si c'est un truc publicitaire, la charité nous ordonne de collaborer. Ce pauvre Maurice a bien besoin qu'on parle de lui.

– Il n'y a pas de quoi rire, Justin, l'admonesta miss Calthrop. Je ne crois pas un seul instant qu'il s'agisse de publicité. Sinon, je ne viendrais pas ennuyer Adam à un moment où, plus que jamais, il mérite un peu de repos. Cette dernière enquête a dû être bien fatigante! Mes félicitations, Adam. Vous avez réussi à capturer l'assassin avant qu'il ne récidive. Toute cette affaire m'a rendue malade, physiquement malade! Et maintenant, qu'en fera-t-on? On le gardera quelques années aux frais de l'État, puis on le libérera pour qu'il puisse tuer un autre enfant. Sommes-nous tous fous dans ce pays? Pourquoi diable ne le pend-on pas? Comme ça, on n'en parlerait plus. »

A son soulagement, Dalgliesh se rappela que son visage était dans l'ombre. Il repensa à l'arrestation de l'assassin.

Pooley était tellement petit et laid. Il puait la peur. Sa femme l'avait quitté un an plus tôt et, de toute évidence, c'était lui qui avait cousu cette pièce sur le coude de son costume bon marché. Ce raccommodage maladroit avait fasciné Dalgliesh. Pour lui, c'était la preuve que Pooley était néanmoins un être humain. Enfin le monstre était derrière les barreaux et le public comme la presse pouvaient louer bruyamment l'efficacité de la police en général, et celle du superintendant Dalgliesh en particulier. Un psychiatre aurait certes pu lui expliquer pourquoi lui-même se sentait coupable. Ce n'était pas la première fois. Il réglerait ce problème à sa façon. Après tout, songea-t-il avec une ironie désabusée, ce sentiment-là l'avait rarement gêné longtemps et ne l'avait jamais poussé à changer de métier. Cela dit, il n'allait certainement pas parler de Pooley avec Celia Calthrop!

Le regard de sa tante traversa la pièce et rencontra le sien. Jane Dalgliesh demanda d'un ton tranquille :

« Qu'attendez-vous exactement de mon neveu, miss Calthrop? Si Mr. Seton a disparu, cela ne concerne-t-il pas la police locale?

– Vous croyez? C'est justement la question que nous nous posons! »

Miss Calthrop vida son verre comme si l'Amontillado avait été du vulgaire vin de cuisine et le tendit machinalement pour qu'on le lui remplît. Elle poursuivit :

« Maurice a peut-être disparu volontairement. Pour rassembler des matériaux pour son prochain livre, par exemple. Il nous a fait entendre que celui-ci serait différent de ses autres romans policiers. Comme nous le savons tous, c'est un écrivain très consciencieux. Il s'appuie toujours sur l'expérience vécue. Il a passé trois mois avec un cirque ambulant avant d'écrire *Meurtre d'un funambule*, vous vous souvenez? Cela dénote, évidemment, une certaine faiblesse de l'imagination créatrice. Mes romans ne se limitent jamais à mon expérience personnelle.

– Vu les épreuves que traverse l'héroïne de votre dernier livre, je suis vraiment soulagé de l'apprendre, ma chère Celia », ironisa Bryce.

Dalgliesh demanda quel jour Seton avait été vu pour la

dernière fois. Avant que miss Calthrop ait pu répondre, Sylvia Kedge intervint. Grâce au xérès et à la chaleur du feu, elle avait repris un peu de couleur. Tout à fait calme à présent, elle se tourna vers Dalgliesh et raconta d'une seule traite :

« Mr. Seton est parti pour Londres lundi dernier, au matin, avec l'intention de séjourner à son club, le *Cadaver Club* qui se trouve à Tavistock Square. Chaque année, il y passe une ou deux semaines en octobre. Il préfère Londres à l'automne. Il en profite pour faire des recherches dans la bibliothèque de l'établissement. Il a emporté une petite valise et sa machine à écrire portative. Il a pris le train à Halesworth. Il m'a dit qu'il allait commencer un nouveau roman et que celui-ci serait très différent de ceux qu'il écrivait d'habitude. J'ai eu l'impression que ce projet l'excitait beaucoup, bien qu'il ne m'ait pas donné de détails. Comme nous le faisons chaque fois qu'il séjourne au club, nous étions convenus que je viendrais travailler chez lui uniquement le matin et qu'il me téléphonerait vers dix heures s'il avait des instructions à me donner. Généralement, il dactylographie le manuscrit en double interligne, puis me l'envoie par petits bouts pour que je le retape. Ensuite, il relit et corrige l'ensemble et je tape une version définitive pour l'éditeur. Bien entendu, les fragments dont je vous parle ne se suivent pas nécessairement. Quand Mr. Seton est à Londres, il aime écrire les scènes qui se passent en ville. Je ne sais donc jamais quelle partie du livre va me parvenir. Mr. Seton m'a téléphoné mardi matin pour dire qu'il espérait m'expédier quelques feuillets avant mercredi soir. Il m'a également demandé de faire un petit travail de couture. Il avait l'air d'aller tout à fait bien à ce moment-là. »

Miss Calthrop ne put se contenir plus longtemps.

« C'était vraiment honteux de la part de Maurice de vous demander de raccommoder ses chaussettes et de polir son argenterie! Vous êtes une sténodactylo qualifiée. Il gaspillait votre compétence. Dieu sait si j'ai assez de texte enregistré qui attend que vous le tapiez. Enfin, ça c'est une autre question. Tout le monde connaît mon opinion là-dessus! »

C'était bien vrai. Mais les autres auraient sans doute

manifesté plus de sympathie s'ils n'avaient soupçonné cette chère Celia de s'indigner surtout par jalousie. Quand il y avait quelqu'un à exploiter, c'était à elle qu'en revenait la priorité.

L'infirme ne tint aucun compte de cette interruption. Elle continuait à fixer Dalgliesh de ses yeux noirs. Celui-ci demanda doucement :

« Et quand avez-vous eu d'autres nouvelles de Mr. Seton?

– Eh bien, je n'en ai plus eu, justement. Il ne m'a pas téléphoné le mercredi matin à Seton House, mais je n'y ai rien vu d'inquiétant. Il lui arrive de ne pas m'appeler pendant plusieurs jours. Je suis retournée chez lui tôt ce matin pour finir un peu de repassage. C'est alors que Mr. Plant a téléphoné. Mr. Plant est le gardien du *Cadaver Club.* Sa femme en est la cuisinière. Il m'a dit qu'ils étaient très inquiets parce que Mr. Seton était sorti le mardi soir, avant le dîner, et n'était toujours pas rentré. Il n'avait pas dormi dans son lit et ses vêtements et sa machine à écrire étaient toujours là. Mr. Plant a d'abord hésité à alerter quelqu'un. Il s'est dit que Mr. Seton avait peut-être découché pour des raisons liées à son travail. Mais au bout de la deuxième nuit d'absence, il a pensé qu'il ferait bien de téléphoner au domicile de Mr. Seton. Moi, je ne savais pas quoi faire. Je ne pouvais même pas prendre contact avec le demi-frère de Mr. Seton : Mr. Digby vient de déménager et nous ne connaissons pas sa nouvelle adresse. Mr. Seton n'a pas d'autre famille. De plus, je me demandais si mon patron ne serait pas contrarié si j'entreprenais des recherches. Puis, juste avant midi, le manuscrit est arrivé au courrier.

– Nous l'avons apporté, proclama miss Calthrop. Y compris l'enveloppe. »

D'un geste théâtral, elle sortit les objets mentionnés de son immense sac à main et les tendit à Dalgliesh. C'était une enveloppe en papier kraft, du format commercial courant. Dessus, on lisait, en caractères dactylographiés : Maurice Seton, Esq., Seton House, Monksmere, Suffolk. A l'intérieur se trouvaient trois feuillets in-quarto, maladroitement tapés à double interligne.

« Il s'adressait toujours les manuscrits à lui-même, dit

miss Kedge d'un ton las, mais ces pages-là ne sont pas de lui, Mr. Dalgliesh. Il ne les a ni écrites ni dactylographiées.

– En êtes-vous sûre? »

Il aurait pu s'abstenir de cette question. Rien n'est plus difficile à maquiller qu'un texte dactylographié, et la fille avait dû copier assez de manuscrits de Maurice Seton pour savoir reconnaître le style de son employeur. Mais, avant qu'elle ait pu répondre, miss Calthrop déclara :

« Je crois que le plus simple serait que je vous en lise un extrait. »

Les autres attendirent qu'elle eût pris dans son sac une énorme paire de lunettes à monture scintillante, les eût chaussées, puis se fût calée sur sa chaise. Pour la première fois, Maurice Seton aurait l'honneur d'être lu en public, se dit Dalgliesh. Il aurait été flatté par l'intense attention prêtée par les auditeurs, peut-être aussi par le cabotinage de miss Calthrop. Face à l'œuvre d'un confrère, et sûre de son auditoire, Celia était prête à donner le meilleur d'elle-même. Elle commença :

« Carruthers écarta le rideau de perles et entra dans le night-club. Sa haute silhouette s'immobilisa un instant sur le seuil. Comme d'habitude, il portait un élégant smoking. Avec une sorte de dédain, il promena un regard froid et ironique sur les tables serrées les unes contre les autres, le sordide décor pseudo-espagnol, la miteuse clientèle. C'était donc là le quartier général du gang le plus dangereux d'Europe. Derrière cette boîte de nuit minable, mais semblable à des dizaines d'autres établissements du même genre à Soho, œuvrait un cerveau capable de diriger quelques-unes des plus puissantes bandes de malfaiteurs du monde occidental. Cela paraissait invraisemblable. Mais toute cette folle aventure l'était. Carruthers s'assit à une table près de l'entrée et attendit. Il demanda au garçon de lui apporter des scampi frits, une salade verte et une bouteille de chianti. L'homme, un petit Cypriote assez malpropre, prit la commande en silence. Savaient-ils qu'il était là? se demanda Carruthers. Et, s'ils le savaient, combien de temps mettraient-ils à apparaître?

« A l'autre extrémité de la salle, se dressait une petite scène. On n'y voyait qu'un paravent en bambou et une chaise rouge. Soudain la lumière baissa et le pianiste se mit à jouer

un slow langoureux. Une fille sortit de derrière le paravent. C'était une belle blonde, plus toute jeune, pourvue d'une généreuse poitrine. Sa grâce et son arrogance pouvaient dénoter une origine russe blanche, se dit Carruthers. Elle avança vers la chaise d'une démarche sensuelle, puis commença à descendre la fermeture Éclair de sa robe du soir. Celle-ci tomba à terre à hauteur de ses genoux. Au-dessous, la femme ne portait qu'un soutien-gorge et un cache-sexe noirs. S'asseyant à califourchon, le dos tourné au public, elle tortilla ses doigts pour défaire le soutien-gorge. Aussitôt, un murmure rauque s'éleva de la salle bondée : " Vas-y, Rosie ! Vas-y ! " »

Miss Calthrop interrompit sa lecture. Un profond silence tomba. La plupart de ses auditeurs avaient l'air stupéfait. Puis Bryce s'écria :

« Eh bien, continuez, Celia ! Ne vous arrêtez pas juste au moment où cela commence à devenir excitant ! Rosie se précipite-t-elle sur l'honorable Martin Carruthers pour le violer ? Ça fait des années qu'une telle chose lui pend au nez. Mais ce serait trop beau.

– Inutile de continuer, répliqua miss Calthrop. Nous tenons la preuve que nous cherchons. »

Sylvia Kedge se tourna de nouveau vers Dalgliesh.

« Mr. Seton n'appellerait jamais un de ses personnages Rosie, expliqua-t-elle. C'était le nom de sa mère. Il m'a dit un jour qu'il ne l'emploierait dans aucun de ses livres. Et il ne l'a jamais fait.

– Surtout pour une prostituée de Soho, ajouta miss Calthrop. Il m'a souvent parlé de sa mère. Il l'a-do-rait. Il a eu beaucoup de mal à se remettre de sa mort et du remariage de son père. »

Tout le regret d'une maternité frustrée vibrait dans sa voix.

« Montrez-moi ça », dit soudain Oliver Latham.

Celia lui tendit le manuscrit. Tous regardèrent anxieusement le critique parcourir le texte. Puis Latham rendit les feuillets sans dire un mot.

« Eh bien ? fit miss Calthrop.

– Rien. Je voulais simplement y jeter un coup d'œil. Je connais l'écriture de Seton, mais pas sa façon de dactylographier. Selon vous, donc, ce ne serait pas lui qui a tapé ce manuscrit?

– J'en suis sûre, confirma miss Kedge, bien que je ne puisse pas dire exactement pourquoi. Cela ne ressemble pas à ce qu'il fait d'habitude. Mais le texte a bien été tapé sur sa machine.

– Et le style, est-ce le sien? » demanda Dalgliesh.

Le petit groupe réfléchit. Enfin, Bryce répondit :

« On ne peut pas dire qu'il soit caractéristique. Seton sait écrire quand il veut. Cette prose a quelque chose de factice, vous ne trouvez pas? On a l'impression que l'auteur essaie de mal écrire. »

Elizabeth Marley n'avait pas encore ouvert la bouche. Elle était assise seule dans un coin comme une enfant mécontente obligée de supporter la compagnie d'adultes fort ennuyeux. Soudain, elle s'écria d'un ton impatient :

« S'il s'agit d'un pastiche, nous sommes censés nous en apercevoir, c'est évident. Justin a raison : le style est complètement bidon. Ce serait vraiment trop extraordinaire si l'auteur de ces pages était tombé par hasard sur le seul prénom qui éveillerait des soupçons. Pourquoi avoir choisi Rosie? A mon avis, c'est Maurice Seton qui a pondu ce texte. Il essaie de faire le malin et vous, vous marchez à fond. Vous trouverez la description de cette mystification dans son prochain livre. Vous connaissez son goût des expériences!

– En effet, c'est bien le genre de canular infantile que Seton pourrait inventer, approuva Latham. En ce qui me concerne, je ne suis pas certain de vouloir participer à cette stupide comédie. Je propose que nous oublions toute cette histoire. Seton réapparaîtra quand ça lui chantera.

– C'est vrai, Maurice a toujours été un homme bizarre, secret, convint miss Calthrop. Surtout en ce qui concernait son travail. Par exemple : je lui avais donné un ou deux petits tuyaux dans le passé. Il les a bel et bien utilisés, mais sans jamais m'en souffler mot. Naturellement, je ne lui demandais pas de remerciements officiels. Je suis très contente de pouvoir aider un confrère. Mais c'est tout de même un peu déconcertant de retrouver ensuite deux ou trois de vos propres idées dans un livre sans que l'auteur vous ait jamais manifesté la moindre reconnaissance.

– A ce moment, Seton avait peut-être déjà oublié que ces idées n'étaient pas de lui, suggéra Latham avec une sorte de tolérance méprisante.

– Oh! il n'oubliait jamais rien, Oliver. Maurice avait un esprit extrêmement lucide. Il travaillait également d'une façon très méthodique. Quand je lâchais une suggestion, il feignait presque l'indifférence. Il se contentait de grommeler qu'il essaierait de l'intégrer dans un de ses livres. Mais, d'après son regard, je voyais très bien qu'il s'en était emparé et attendait avec impatience le moment de rentrer chez lui pour la noter sur son fichier. Non pas que je lui en voulais vraiment... Il aurait tout de même pu me remercier de temps à autre. Il y a un mois environ, je lui ai fourni une autre idée. Je vous parie tout ce que vous voulez qu'elle figurera dans son prochain roman.

– Vous avez parfaitement raison, Celia, confirma Bryce. Moi aussi j'y ai parfois été de ma petite contribution. Dieu sait pourquoi. La seule explication, c'est que lorsque l'idée d'un meurtre original vous vient à l'esprit, il semble dommage de la laisser perdre quand on sait que l'inspiration de ce pauvre Seton est pratiquement tarie. Mais, à part cette petite lueur avide dans l'œil, pas le moindre signe d'appréciation! Pour des raisons évidentes, il peut toujours courir pour que je l'aide, maintenant! Après ce qu'il a fait à Arabella!

– Mon idée à moi n'était pas exactement une nouvelle manière d'assassiner. Il s'agissait simplement d'une situation. Je trouvais qu'elle ferait un début de livre assez frappant. Je ne cessais de répéter à Maurice qu'il faut captiver ses lecteurs dès la première page. Je voyais un cadavre dérivant sur la mer dans un canot, les mains tranchées à hauteur des poignets. »

Il tomba brusquement un si profond silence que, lorsque la pendule sonna l'heure, tous tournèrent les yeux vers elle comme si elle annonçait leur exécution. Dalgliesh regardait Latham. Le critique dramatique s'était raidi sur sa chaise; il serrait si fort le pied de son verre que Dalgliesh crut qu'il allait le casser. Impossible de deviner ce qui se passait sous ce masque pâle et rigide. Le petit rire nerveux de Bryce rompit soudain la tension. C'est tout juste si les autres ne poussèrent pas un soupir de soulagement.

« Quelle imagination morbide, ma chère! Qui l'eût cru? Vous devriez contrôler ces impulsions, sinon l'association des auteurs de romans d'amour risque de vous ficher à la porte!

– Bon, mais tout cela ne nous avance guère pour l'affaire qui nous occupe, déclara Latham d'une voix tout à fait calme. Si j'ai bien compris, nous avons décidé de ne rien entreprendre au sujet de la disparition de notre voisin? Eliza a probablement raison : il doit s'agir d'une de ces stupides mystifications dont Maurice est si friand. Dans ce cas, plus vite nous laisserons Mr. Dalgliesh jouir en paix de ses vacances, mieux ce sera. »

Alors qu'il se levait, l'air d'être soudain très las de toute cette histoire, des coups impérieux retentirent à la porte. Haussant le sourcil, Jane Dalgliesh lança un regard interrogateur à son neveu, puis se leva à son tour et passa le porche pour ouvrir. Les autres se turent et tendirent l'oreille sans la moindre gêne. Dans ce coin reculé, rares étaient les visiteurs après le crépuscule. Quand la nuit tombait, les habitants de Monksmere ne se voyaient qu'entre eux. Une longue habitude leur permettait d'identifier aussitôt les pas qui approchaient de leur maison. Mais la personne qui venait de tambouriner contre la porte était un étranger. Un murmure de voix entrecoupées leur parvint du porche. Peu après, miss Dalgliesh réapparaissait sur le seuil, deux hommes en imperméable dans l'ombre derrière elle.

« Je vous présente l'inspecteur Reckless et le brigadier Courtney de la police judiciaire du comté. Ils cherchent Digby Seton. Son embarcation à voile s'est échouée sur la côte, à Cod Head.

– Tiens! C'est bizarre! fit Bryce. Pas plus tard qu'hier, à cinq heures de l'après-midi, je l'ai encore vu tirée sur la plage, comme chaque jour, au bout de Tanner's Lane. »

Toutes les personnes présentes parurent se rendre compte en même temps que quelque chose clochait. Il n'était pas normal que la police vînt enquêter à la nuit tombée sur un canot égaré. Mais avant que les autres aient pu formuler leur question, Latham demanda :

« Que s'est-il passé, inspecteur? »

Jane Dalgliesh répondit pour le policier.

« Quelque chose d'affreux, je le crains. Le corps de Maurice Seton était dans ce bateau.

– Le corps de Maurice! Maurice? Mais c'est fou! protesta miss Calthrop de sa voix professorale haut perchée. Il doit y avoir erreur. Maurice ne sort jamais le bateau. Il déteste faire de la voile. »

S'avançant dans la lumière, l'inspecteur parla pour la première fois.

« Il n'avait pas fait de voile, madame. Mr. Seton était couché au fond du canot. Mort et les deux mains coupées à hauteur des poignets. »

6.

L'air de savourer son propre entêtement, Celia Calthrop répéta pour la dixième fois :

« Mais je vous assure! Je n'ai raconté cette intrigue à personne à part Maurice! Pour quelle raison aurais-je fait une chose pareille? Et, je vous en prie, cessez de me demander la date. Il y a environ six mois de cela, peut-être plus. Je ne m'en souviens pas exactement. Tout ce que je peux vous dire, c'est que nous marchions sur la plage, en direction de Walberswick. Soudain, j'ai pensé que cela ferait un bon début de roman policier : un cadavre privé de mains dérivant sur la mer dans un bateau. J'ai donc suggéré cette idée à Maurice. Je n'en ai certainement pas parlé à qui que ce soit d'autre jusqu'à ce soir. Mais Maurice peut en avoir parlé, bien sûr...

– Il l'a fait, c'est évident! explosa Elizabeth Marley. On peut difficilement supposer qu'il s'est coupé les deux mains lui-même pour faire plus vrai. Et suggérer que l'assassin et toi-même pouvez avoir eu la même idée serait pousser un peu loin l'hypothèse d'une coïncidence! Je ne vois d'ailleurs pas comment tu peux être aussi sûre de n'en avoir parlé à personne d'autre. J'ai l'impression que tu m'en as dit deux mots, un jour que nous discutions de la difficulté qu'avait Maurice à démarrer un roman. »

Personne n'eut l'air très convaincu. Justin dit à voix basse, mais assez fort pour être entendu de tout le monde :

« Cette chère Eliza! Toujours si loyale. »

Oliver Latham rit, puis il y eut un bref silence gêné. Sylvia Kedge le rompit :

« Mr. Seton ne m'en a jamais parlé, en tout cas, affirma-t-elle d'une voix enrouée.

– Évidemment, répliqua miss Calthrop d'un ton doucereux. Mais, vous savez, il y avait beaucoup de choses dont Mr. Seton ne vous parlait pas. On ne raconte pas tout à sa domestique. Car c'est ainsi qu'il vous voyait, ma chère. Vous auriez dû faire preuve d'un peu plus d'amour-propre. Il ne fallait pas vous laisser traiter comme une bonniche. Les hommes préfèrent les femmes qui montrent un peu de cran. »

Cette sortie d'une méchanceté gratuite eut l'air de surprendre et d'embarrasser tout le monde. Toutefois, personne n'ouvrit la bouche. Dalgliesh avait presque honte de regarder la fille, mais celle-ci avait baissé la tête comme si elle acceptait docilement une réprimande méritée. Les deux pans de ses cheveux noirs étaient tombés en avant, cachant sa figure, et, dans le brusque silence, on entendait sa respiration rauque. Dalgliesh aurait voulu la plaindre. Certes, Celia Calthrop était insupportable, mais Sylvia Kedge avait quelque chose qui provoquait l'agressivité. Il se demanda ce que c'était.

Cela faisait près d'une heure que l'inspecteur Reckless et son adjoint étaient arrivés. Ils avaient très peu parlé, tout comme Dalgliesh et sa tante. Les autres, par contre, s'étaient montrés très loquaces, avançant des propos souvent peu prudents. Reckless s'était installé sur une chaise assez haute, contre le mur. Il restait assis là, silencieux, massif, ses yeux sombres et vigilants éclairés par le feu. Malgré la chaleur qui régnait dans la pièce, il gardait son imperméable, une gabardine crasseuse qui paraissait presque trop fragile pour la panoplie de boutons et de boucles métalliques qu'elle supportait. Il tenait fermement une paire d'énormes gants à crispin et un feutre posés sur ses genoux comme s'il craignait que quelqu'un ne les lui arrache. On aurait dit un intrus : employé subalterne dont on tolère la présence ou simple agent qui n'ose pas boire un verre pendant les heures de service. A vrai dire, c'était exactement l'impression qu'il voulait donner. En bon policier, il était capable de camoufler sa personnalité à volonté, de devenir aussi inoffensif et banal qu'un meuble. Son apparence s'y prêtait, bien sûr. Il était petit – sans doute atteignait-il à peine la taille réglementaire – et sa figure jaunâtre à l'expression tendue aurait pu être celle de n'importe quel spectateur venu s'entasser avec des centaines d'autres dans un stade de football, un samedi après-midi. Sa voix aussi était terne, impossible à classer socialement. Elle non plus ne révélait rien sur l'homme. Très écartés et enfoncés sous des sourcils saillants, ses yeux passaient d'un interlocuteur à l'autre tout en demeurant totalement inexpressifs, particularité qui aurait pu dérouter les membres du petit groupe si ceux-ci avaient pris la peine de le remarquer. A côté de l'inspecteur, le brigadier Courtney, comme s'il en avait reçu l'ordre, se tenait bien droit sur sa chaise, ouvrait les yeux et les oreilles et se taisait.

Dalgliesh jeta un regard de l'autre côté de la pièce où sa tante était assise dans son fauteuil habituel. Elle avait ramassé son tricot et paraissait se désintéresser du reste. C'était une gouvernante allemande qui lui avait appris à tricoter : elle tenait les aiguilles à la verticale, à la manière continentale. Visiblement, leurs pointes étincelantes fascinaient Celia Calthrop qui les regardait fixement, à la fois hypnotisée et offensée par l'adresse insolite de son hôtesse. Moins à l'aise qu'elle, elle croisait et décroisait les jambes, rejetait la tête en arrière pour l'éloigner du feu, comme si elle trouvait la chaleur intolérable. A part Reckless, tous les autres visiteurs avaient l'air d'être dans le même état. Oliver Latham arpentait la pièce, le front couvert de sueur; son agitation rendait la température encore plus insupportable. Soudain, il pivota vers Reckless.

« Quand est-il mort? demanda-t-il. Allez, donnez-nous quelques informations, cela nous changera! Quand Seton est-il mort?

– Nous ne le saurons d'une manière précise qu'après les résultats de l'autopsie, monsieur.

– Vous ne voulez rien nous dire, quoi? Alors, en clair : pour quelles heures nous faudra-t-il fournir des alibis? »

Celia Calthrop poussa un petit cri indigné, mais elle se tourna vers Reckless avec autant d'anxiété que les autres.

« Je vous demanderai à tous de me faire une déclaration concernant le temps qui s'est écoulé entre le moment où Mr. Seton a été vu pour la dernière fois, c'est-à-dire mardi à dix-neuf heures trente, si j'ai bien compris, et mercredi minuit.

– N'est-ce pas un peu tard? fit Latham. Le cadavre doit avoir été poussé à la mer bien avant cela. Bon, je commence? Le mardi, j'étais à la première de la pièce montée au New Theatre Guild, ensuite je me suis rendu à une soirée donnée par notre cher chevalier acteur. Je suis rentré chez moi peu après une heure et j'ai passé le reste de la nuit avec quelqu'un. Je ne peux pas vous donner le nom de cette personne pour l'instant, mais je pense qu'elle m'en donnera l'autorisation demain. Nous nous sommes levés tard et avons déjeuné à l'*Yvy*. Nous nous sommes séparés quand j'ai sorti ma voiture du garage pour venir ici. Je suis arrivé à mon cottage peu avant dix-neuf heures trente hier soir et ne suis ressorti que pour une petite promenade digestive sur la plage avant de me coucher. J'ai passé la journée d'aujourd'hui à parcourir la région en voiture et à m'approvisionner. Après dîner, j'ai découvert que j'avais oublié d'acheter du café. Je me suis donc rendu chez l'unique voisine qui, je le savais, aurait une marque de café buvable et m'en prêterait un peu sans faire de commentaires mi-figue mi-raisin sur les hommes et leur manque de sens pratique. Pour vous faciliter la tâche, je voudrais vous faire remarquer que j'ai un alibi qui me semble valable pour le moment supposé de la mort de Seton, mais aucun pour celui où on l'a embarqué pour son dernier voyage, en admettant que cet événement ait eu lieu hier soir. »

Pendant la première partie de ce compte rendu, miss Calthrop avait pris toute une série d'expressions – curiosité, désapprobation, lubricité, mélancolie – comme si elle cherchait celle qui lui irait le mieux. Elle finit par choisir la dernière, celle d'une femme au grand cœur affligée par une autre preuve de la faiblesse humaine.

« Je serai obligé de vous demander le nom de cette dame, dit Reckless tranquillement.

– Je regrette, mais je ne puis vous le donner, du moins jusqu'à ce que j'aie pu parler à cette personne. Très aimable en tout cas de votre part de supposer qu'il s'agit d'une femme. Écoutez, inspecteur, soyez logique! Si j'avais été mêlé à la mort de Seton, je me serais déjà fabriqué un alibi. Et je n'impliquerais certainement pas une femme. D'abord, ça ne serait pas très galant, ensuite, nous ne pourrions pas vous tromper bien longtemps. Il suffirait que vous nous demandiez séparément de quoi nous avons parlé, qui a fermé les rideaux, de quel côté du lit j'ai dormi, combien nous avions de couvertures et quel a été le menu de notre petit déjeuner. Cela me surprend toujours lorsque les gens se fabriquent un alibi. Ils doivent avoir un meilleur sens du détail que celui auquel je peux prétendre.

– Et bien, vous semblez lavé de tout soupçon, Oliver, proclama Celia d'un ton sévère. Après tout, il s'agit d'un meurtre. Aucune femme raisonnable ne peut refuser de témoigner. »

Latham rit.

« Oui, mais cette femme-ci ne l'est pas, raisonnable! C'est une comédienne. Mon père m'a donné un jour un conseil fort utile : " Ne couche jamais avec une femme si tu penses que l'un de vous risque d'avoir honte le lendemain matin. " Cette règle restreint un peu votre vie sexuelle, mais dans un cas comme celui-ci, on en voit les avantages. »

Dalgliesh se demanda si Latham la trouvait si restrictive que cela. Dans le milieu sophistiqué où il vivait, peu de gens étaient fâchés qu'une de leurs liaisons devînt publique si elle avait pour effet d'augmenter leur prestige. Or, riche, beau et mondain, Oliver Latham avait la réputation d'être un gibier difficile et un amant très coté.

« Si Seton est mort dans la nuit de mardi, comme c'est probable, vous n'avez donc aucune raison de vous inquiéter, déclara Bryce, d'un ton maussade. A moins, bien sûr, que monsieur l'inspecteur n'ait la cruauté d'insinuer que votre partenaire vous fournirait un alibi de toute façon.

– Oh, certes, elle me fournirait à peu près n'importe quoi, si je le lui demandais gentiment, répliqua Latham avec désinvolture. Mais ce serait dangereux pour moi. Sa vie, c'est le théâtre. Tant qu'il s'agirait de jouer la brave petite menteuse qui risque sa réputation pour sauver son amant de la prison, je n'aurais aucun problème. Mais si un jour elle décidait de changer de rôle? Dieu merci, tout ce que j'ai à lui demander, c'est de dire la vérité. »

Manifestement lasse de l'intérêt que suscitait la vie sexuelle de Latham, Celia Calthrop intervint d'un ton impatient :

« Moi, je ne vois pas très bien pourquoi je devrais rendre compte de mes déplacements. J'étais une amie intime du pauvre Maurice, peut-être même la seule véritable amie qu'il ait jamais eue. Toutefois, je veux bien vous en parler. Cela peut blanchir un autre suspect. Tout renseignement est utile, n'est-ce pas? J'étais chez moi la plupart du temps, sauf mardi après-midi où j'ai emmené Sylvia à Norwich, en voiture. Nous sommes allées chez le coiffeur pour un shampooing et une mise en plis. Chez *Estelle*, près de Maddermarket. Pour faire un petit plaisir à Sylvia, et aussi parce que je trouve très important de ne pas se laisser aller sous prétexte qu'on vit à la campagne. Après un thé tardif, à Norwich, j'ai ramené Sylvia chez elle vers huit heures et demie, puis je suis rentrée chez moi. J'ai passé la matinée d'hier à travailler : je dicte au magnétophone. L'après-midi, je suis partie faire des courses à Ipswich et rendre visite à une amie, lady Briggs, qui habite dans cette ville, dans Well Walk. Je ne m'étais pas annoncée et, en fait, elle était sortie, mais le domestique se souviendra certainement de moi. Malheureusement, je me suis un peu perdue sur le chemin du retour et n'ai atteint ma maison que peu avant dix heures. Entre-temps, ma nièce était arrivée de Cambridge. Elle peut donc se porter garante de moi pour le reste de la nuit. Juste avant le déjeuner, aujourd'hui, Sylvia m'a appelée pour me parler du manuscrit et de la disparition de Maurice. Je ne savais pas trop quoi faire à ce sujet. Puis, ce soir, quand j'ai vu de ma fenêtre la voiture de Mr. Dalgliesh passer, j'ai téléphoné à Mr. Bryce et suggéré de nous rendre tous à Pentlands afin d'y consulter le superintendant. A ce moment, j'avais le pressentiment qu'il était arrivé un malheur. Hélas! je ne m'étais pas trompée. »

Dès qu'elle se tut, Justin Bryce témoigna à son tour. Vraiment curieux! se dit Dalgliesh, tous ces suspects offrant des renseignements que personne ne leur avait encore demandés officiellement. Ils débitaient leurs histoires avec l'assurance et la faconde de convertis participant à une réunion revivaliste. Demain, ils paieraient sûrement ces excès verbaux par une sorte de gueule-de-bois émotionnelle. Mais ce n'était guère son boulot de les mettre en garde. Reckless se mit à monter considérablement dans son estime : au moins cet homme-là savait à point nommé rester tranquillement assis et écouter.

« J'étais à Londres moi aussi, dans mon appartement de Bloomsbury, jusqu'à hier. Si Seton est mort dans la nuit de mardi, vous pouvez me rayer de votre liste. Cette nuit-là, j'ai été obligé d'appeler deux fois le médecin. J'étais affreusement malade. Une crise d'asthme. Vous savez comme j'en souffre, Celia. Le Dr Lionel Forbes-Dendy peut vous le confirmer. Je lui ai téléphoné une première fois juste avant minuit en le suppliant de venir tout de suite. Il a refusé, bien sûr. Il m'a simplement dit de prendre deux de mes capsules bleues et de le rappeler une heure plus tard si le médicament n'avait pas agi. Ce n'était pas très gentil de sa part. Je lui ai dit que j'avais l'impression d'être à l'article de la mort. C'est pour cela que mon type d'asthme est si dangereux : quand vous croyez que votre fin est proche, vous pouvez en mourir.

– Pas si Forbes-Denby vous l'a interdit, tout de même! railla Latham.

– On ne sait jamais, Oliver. Il pourrait se tromper.

– C'était aussi le médecin de Maurice, n'est-ce pas? demanda miss Calthrop. Maurice ne jurait que par lui. Cardiaque, il devait surveiller sa santé. Il disait toujours que c'était Forbes-Denby qui le maintenait en vie.

– Eh bien, le docteur aurait dû venir me voir dans la nuit de mardi, ronchonna Bryce. Je l'ai rappelé à trois heures et demie le mercredi matin, et il est arrivé à six heures. Mais à ce moment-là j'allais déjà un peu mieux. Enfin, ça pourra me servir d'alibi.

– Pas vraiment, Justin, objecta Latham. Rien ne prouve que vous ayez appelé de votre appartement.

– Et de quel autre endroit aurais-je pu appeler? Je vous le répète : j'étais à l'article de la mort. En outre, si j'avais inventé une crise alors qu'en réalité, j'étais en train de galoper dans Londres pour assassiner Seton, qu'aurais-je fait si Forbes-Denby était quand même venu chez moi? Jamais plus il ne m'aurait soigné!

– Mais mon cher Justin! fit Latham en riant. Quand Forbes-Denby dit qu'il ne vient pas, il ne vient pas. Vous le savez fort bien. »

Bryce acquiesça tristement. Il avait l'air de prendre l'anéantissemnt de son alibi avec une remarquable philosophie. Dalgliesh avait entendu parler de Forbes-Denby. C'était un praticien à la mode, mais aussi un bon médecin. Il partageait avec ses patients la croyance en son infaillibilité médicale. Selon certaines rumeurs, peu d'entre eux mangeaient, buvaient, se mariaient, accouchaient, quittaient le pays ou mouraient sans sa permission. Très fiers de ses excentricités, ils rapportaient avec plaisir sa dernière muflerie et, lors de dîners en ville, passaient la soirée à se raconter ses incartades : comment il avait jeté leur médicament préféré par la fenêtre ou donné congé à leur cuisinière. Dalgliesh fut soulagé à l'idée que ce serait à Reckless et à ses acolytes qu'incomberait la tâche de demander à cet irascible original de fournir des renseignements médicaux sur la victime et un alibi pour l'un des suspects.

Soudain, Justin s'écria avec une véhémence qui les fit tous se tourner vers lui :

« Je ne l'ai pas tué, mais ne me demandez pas de pleurer sa mort! Pas après ce qu'il a fait à Arabella! »

Celia Calthrop regarda Reckless avec l'expression confuse et résignée d'une mère dont l'enfant est sur le point de se rendre insupportable, mais pas tout à fait sans raison. Elle murmura :

« C'est sa chatte siamoise. Mr. Bryce pense que Maurice l'a tuée.

– Je ne le pense pas, Celia, je le *sais*. »

Justin s'adressa à Reckless :

« Il y a trois mois, j'avais écrasé son chien. C'était un

accident, je vous assure! J'aime les bêtes. Même Towser qui, admettez-le, Celia, était le plus désagréable et le plus affreux des bâtards. Il s'est littéralement jeté sous ma voiture. Seton y était très attaché. Il m'a presque accusé de l'avoir fait exprès. Quatre jours plus tard, il a assassiné Arabella. Voilà le genre d'homme qu'il était. Alors, étonnez-vous, après ça, que quelqu'un l'ait mis hors d'état de nuire! »

Miss Calthrop, miss Dalgliesh et Latham parlèrent tous trois en même temps, ce qui eut pour effet d'annuler leurs bonnes intentions.

« Mais mon cher Justin, nous n'avons pas la moindre preuve...

– Oh, Mr. Bryce! Personne ne va supposer un seul instant qu'Arabella ait quelque chose à y voir.

– Bon Dieu, Justin, pourquoi ressortir cette... »

D'une voix calme, Reckless les interrompit.

« Et quand êtes-vous arrivé à Monksmere, monsieur?

– Mercredi après-midi. Peu avant quatre heures. Je vous assure que je n'avais pas le corps de Seton dans ma voiture. Heureusement pour moi, j'ai eu des ennuis avec la boîte de vitesses tout le long de la route depuis Ipswich et j'ai dû laisser ma voiture dans le garage de Baines, juste à la sortie de Saxmundham. J'ai continué dans un taxi conduit par le fils Baines. Si vous voulez voir s'il y a des taches de sang et des empreintes dans mon véhicule, il vous faudra aller là-bas. Bonne chance!

– Mais pourquoi diable nous donnons-nous la peine de raconter tout cela? fit Latham. Seton avait de la famille, que je sache. Un demi-frère. Pourquoi la police n'essaie-t-elle pas de le retrouver? Il est l'héritier, après tout. C'est à lui de donner des explications.

– Digby était à Seton House hier soir, déclara tranquillement Elizabeth. C'est moi qui l'y ai emmené en voiture. »

C'était la deuxième fois seulement qu'elle prenait la parole depuis l'arrivée de l'inspecteur. Dalgliesh sentit qu'elle parlait à contrecœur maintenant. Sa révélation fit toutefois sensation. Il y eut un silence stupéfait que rompit la voix brusque, inquisitoriale de miss Calthrop :

« Que veux-tu dire? »

C'était là une question inévitable, songea Dalgliesh.

La jeune fille haussa les épaules.

« Eh bien, j'ai conduit Digby Seton chez son frère hier soir. Il m'a appelé de la gare d'Ipswich avant de prendre la correspondance et m'a demandé si je pouvais venir le chercher au train de vingt heures trente, à Saxmundham. Il savait que Maurice ne serait pas chez lui. Je suppose qu'il voulait éviter des frais de taxi. Toujours est-il que j'y suis allée. Dans la Mini.

– Tu ne m'en as pas parlé à mon retour », fit miss Calthrop d'un ton de reproche.

Craignant d'avoir à assister à une scène de famille, les autres s'agitèrent sur leurs sièges. Seule la silhouette sombre assise contre le mur parut rester complètement impassible.

« Je n'ai pas pensé que cela pouvait t'intéresser. Et puis tu es rentrée très tard, n'est-ce pas?

– Et ce soir? Pourquoi n'en as-tu pas soufflé mot jusqu'à présent?

– Je n'en voyais pas la nécessité. Si Digby a eu envie de décamper, c'est son affaire. De toute façon, ça c'était avant que nous n'apprenions la mort de Maurice.

– Vous êtes donc allée chercher Digby, sur sa demande, au train de vingt heures trente? interrogea Latham comme s'il voulait être sûr d'avoir bien compris.

– C'est exact. Et qui plus est, Oliver, Digby était *dans* le train. Il ne traînait pas dans la salle d'attente ou devant la gare. J'avais pris un ticket de quai. Je l'ai donc vu descendre de voiture, puis remettre son billet à la sortie. Un billet acheté à Londres, soit dit en passant. Il s'est plaint de la cherté des transports. Le contrôleur se souviendra sûrement de lui. Il n'y avait qu'une demi-douzaine d'autres voyageurs.

– Je suppose qu'il ne portait pas de cadavre? fit Latham.

– Non, à moins qu'il ait réussi à le caser dans son fourre-tout qui mesurait environ un mètre sur cinquante centimètres.

– Et vous l'avez conduit directement à Seton House?

– Évidemment. C'était le but de l'opération. Sax est absolument sinistre après huit heures du soir et je n'avais nulle envie de prendre un pot avec Digby. Comme je l'ai déjà dit, je lui évitais simplement la dépense d'un taxi.

– Eh bien, continuez, Eliza, l'encouragea Bryce. Vous avez emmené Digby à Seton House. Et ensuite?

– Ensuite, rien. Je l'ai laissé à la porte d'entrée. La maison était sombre et silencieuse. Normal. Tout le monde sait que Maurice va toujours à Londres à la mi-octobre. Digby m'a invitée à entrer boire un verre, mais j'ai répondu que j'étais fatiguée et voulais aller me coucher. Que, de plus, tante Celia était probablement à la maison, en train de m'attendre. Nous nous sommes souhaité bonne nuit et Digby a ouvert avec sa clé.

– Il avait donc une clé? intervint Reckless. Son frère et lui étaient-ils en si bons termes?

– Ça, je l'ignore. Tout ce que je sais, c'est que Digby avait une clé. »

Reckless se tourna vers Sylvia Kedge.

« Saviez-vous que Mr. Digby Seton avait libre accès à la maison?

– Mr. Maurice Seton lui a donné une clé il y a environ deux ans, répondit l'infirme. De temps en temps, il parlait de la récupérer, mais Mr. Digby l'utilisait si rarement en l'absence de son frère, que celui-ci a dû se dire qu'il pouvait tout aussi bien la lui laisser.

– Pourquoi voulait-il la récupérer, au fait? » s'informa Bryce.

De toute évidence, miss Calthrop considéra que ce n'était pas là une question à poser à Sylvia. Avec une expression et un ton qui voulaient dire clairement « Pas devant les domestiques, voyons! », elle intervint.

« Me parlant un jour de cette clé, Maurice m'a dit qu'il avait l'intention de la redemander à son frère. Non pas par manque de confiance en lui, mais simplement parce qu'il craignait que Digby ne la perde ou qu'on la lui vole dans une de ces boîtes de nuit qu'il affectionne.

– De toute évidence, il ne l'a pas fait, constata Latham. Digby a donc ouvert la porte vers neuf heures hier soir, puis il a disparu. Êtes-vous sûre qu'il n'y avait personne dans la maison, Eliza?

– Comment voulez-vous que je le sois? Je ne suis pas

entrée. Mais je n'ai pas entendu le moindre bruit et il n'y avait pas de lumière.

– J'y suis allée à neuf heures et demie ce matin, dit Sylvia Kedge. La porte d'entrée était fermée comme d'habitude, et la maison, vide. Aucun des lits n'était défait. Mr. Digby ne s'était même pas servi un verre. »

Cette remarque sous-entendait qu'il avait dû se produire un événement grave et soudain. Digby Seton n'avait pas l'habitude d'affronter une crise sans se fortifier au préalable.

« Cela ne veut rien dire, assura Celia. Digby a toujours un flacon sur lui. C'est là une de ses petites manies qui avait le don d'exaspérer Maurice. Mais où peut-il bien être parti?

– Il ne vous a pas dit qu'il allait ressortir? demanda Latham à Eliza Marley. Quelle impression vous a-t-il faite?

– Non, il ne m'a rien dit. Je ne suis pas très sensible aux humeurs de Digby, mais il m'a semblé pareil à lui-même.

– C'est absurde! proclama miss Calthrop. Pourquoi Digby serait-il ressorti alors qu'il venait d'arriver? De toute façon, où peut-on aller ici? Eliza, es-tu sûre qu'il ne t'a pas parlé de ses projets?

– Quelqu'un l'a peut-être appelé pour lui demander de venir, suggéra la jeune fille.

– Appelé! s'écria sa tante d'une voix acerbe. Personne ne savait qu'il était là! Qui pourrait bien l'avoir appelé?

– Je l'ignore. C'est simplement une possibilité. En regagnant ma voiture, j'ai entendu le téléphone.

– Vous êtes sûre? fit Latham.

– Cessez de me demander si je suis sûre de ceci ou de cela! Vous connaissez le promontoire, son silence, sa solitude. Vous savez combien le moindre bruit y résonne la nuit. J'ai entendu le téléphone sonner, je vous dis. »

Les autres se turent. Eliza avait raison, naturellement. Tous connaissaient le promontoire la nuit. Le même silence, la même solitude les entouraient là-haut. Malgré la chaleur de la pièce, Celia Calthrop frissonna. Pourtant l'atmosphère devenait réellement étouffante.

Assis sur un tabouret devant la cheminée, Bryce alimentait compulsivement le feu avec du bois qu'il prenait dans un panier. On aurait dit quelque chauffeur de locomotive démoniaque. De grandes flammes léchaient en sifflant les planches et les troncs blanchis par la mer; les murs de pierre du séjour semblaient exsuder du sang. Dalgliesh alla à l'une des fenêtres et lutta avec les persiennes. Quand il parvint à les ouvrir, de délicieuses bouffées d'air frais passèrent au-dessus de lui, soulevèrent les tapis, apportant avec elles, pareil à un coup de tonnerre, le grondement de la mer. Alors qu'il se retournait vers les autres, il entendit Reckless dire de sa voix terne :

« Quelqu'un devrait accompagner miss Kedge chez elle. Elle a l'air malade. De toute façon, je ne l'interrogerai pas ce soir. »

L'infirme parut sur le point de protester, mais Elizabeth Marley déclara d'un ton sans réplique :

« Je m'en charge. J'ai envie de rentrer moi aussi. Je suis censée être en convalescence et on ne peut pas dire que cette soirée ait été particulièrement reposante. Où est son manteau? »

Ces mots provoquèrent un branle-bas général. Chacun parut content d'avoir quelque chose à faire. On s'empressa autour de Sylvia pour l'aider à se préparer. Miss Calthrop tendit les clés de sa voiture à sa nièce. Elle rentrerait à pied, déclara-t-elle aimablement. Avec Justin et Oliver, bien sûr. Entourée de ses secourables gardes du corps, Sylvia Kedge se mit à clopiner vers la porte.

A ce moment, le téléphone sonna. Ce qui eut pour effet immédiat de figer le petit groupe en un tableau vivant évoquant l'inquiétude. A la fois banal et menaçant, ce bruit rauque les frappa de mutisme. Miss Dalgliesh s'était approchée de l'appareil et avait décroché quand Reckless se leva en hâte et, sans un mot d'excuse, lui prit le combiné de la main.

Il était difficile de déduire quelque chose de la conversation qui suivit. Reckless se montra fort laconique. Il devait parler à un agent d'un poste de police. Pendant presque toute la communication, il écouta dans un silence ponctué de grognements. Pour finir, il dit :

« Bien. Merci. Je le verrai à Seton House demain matin à la première heure. Bonne nuit. »

Il raccrocha et se tourna vers ceux qui attendaient. Aucun d'eux n'essayait de cacher son anxiété. Dalgliesh n'aurait pas été surpris si Reckless avait frustré leur curiosité. Toutefois, l'inspecteur annonça :

« Nous avons trouvé Mr. Digby Seton. Il a appelé le commissariat de Lowestoft pour dire qu'il avait été hospitalisé la nuit dernière après être tombé avec sa voiture dans un fossé, sur la route de Lowestoft. Il sortira demain matin. »

Miss Calthrop avait déjà ouvert la bouche pour poser l'inévitable question quand Reckless ajouta :

« Il dit que quelqu'un lui a téléphoné hier soir, juste après neuf heures, pour lui demander de se rendre immédiatement au commissariat de Lowestoft identifier le cadavre de son frère. Son correspondant lui aurait précisé que le corps de Maurice Seton s'était échoué sur la plage dans un canot et qu'il avait les deux mains coupées.

– Comment est-ce possible? s'écria Latham. Ne nous avez-vous pas dit qu'on n'a trouvé le corps qu'aujourd'hui, en fin d'après-midi?

– En effet, monsieur, confirma l'inspecteur. Le fait est que personne n'a appelé du commissariat de Lowestoft hier. Personne ne savait ce qui était arrivé à Mr. Maurice Seton jusqu'au moment où son corps a été jeté sur la côte. A part celui qui l'a poussé en mer naturellement. »

De ses yeux mélancoliques, il dévisagea pensivement les présents l'un après l'autre. Tous restèrent immobiles et silencieux. On les aurait dit fixés en un point du temps, attendant, impuissants, quelque irrémédiable catastrophe. C'était un moment au-delà des mots; il exigeait l'action, le drame. Comme pour rendre ce service, Sylvia Kedge poussa un soupir et, glissant des bras qui la soutenaient, s'affaissa sur le sol.

7.

« A en juger le degré de rigidité cadavérique et son aspect général, je dirais qu'il est mort mardi à minuit, à une heure près. Le médecin légiste me donnera sans doute raison. On a coupé les mains de la victime peu après sa mort. Le cadavre a peu saigné, mais le banc du canot a l'air d'avoir servi de billot. En supposant que Mr. Bryce ait dit la vérité et que l'embarcation était encore tirée au sec ici mercredi à dix-sept heures, on a certainement mis le corps à la mer une heure plus tard, après le renversement de marée. La boucherie doit avoir eu lieu une fois la nuit tombée. À ce moment-là, Seton était déjà mort depuis au moins dix-huit heures, sinon plus. Je ne sais pas où il est mort, ni comment il est mort, mais je le découvrirai. »

Les trois policiers étaient assis ensemble dans le séjour. Jane Dalgliesh avait trouvé une excuse pour les laisser seuls : elle était allée préparer du café. Dalgliesh entendait de faibles tintements sortir de la cuisine. Miss Calthrop et ses compagnons étaient partis depuis une dizaine de minutes. On n'avait eu aucune peine à ranimer Sylvia Kedge. Une fois l'infirme en route avec Liz Marley, les visiteurs avaient apparemment décidé, comme par un accord tacite, qu'ils avaient eu assez d'émotions pour la soirée. Brusquement, ils eurent l'air de tomber de fatigue. Quand Reckless, qui paraissait tirer de l'énergie et de l'entrain de leur épuisement, les questionna sur une arme possible, il ne rencontra que lassitude et incompréhension. Personne ne se rappela s'il possédait un hachoir, un fendoir ou une hache, l'endroit où il rangeait ces ustensiles ni quand il s'en était servi pour la dernière fois. Personne, à part Jane Dalgliesh. Et, même quand celle-ci admit calmement qu'un de ses hachoirs avait disparu de sa remise à bois quelques mois plus tôt, ses visiteurs ne manifestèrent que peu d'intérêt. Tels des enfants surexcités à la fin d'une fête, ils voulaient rentrer chez eux.

Reckless attendit que miss Dalgliesh eût quitté la pièce à son tour pour commencer à parler de l'affaire. C'était à prévoir, se dit Dalgliesh. Il fut néanmoins surpris de l'irritation que lui causaient les évidentes implications de cette attitude. Reckless n'était probablement ni idiot ni totalement insensible. Il ne prononcerait pas de mise en garde. Il ne provoquerait pas l'hostilité de Dalgliesh en lui demandant une discrétion et une aide dont il était en droit de croire qu'elles lui étaient assurées. Mais il s'agissait de *son* enquête. C'était lui qui déciderait, à sa convenance, quelles étaient les pièces du puzzle qu'il soumettrait à l'examen de Dalgliesh, combien il en dirait et à qui. Une situation complètement nouvelle pour Dalgliesh. Il n'était pas du tout sûr de la trouver agréable.

L'atmosphère de la pièce était étouffante. Le feu mourait à présent, formant une pyramide de cendre blanche, mais la chaleur emmagasinée entre les murs de pierre les frappait au visage comme celle d'un four. L'inspecteur n'avait pas l'air d'en souffrir.

« Pourriez-vous me parler des gens qui étaient ici ce soir, Mr. Dalgliesh? reprit-il. Ils sont tous écrivains?

– Je suppose qu'Oliver Latham se dirait plutôt critique dramatique. Miss Calthrop aime être considérée comme une romancière. J'ignore comment Justin Bryce définirait son activité. Chaque mois, il édite une revue littéraire et politique, fondée par son grand-père. »

A la surprise de Dalgliesh, Reckless déclara :

« Je sais : la *Monthly Critical Review*. Mon père l'achetait. A l'époque, six pence, ça représentait de l'argent pour un travailleur. Mais, pour cette somme, la *Monthy Crit* vous donnait votre ration d'idées progressistes. De nos jours, elle est à peu près aussi socialiste que le *Financial Times* : des conseils pour vos investissements, des critiques de livres que personne n'a envie de lire, des concours relativement faciles pour l'intelligentsia. Bryce ne peut pas gagner sa vie avec ça. »

Dalgliesh répondit que loin d'en tirer des bénéfices, Bryce subventionnait la revue avec sa fortune personnelle.

« J'ai l'impression qu'il est un de ces hommes qui se fiche qu'on le prenne pour un homosexuel, reprit Reckless. L'est-il? »

Il ne s'écartait nullement du sujet : dans une enquête criminelle, la moindre particularité d'un suspect vaut la peine d'être relevée. Or, l'affaire en cours était, à l'évidence, un meurtre. Cependant, chose curieuse, cette question irrita Dalgliesh.

« Je n'en sais rien, répondit-il. Il se pourrait qu'il soit un peu ambivalent dans ce domaine.

– Marié?

– Pas à ma connaissance. Mais dites-moi, inspecteur, nous n'en sommes tout de même pas encore arrivés à soupçonner tout célibataire au-dessus de quarante ans? »

Reckless ne répondit pas. Miss Dalgliesh était revenue dans la pièce, portant les cafés sur un plateau. Avec des remerciements graves, le policier en prit un sans grande envie. Quand miss Dalgliesh les eut de nouveau quittés, il se mit à boire bruyamment. De ses yeux sombres, par-dessus le bord de la tasse, il fixait une aquarelle de Jane Dalgliesh accrochée au mur : un vol d'avocettes.

« Généralement, les homosexuels ne sont pas violents, dit-il, mais ils sont méchants. Or ce crime-ci était plein de méchanceté. Et la secrétaire infirme, savez-vous d'où elle vient? »

Dalgliesh avait l'impression de passer un examen oral.

« Sylvia Kedge est orpheline, répondit-il posément. Elle habite seule dans un cottage situé dans Tanner's Lane. Il paraît que c'est une excellente sténodactylo. Elle travaille surtout pour Maurice Seton, mais aussi pour miss Calthrop et pour Bryce. Je sais peu de choses sur elle, comme sur les autres, d'ailleurs.

– Ce que vous savez me suffira pour l'instant, Mr. Dalgliesh. Et miss Marley?

– Une orpheline, elle aussi. Élevée par sa tante. Elle habite à Cambridge en ce moment.

– Toutes ces personnes sont des amis de votre tante? »

Dalgliesh hésita. « Amitié » était un mot que sa tante n'employait pas facilement et sans doute n'y avait-il qu'une seule personne qu'elle tenait pour un ami dans tout Monksmere. L'on répugne toutefois à désavouer ses relations quand celles-ci sont sur le point d'être soupçonnées de meurtre. Résistant à la tentation de répondre qu'elles se connaissaient intimement, mais mal, il dit avec prudence :

« Demandez plutôt cela directement à l'intéressée. Dans une petite communauté aussi isolée, tout le monde se connaît, forcément. Les habitants entretiennent de bons rapports de voisinage.

– Quand ils ne se tuent pas mutuellement leurs animaux familiers. »

Dalgliesh ne répondit pas.

« Ils n'ont guère manifesté de chagrin, en tout cas. Pas un seul mot de regret de la soirée. Vu que ce sont des écrivains, on aurait pu s'attendre à quelque petit éloge funèbre bien tourné.

– Miss Kedge m'a paru très affectée.

– Ce n'était pas du chagrin, plutôt un choc. Elle a été traumatisée. Si elle ne va pas mieux demain, nous devrions appeler un médecin. »

Reckless avait raison, bien sûr, se dit Dalgliesh. Le malaise de l'infirme avait été provoqué par un choc psychologique. Ce fait en lui-même présentait de l'intérêt. Certes, les nouvelles avaient été bouleversantes, mais l'auraient-elles été autant pour quelqu'un qui les connaissait déjà? Cet évanouissement final avait été des plus réels. Il pouvait difficilement indiquer que sa victime détenait un secret coupable.

Soudain, Reckless se leva. Il regarda sa tasse vide, comme s'il se demandait ce qu'elle faisait là, dans sa main, et la replaça d'un geste lent mais délibéré sur le plateau. Après un moment d'hésitation, le brigadier Courtney l'imita. Il semblait que les policiers s'apprêtaient enfin à partir. Auparavant, Dalgliesh devait dire quelque chose à Reckless. Un renseignement très simple qui pouvait s'avérer important. Il s'en voulut de rechigner à le lui donner. Les jours à venir seraient déjà assez pénibles, se dit-il, sans qu'il laissât Reckless le plonger dans une auto-analyse morbide. D'un ton ferme, il déclara :

« J'ai relevé un détail intéressant dans le faux manuscrit. Je peux me tromper, mais, d'après la description, j'ai cru reconnaître la boîte de nuit : on dirait le *Cortez Club,* à Soho, la boîte de L.J. Luker. Vous vous rappelez sans doute cette affaire. En 1959, Luker abattit son associé d'une balle de revolver, fut condamné à mort, puis libéré après que la cour d'appel eut cassé le verdict.

– Je m'en souviens. C'était l'affaire du juge Brothwick, n'est-ce pas? Si l'on cherchait à coller un crime sur le dos de quelqu'un, le *Cortez Club* serait en effet un bon endroit à connaître : Luker ferait un coupable idéal. »

Reckless se dirigea vers la porte, suivi comme d'une ombre par son adjoint. Il se tourna encore une fois.

« Je vois que votre présence ici nous sera d'un grand secours ! »

Sa remarque frôlait l'insulte.

8.

L'obscurité et la fraîcheur de la nuit automnale offraient un contraste absolu avec la clarté et la chaleur de la salle de séjour. Il faisait noir comme dans un four. Quand elle referma la porte de Pentlands Cottage, Celia eut un bref instant de panique. La cernant de toutes parts, les ténèbres pesaient sur elle comme un fardeau matériel. Il n'y avait plus ni distance ni direction. Dans cet impressionnant vide noir, on n'entendait que le grondement mélancolique et monotone de la mer. Pareille à quelque voyageuse perdue sur un rivage désolé, Celia se sentit vulnérable et désorientée. Quand Latham projeta le faisceau de sa lampe de poche sur le sentier, le terrain lui parut aussi irréel et lointain que la surface de la lune. Comment des pieds humains pouvaient-ils fouler un sol si inconsistant? Elle trébucha et serait tombée si Latham, avec une force surprenante, ne lui avait vivement attrapé le bras.

Ils commencèrent à avancer ensemble sur le chemin qui menait à l'intérieur des terres. Celia, qui n'avait pas prévu de marcher, portait de légères sandales à talons hauts. De ce fait, elle glissait sur les galets lisses qui parsemaient le sentier ou s'enfonçait dans la terre sableuse. Tenue par Latham, elle avançait par saccades comme une enfant gauche et récalcitrante. Sa panique disparut. Ses yeux s'habituaient à l'obscurité et chaque pas mal assuré l'éloignait du bruit insistant de la mer. Elle n'en fut pas moins soulagée d'entendre Bryce dire de sa voix coutumière :

« L'asthme est une curieuse maladie ! Je viens de vivre une expérience tout à fait traumatisante – ma première rencontre avec le meurtre – et pourtant je me sens très bien. Par contre, mardi dernier j'ai eu une de mes crises les plus pénibles sans la moindre cause apparente. Bien entendu, il est possible que j'aie une réaction à retardement.

– Surtout si Forbes-Denby ne confirme pas votre alibi pour la nuit de mardi, ironisa Latham.

– Mais il le fera, Oliver! Et je ne peux m'empêcher de penser que son témoignage aura plus de poids que celui de n'importe laquelle de vos maîtresses. »

Rassurée par la proximité et le naturel de ses compagnons, Celia s'écria :

« Quelle chance qu'Adam soit justement parmi nous! Après tout, il nous connaît, du moins en tant que voisins. Et, comme il écrit lui-même, c'est un peu comme s'il appartenait à notre petite communauté. »

Latham éclata d'un rire bref.

« Si vous trouvez sa présence réconfortante, j'envie vos illusions. Dites-nous comment vous voyez le personnage, Celia! Un gentleman détective menant sa petite enquête pour le plaisir, traitant ses suspects avec une courtoisie étudiée? Une sorte de Carruthers professionnel sorti tout droit de l'un de ces épouvantables romans de Seton? Ma chère amie, Dalgliesh nous vendrait tous à Reckless s'il pensait que cela pouvait augmenter un tant soit peu son prestige. Je ne connais pas d'homme plus dangereux. »

Il rit de nouveau. Celia le sentit qui resserrait son étreinte. Il lui faisait vraiment mal à présent. Il la traînait en avant comme une prisonnière. Pourtant elle hésitait à se dégager. Quoique le sentier se fût élargi, le terrain restait raboteux. Trébuchant et glissant, les pieds et les chevilles endoloris, elle n'avait aucune chance d'avancer à l'allure de ses compagnons sans l'aide de la poigne de fer de Latham. Et l'idée de demeurer seule en arrière lui était insupportable.

« Oliver a raison, vous savez, fit la voix flûtée de Bryce à son oreille. Dalgliesh est un policier professionnel, probablement le plus intelligent d'Angleterre. Ses deux recueils de poèmes, malgré l'admiration qu'ils m'inspirent, n'y changent rien.

– Reckless n'est pas bête non plus, dit Latham, toujours

aussi amusé. C'est à peine s'il a ouvert la bouche, vous avez remarqué? Il s'est contenté de nous encourager à parler. Egotistes et puérils comme nous le sommes, nous avons marché à fond. Nous avons dû lui en dire plus en cinq minutes que d'autres suspects pendant des heures d'interrogatoire réglementaire. Quand apprendrons-nous à nous taire?

– Comme nous n'avons rien à cacher, je ne vois pas ce que cela peut faire, répliqua miss Calthrop.

– Oh, Celia! s'exclama Justin Bryce. On a toujours quelque chose à cacher à la police. C'est ce qui explique l'attitude ambiguë que nous avons vis-à-vis des flics. Attendez un peu que Dalgliesh vous demande pourquoi vous n'avez cessé de parler de Seton au passé avant même qu'on nous ait annoncé sa mort. C'est vrai, vous savez. Si moi je l'ai remarqué, cela n'a certainement pas échappé à Dalgliesh. Je me demande s'il estimera de son devoir de le signaler à Reckless. »

Mais Celia Calthrop était bien trop coriace pour se laisser intimider par Bryce.

« Ne dites pas de bêtises, Justin! Je ne vous crois pas. Et même si je l'ai fait, c'était probablement parce que je parlais de Maurice en tant qu'écrivain. De ce point de vue-là, on avait parfois l'impression que ce pauvre Maurice était fini depuis longtemps.

– Ah ça oui! approuva Latham. Liquidé. Mort et enterré. Maurice Seton n'a écrit qu'un seul bon morceau de prose de toute sa vie, mais ces quelques lignes venaient droit du cœur. Et de la tête! Elles ont produit très exactement l'effet recherché. Chaque mot était blessant et l'ensemble, mortel.

– Vous voulez parler de sa pièce? demanda Celia. Je croyais que vous la trouviez exécrable. Maurice avait l'habitude de dire que c'était votre critique qui l'avait tuée.

– Ma chère Celia, si mes critiques pouvaient tuer une pièce, la moitié des petits spectacles qu'on donne à Londres s'arrêteraient dès la première. »

Avec un regain d'énergie, Latham tira sa compagne en avant. Pendant une minute, Justin Bryce resta à la traîne. Pressant le pas pour rattraper les autres, il haleta :

« Maurice doit avoir été tué dans la nuit de mardi. Et son cadavre mis à la mer le mercredi, en fin de soirée. Comment l'assassin a-t-il pu l'amener à Monksmere? Vous êtes venu de Londres en voiture mercredi, Oliver. Le corps n'était pas dans le coffre de votre Jaguar, par hasard?

– Non, mon cher, répondit Latham avec désinvolture. Pour ce qui est de la propreté de ma voiture, je suis un vrai maniaque.

– Moi, en tout cas, je suis au-dessus de tout soupçon, déclara Celia. Sylvia peut me fournir un alibi pour le mardi soir, c'est-à-dire, le moment crucial. J'avoue être sortie seule le mercredi soir, mais je doute que Reckless me suspectera d'avoir mutilé le corps. Cela me rappelle quelque chose : il y a une personne qui n'a invoqué aucun alibi pour mardi ni pour mercredi. Jane Dalgliesh. De plus, c'était son hachoir.

– Pourquoi diable miss Dalgliesh aurait-elle voulu tuer Seton? demanda Latham.

– Pourquoi n'importe lequel d'entre nous aurait-il voulu le tuer? rétorqua Celia. D'ailleurs, je ne dis pas que c'est elle, la coupable. Je fais simplement remarquer qu'il s'agit peut-être de son ustensile de cuisine.

– A un certain moment, moi, je l'aurais fait avec plaisir, claironna Bryce d'un ton joyeux. Tuer Seton, je veux dire. C'était après avoir découvert le cadavre d'Arabella. Puis j'ai laissé tomber. Cependant, j'avoue que la mort de Maurice ne m'affecte pas. Peut-être devrais-je demander à voir son corps, après l'enquête. Ce spectacle me tirera peut-être de mon état d'indifférence. Celui-ci ne peut être que malsain. »

Latham, lui, continuait manifestement à penser à la disparition du hachoir. Il s'écria avec véhémence :

« N'importe qui aurait pu l'avoir pris! N'importe qui! Nous entrons tous dans la maison des uns et des autres comme dans un moulin. Personne ici ne ferme jamais une porte ou un meuble à clé. Cela n'a jamais été nécessaire. De plus, nous ne savons même pas encore si ce hachoir était l'arme du crime.

– Eh bien, mes amis, méditons là-dessus et calmons-nous,

proposa Bryce. Jusqu'à ce que nous apprenions la cause de la mort de Maurice, nous ne pouvons même pas être certains qu'il a été assassiné. »

9.

Ils la laissèrent à la porte de Rosemary's Cottage. Celia les regarda disparaître dans la nuit. Elle continua d'entendre la voix aiguë de Justin et le rire de Latham bien après que les silhouettes des deux hommes se furent fondues dans l'ombre plus dense des arbres et des haies. Pas une lumière ne brillait dans le cottage. La salle de séjour était vide. Elizabeth était donc déjà au lit. Elle avait dû rouler très vite en rentrant de Tanner's Cottage. Sa tante hésita entre le soulagement et le regret. Elle éprouvait un besoin soudain de compagnie, mais n'aurait pu affronter des questions ou une dispute. Sa nièce et elle auraient beaucoup de choses à se dire, mais ça serait pour un autre jour. Elle était trop fatiguée. Après avoir allumé la lampe posée sur la table, elle s'agenouilla sur le tapis et tisonna vainement les cendres du feu éteint. Puis, grognant sous l'effort comme une vieille femme, elle se releva en chancelant et se laissa choir dans un fauteuil. En face d'elle se dressait un fauteuil identique, solide, carré, bourré de coussins et désespérément vide. C'était là que Maurice s'était assis un après-midi d'octobre, six ans plus tôt. Le jour de l'enquête du coroner, un jour froid et venteux. Un bon feu avait alors brûlé dans la cheminée. Celia l'avait attendu, veillant à ce que sa personne et la pièce fussent prêtes à le recevoir. La lueur du feu et une lampe discrète mettaient des reflets savamment étudiés sur l'acajou ciré et jetaient de douces ombres sur les roses et les bleus des coussins et du tapis. Le plateau à apéritifs était posé près d'elle. Rien n'avait été laissé au hasard. Elle avait attendu Maurice avec autant d'impatience qu'une jeune fille à son premier rendez-vous. Elle avait mis une robe de fin lainage bleu-gris qui l'amincissait, la rajeunissait. Le vêtement pendait encore dans son placard. Elle n'avait plus voulu le porter. Maurice était assis en face d'elle, raide et sombre dans ses habits de deuil, ridicule mannequin cravaté de noir, à la figure pétrifiée de chagrin. Mais elle n'avait pas compris, alors, qu'il s'agissait de chagrin. Il lui paraissait impossible que Maurice pût pleurer cette nymphomane frivole, égoïste, monstrueuse. Certes, la nouvelle du suicide de Dorothy avait dû lui causer un choc. Il avait subi d'horribles épreuves : identifier le corps de la noyée, affronter ces rangées de figures blanches et accusatrices à l'enquête. Il savait fort bien ce que celles-ci disaient : qu'il avait poussé sa femme au suicide. Rien d'étonnant, donc, qu'il eût l'air bouleversé, malade. Mais qu'il eût du chagrin? Non, cela ne lui était jamais venu à l'esprit. D'une certaine manière, elle avait au contraire eu la certitude qu'au fond de lui il était soulagé. Enfin se terminaient de longues années de tourments et d'efforts sur lui-même, il pouvait maintenant recommencer à vivre. Et elle serait là pour l'aider, tout comme elle l'avait fait du vivant de Dorothy, quand elle lui prodiguait sympathie et conseils. C'était un écrivain, un artiste. Il avait besoin d'affection, de compréhension. S'il le voulait, il ne serait plus jamais seul désormais.

Avait-elle été amoureuse de lui? se demanda-t-elle. Elle s'en souvenait mal. Peut-être que non. Peut-être n'avait-ce pas été de l'amour, tel qu'elle imaginait ce sentiment. Toutefois, elle avait certainement été plus près qu'elle ne le serait jamais de ce déchaînement tant désiré, insaisissable. Elle avait traité de sa contrefaçon dans près de quarante romans; l'original, lui, n'était jamais passé à portée de sa main.

Assise devant le feu éteint, elle se rappela le moment où elle avait compris la vérité. Ce souvenir la faisait encore rougir de honte. Soudain, Maurice s'était mis à pleurer. A cet instant, toute idée d'artifice s'évanouit; il ne resta que de la pitié. Elle s'agenouilla près de lui, prit sa tête dans ses bras, murmura des paroles d'amour et de réconfort. Brusquement, ce fut la catastrophe. Maurice se raidit et recula. Il la regarda, le souffle coupé. Elle aperçut sa figure. Tout y était : pitié, embarras, un peu de peur et, chose plus difficile à accepter, répulsion physique. Dans un moment très dur de lucidité, elle se vit avec ses yeux. Il pleurait un être mince, gai, beau. Et c'était l'instant que choisissait une femme laide et mûre pour se jeter à son cou. Il s'était ressaisi, bien sûr. Pas un mot n'avait été prononcé. Même les affreux sanglots s'étaient interrompus net comme ceux d'un enfant auquel on donne un bonbon. Rien de tel qu'un danger pour atténuer le chagrin, se dit-elle avec amertume. Le visage en feu, elle avait maladroitement réintégré son fauteuil. Maurice était resté aussi longtemps que l'exigeait la politesse. Elle lui avait offert un verre, l'avait écouté évoquer des souvenirs sentimentaux concernant sa femme (le pauvre fou avait-il déjà tout oublié?), avait feint de s'intéresser à son projet de longues vacances à l'étranger « pour essayer d'oublier ». Ensuite six mois s'écoulèrent avant qu'il se risquât à nouveau seul à Rosemary's Cottage, et même plus longtemps avant qu'il lui demandât de l'accompagner quand il était obligé d'aller dans le monde. Juste avant de partir en voyage, il lui avait écrit pour lui dire qu'il l'avait couchée sur son testament « en remerciement de la sympathie et de la compréhension que vous m'avez manifestées lors du décès de ma chère épouse ». Elle avait parfaitement compris. Inconscient de ce que son geste avait d'indélicat, il avait compté là-dessus pour se faire pardonner. Mais sa première réaction à elle n'avait été ni la colère ni l'humiliation; elle s'était simplement demandé quelle serait la somme qu'il lui léguerait. Depuis, la question s'était faite de plus en plus insistante pour devenir maintenant d'une passionnante actualité. Bien entendu, il ne s'agissait peut-être que d'une centaine de livres. Peut-être d'un millier. Mais si c'était une fortune? Dorothy était, paraît-il, très riche et Maurice n'avait personne d'autre à qui laisser son argent. Il n'avait jamais beaucoup aimé son demi-frère et, récemment, leurs rapports avaient encore empiré. De plus, ne le lui devait-il pas à elle?

Un triangle de lumière venant du vestibule se dessina sur le tapis. Elizabeth pénétra silencieusement dans la pièce, les pieds nus, vêtue d'une robe de chambre rouge qui luisait dans la pénombre. Elle s'assit en face de sa tante et tendit ses jambes vers le feu mourant. Sa figure se trouvait dans l'obscurité.

« Il me semblait bien t'avoir entendu rentrer. Veux-tu une boisson chaude? Du lait? De l'Ovomaltine? »

Malgré son ton maussade et embarrassé cette offre inattendue toucha miss Calthrop.

« Merci, ma chérie. Tu devrais retourner au lit. Tu vas attraper froid. C'est moi qui vais préparer quelque chose. Je monterai le plateau dans ta chambre. »

La jeune fille ne bougea pas. Miss Calthrop attaqua de nouveau le feu. Cette fois, une longue flamme lécha les charbons en sifflant et Celia sentit enfin un peu de chaleur sur ses mains et sur son visage.

« Est-ce que Sylvia est bien rentrée? s'informa-t-elle. Comment allait-elle?

– Plutôt mal. Mais l'as-tu déjà vue aller bien?

– Je me suis demandé après-coup si nous n'aurions pas dû l'inviter à passer la nuit ici. Elle avait vraiment l'air malade. Elle n'est peut-être pas en état de rester seule. »

Elizabeth haussa les épaules.

« Je lui ai dit que nous avions un lit disponible jusqu'à l'arrivée de la nouvelle fille au pair et qu'elle serait la bienvenue ici. Elle n'a pas voulu en entendre parler. Quand j'ai insisté, ça l'a énervée. Je suis donc partie. Elle a trente ans, après tout, ce n'est plus une enfant. Je ne pouvais tout de même pas la forcer à venir ici.

– Évidemment. »

D'ailleurs, Elizabeth n'aurait guère apprécié sa présence dans la maison, se dit Celia Calthrop. Elle avait remarqué que l'infirme excitait généralement moins de compassion chez les femmes que chez les hommes, et sa nièce n'avait jamais caché l'aversion qu'elle lui inspirait.

« Que s'est-il passé après notre départ? fit la voix dans le fauteuil opposé au sien.

– Oh, pas grand-chose. Jane Dalgliesh pense que Maurice a peut-être été tué avec son hachoir. Cet ustensile a disparu de chez elle il y a environ un mois.

– L'inspecteur Reckless vous a-t-il dit que c'était là l'arme du crime?

– Non. Mais...

– Alors, nous ignorons encore comment Maurice est mort. Il pourrait avoir été assassiné d'une dizaine de manières différentes et mutilé après sa mort. J'ai l'impression que cela a dû se passer ainsi. Parce qu'il doit être rudement difficile de couper les mains d'un être vivant et conscient. L'inspecteur le sait sûrement vu que, dans le premier cas, Maurice aura très peu saigné. Et il connaît aussi le moment du décès, à une heure près. Il n'a pas besoin d'une autopsie pour ça.

– Maurice est certainement mort dans la nuit de mardi. Quelque chose a dû lui arriver ce jour-là. Il n'aurait jamais quitté son club ni découché sans prévenir. Il est mort dans la nuit de mardi pendant que Sylvia et moi étions au cinéma. »

Celia parlait avec une assurance têtue. Pour répondre à son désir, il fallait que les choses se fussent passées ainsi. Maurice était mort dans la nuit pour laquelle elle avait un alibi.

« Justin et Oliver étaient à Londres ce soir-là, ajouta-t-elle. C'est ennuyeux pour eux. Ils ont bien une sorte d'alibi, mais c'est gênant quand même.

– Moi aussi j'y étais, mardi soir », déclara Elizabeth d'une voix calme. Puis, avant que sa tante ait pu ouvrir la bouche, elle poursuivit vivement : « Je sais ce que tu vas me dire : j'étais censée être à Cambridge, au fond de mon lit. Eh bien, le médecin m'a autorisée à me lever plus tôt que ce que je t'ai dit. Mardi matin, j'ai sauté dans le premier express qui allait à Liverpool Street. J'avais un rendez-vous pour déjeuner. Tu ne le connais pas. Un ami de Cambridge qui habite Londres maintenant. De toute façon, il m'a posé un lapin. Bien entendu, il m'avait laissé un message tout à fait poli pour s'excuser. Dommage que nous ayons fixé le rendez-vous dans un endroit où l'on nous connaît. L'air compatissant du garçon m'a été pénible. Que mon ami m'ait fait faux bond ne m'a pas vraiment étonnée. Cela n'a pas d'importance. Mais je ne voulais certainement pas donner à Justin et à Oliver l'occasion de cancaner à mon sujet. Et je ne vois pas non plus pourquoi je devrais parler de cet épisode à Reckless. Il n'a qu'à découvrir ces faits lui-même. »

« Mais elle m'en a parlé à moi ! » songea Celia. Elle se sentit envahie d'une si grande joie qu'elle remercia le ciel d'être assise dans la pénombre. C'était la première véritable confidence que sa nièce lui eût jamais faite. Le bonheur la rendit sage. Résistant à l'envie de consoler ou d'interroger la jeune fille, elle dit :

« Ce n'était pas très raisonnable de ta part de passer toute la journée en ville, ma chérie. Tu n'es pas encore bien remise. Enfin, tu ne sembles pas en avoir souffert. Qu'as-tu fait après le déjeuner?

– J'ai travaillé tout l'après-midi à la London Library. Puis je suis allée au cinéma. A la fin de la séance, il était déjà tard. Je me suis dit que je ferais mieux de passer la nuit à Londres. De toute façon, je ne t'avais pas indiqué d'heure précise pour mon arrivée. J'ai dîné au Lyons de Coventry Street, puis j'ai réussi à trouver une chambre à l'hôtel Walter Scott, à Bloomsbury. Je me suis promenée dans les rues une grande partie de la soirée. J'ai dû rentrer à l'hôtel peu avant onze heures.

– Alors le portier pourra confirmer ta déclaration, dit Celia Calthrop avec chaleur. De plus, une serveuse de Lyons se souviendra peut-être de toi. Mais je pense que tu as raison de garder le silence là-dessus pour le moment. Cela ne regarde que toi. Nous attendrons de connaître l'heure exacte de la mort de Maurice, puis nous aviserons. »

Elle avait du mal à ne pas trahir sa joie. Un de ses vieux rêves était en train de se réaliser : sa nièce et elle se parlaient, faisaient des projets ensemble. La jeune fille lui demandait, même si c'était d'une façon détournée et à contrecœur, conseil et réconfort. Comme c'était étrange! Il avait fallu la mort de Maurice pour les rapprocher. Elle poursuivit avec volubilité :

« Je suis contente de voir que tu prends si bien ton histoire de déjeuner raté. Les jeunes gens d'aujourd'hui n'ont aucun savoir-vivre. Si ton ami n'a pu se décommander par téléphone la veille du rendez-vous au plus tard, il aurait absolument dû s'y rendre. Mais au moins tu sais à qui tu as affaire maintenant. »

Elizabeth se leva et se dirigea en silence vers la porte. Sa tante lui cria :

« Je vais aller faire chauffer le lait. Nous le boirons ensemble dans ta chambre. J'en ai pour une minute. Toi, remonte te coucher.

– Je ne veux rien boire, merci.
– Mais ne m'avais-tu pas dit que tu avais envie d'une boisson chaude? Cela te ferait du bien.
– Encore une fois, je ne veux rien. Je vais me coucher. Je veux qu'on me laisse tranquille.
– Mais Eliza... »
La porte se ferma. Celia n'entendit plus rien, pas même un pas léger sur l'escalier. Il n'y avait que le sifflement du feu et, dehors, le silence et la solitude de la nuit.

10.

Le lendemain matin, Dalgliesh fut réveillé par la sonnerie du téléphone. Sa tante décrocha très vite, car le bruit cessa presque immédiatement. Il replongea dans cet agréable état hypnotique, entre la veille et le sommeil, qui prolonge une bonne nuit. Une demi-heure environ s'écoula, puis le téléphone sonna de nouveau. Cette fois, le bruit se fit plus fort et plus insistant. Il ouvrit complètement les yeux et vit, dans le cadre de la fenêtre, un rectangle translucide de lumière bleue où seule une fine ligne à peine marquée séparait le ciel de la mer. Une autre magnifique journée d'automne s'annonçait. C'était *déjà* une autre magnifique journée d'automne. A son étonnement, il constata que sa montre indiquait dix heures un quart. Il enfila sa robe de chambre et ses pantoufles et descendit l'escalier juste à temps pour entendre sa tante parler dans le combiné.
« Je le lui dirai dès qu'il se réveillera, inspecteur. Est-ce urgent? Non, mais il est censé être en vacances... Je suis sûre qu'il viendra avec plaisir dès qu'il aura pris son petit déjeuner. Au revoir. »
Dalgliesh se pencha et laissa un instant sa joue contre celle de sa tante. Comme d'habitude, la peau de la vieille dame était aussi douce et solide qu'un gant de chamois.
« Était-ce Reckless?

– Oui. Il te fait dire qu'il est à Seton House et serait heureux que tu l'y rejoignes ce matin.

– En quelle qualité? Je suppose qu'il ne te l'a pas précisé. Est-ce pour travailler ou simplement admirer son travail? Ou bien, serais-je un suspect, par hasard?

– Le suspect, c'est moi, Adam. J'ai bien l'impression que ce hachoir était le mien.

– Oh, Reckless n'aura pas manqué d'en prendre note. Mais, sur sa liste, tu dois figurer derrière la plupart de tes voisins. Et certainement derrière Digby Seton. Nous, les policiers, nous sommes des gens simples, au fond. Avant d'arrêter quelqu'un, nous aimons découvrir s'il avait un motif. Et aucun motif ne nous donne autant de satisfaction que l'intérêt. Je suppose que Digby Seton hérite de son demi-frère?

– C'est ce que pense tout le monde. Prendras-tu un ou deux œufs, Adam?

– Deux, s'il te plaît. Mais je m'en occupe. Toi, reste ici pour me tenir compagnie. Le téléphone n'a-t-il pas sonné deux fois ce matin? Qui a appelé avant Reckless? »

Miss Dalgliesh expliqua que R. B. Sinclair avait appelé pour les inviter tous deux à dîner le dimanche. Elle avait promis de confirmer. Bien qu'intrigué, Dalgliesh, qui surveillait avec amour la cuisson de ses œufs sur le plat, se contenta de répondre qu'il acceptait l'invitation avec plaisir. Voilà qui était nouveau, songea-t-il. Sa tante allait sans doute assez souvent au prieuré, mais jamais quand lui, Dalgliesh, était à Pentlands. Il était en effet entendu que R.B. Sinclair ne rendait ni ne recevait de visites. Seule miss Dalgliesh faisait exception à la règle. La raison de ce changement d'attitude n'était pas bien difficile à deviner. Sinclair avait envie de parler du meurtre avec le seul homme capable, en tant que professionnel, de lui donner une opinion valable. Cela avait quelque chose de rassurant, bien que d'un peu triste, de découvrir que ce grand homme n'échappait pas à la curiosité du commun des mortels. La mort violente exerçait sa macabre fascination même sur quelqu'un qui professait ne vouloir participer d'aucune façon à la comédie humaine. Bien entendu, Dalgliesh irait à ce dîner. La tentation était trop forte. Il était assez mûr pour savoir qu'il y a peu d'expériences aussi décevantes que celle de rencontrer une célébrité. Mais, pour R.B. Sinclair, n'importe quel écrivain aurait volontiers pris ce risque.

Dalgliesh lava sans se presser la vaisselle de son petit déjeuner, puis il passa une veste de tweed par-dessus son chandail. A la porte du cottage, il hésita devant la collection hétéroclite de cannes abandonnées là par des invités de passage dans l'espoir de pouvoir renouveler leur agréable visite, se demandant laquelle pourrait parfaire son image de vacancier sportif. Il en empoigna une grosse, en frêne, l'essaya et la replaça parmi les autres. Pas la peine d'en faire trop, se dit-il. Après avoir crié « au revoir » à sa tante, il se mit en route. Le plus rapide aurait été de prendre la voiture, de tourner à droite au carrefour, de parcourir huit cents mètres en direction de Southwold et d'emprunter un étroit sentier relativement carrossable qui traversait le cap pour aboutir à la maison. Un peu par esprit de contradiction, Dalgliesh décida de marcher. Après tout, il était censé être en vacances et l'inspecteur n'avait pas dit qu'il y avait urgence. Pauvre Reckless. Rien n'est plus agaçant et frustrant pour un policier que de ne pas connaître l'étendue de ses responsabilités. Mais, au fond, il n'y avait aucun doute à ce sujet. C'était l'enquête de Reckless. Tous les deux le savaient. Même si le chef de la police du comté décidait d'appeler Scotland Yard à la rescousse, il y avait peu de chance qu'on confiât l'affaire à Dalgliesh : celle-ci le touchait de trop près. Toutefois, Reckless trouverait certainement désagréable d'avoir à faire ses investigations sous l'œil d'un superintendant de la police métropolitaine, surtout quand celui-ci avait la réputation de Dalgliesh. C'était regrettable pour Reckless, songea Dalgliesh, mais encore plus regrettable pour lui. Il pouvait faire une croix sur son espoir de passer des vacances solitaires et sans histoires qui, presque sans effort de sa part, allaient le détendre et lui permettre de résoudre ses problèmes personnels. Dès le début, ce projet n'avait dû être qu'un rêve fondé sur sa fatigue et un besoin d'évasion. C'était toutefois un peu déconcertant de le voir s'effondrer si vite. Il avait aussi peu envie de se mêler de cette affaire que Reckless devait en avoir de lui demander son aide. Il y avait certainement eu un échange de coups de fil discrets entre le commissariat local et Scotland Yard. Vu la connaissance qu'il avait de Monksmere et de ses habitants, on trouverait normal qu'il se mît à la disposition de l'inspecteur. De toute façon, la chose aurait été de son devoir, même en tant que simple citoyen. Mais si Reckless s'imaginait que Dalgliesh souhaitait participer plus activement à l'enquête, il fallait le détromper au plus vite.

On ne pouvait rester insensible à la beauté de cette journée et, au bout d'un moment, Dalgliesh sentit son irritation s'envoler presque entièrement. Le cap baignait dans la chaleur jaune du soleil automnal. La brise était fraîche, sans âpreté. Ferme sous ses pieds, le sentier sablonneux passait entre des fougères et des ajoncs; parfois il serpentait au milieu d'épais buissons de ronces et d'aubépines rabougries qui formaient une série de petites grottes où se perdait la lumière; il se réduisait alors à un simple fil de sable. Sur la plus grande partie du trajet, Dalgliesh put voir la mer sauf quand il longea les murs gris du prieuré. Le bâtiment se dressait face à la mer, à une centaine de mètres du bord de la falaise. La propriété était délimitée au sud par un haut mur de pierre, au nord, par une rangée de sapins. La nuit, la maison avait quelque chose d'inquiétant, de rébarbatif qui renforçait son isolement naturel. Si Sinclair recherchait la solitude, il ne pouvait trouver endroit plus propice. Combien de temps s'écoulerait-il avant que l'inspecteur Reckless violât cette retraite avec ses questions? Il ne tarderait certainement pas à apprendre que Sinclair avait un escalier privé qui menait de son terrain à la plage. En supposant que le corps ait été amené au canot et non pas le canot, à coups de rames, jusqu'au corps caché en un point éloigné de la côte, quelqu'un avait dû descendre le cadavre sur le rivage par un des trois sentiers existants. Un des accès, peut-être le plus évident, était Tanner's Lane, la rue qui passait devant chez Sylvia Kedge. Comme le *Sheldrake* * avait été tiré à sec au bout de ce passage, ç'aurait été le chemin le plus court. Ensuite, il y avait la pente abrupte et sablonneuse qui conduisait de Pentlands au bord de l'eau.

* *Sheldrake* : tadorne, grand canard migrateur. (*N.d.T.*)

C'était un chemin difficile, même en plein jour. De nuit, il aurait été périlleux, même pour quelqu'un qui le connaissait bien et n'aurait pas porté de fardeau. Dalgliesh voyait mal un assassin choisir cet itinéraire. Même si sa tante n'avait pas entendu de voiture, elle aurait certainement remarqué quelqu'un qui passait devant sa maison. Les gens qui vivaient seuls dans un endroit aussi retiré devenaient très réceptifs au moindre bruit insolite. Jane Dalgliesh était la plus détachée, la moins curieuse des femmes. Les mœurs des oiseaux l'avaient toujours intéressée davantage que celles des hommes. Mais elle ne serait certainement pas restée inactive si elle avait vu un individu passer devant sa porte, un cadavre dans les bras. Et naturellement, il y aurait eu le problème du transport du mort sur la plage, un kilomètre environ, qui séparait le bas du sentier de l'endroit où était rangé le *Sheldrake*. A moins que l'assassin – si assassin il y avait – n'eût à moitié enterré sa victime dans le sable et fût allé chercher le canot. Mais, de cette manière, il aurait pris des risques supplémentaires inutiles et eu la tâche impossible de débarrasser le corps de toute trace de sable. Et, surtout, il aurait eu besoin de rames et de dames de nage. Dalgliesh se demanda si Reckless avait regardé s'il y en avait.

Le troisième accès à la plage, c'était par l'escalier de Sinclair. Celui-ci ne se trouvait qu'à une cinquantaine de mètres du bout de Tanner's Lane et aboutissait à une petite crique où les falaises, plus hautes qu'ailleurs, érodées par la mer, présentaient un renfoncement courbe. C'était la seule partie de la plage où l'assassin aurait pu mutiler le corps sans craindre d'être vu du nord ou du sud. Il n'aurait couru le danger d'être découvert que si l'un des habitants de Monksmere avait décidé d'aller se promener au bord de l'eau après le crépuscule; or, dans ce pays, c'était là une chose qu'on ne faisait jamais une fois la nuit tombée.

Dalgliesh avait dépassé le prieuré et atteignait le petit bois de hêtres qui bordait Tanner's Lane. Des feuilles mortes craquèrent sous ses pieds et, à travers l'entrelacs des branches nues, il aperçut une brume bleue qui aurait aussi bien pu être le ciel que la mer. Le bosquet se terminait abruptement. Dalgliesh grimpa par-dessus un échalier et sauta sur le chemin. A quelques mètres de lui se dressait le cottage en brique rouge que Sylvia Kedge habitait seule depuis la mort de sa mère. C'était une construction laide, aussi parfaitement carrée qu'une maison de poupée, trouée de quatre petites fenêtres pourvues de lourds rideaux. On avait élargi la barrière du jardin et la porte d'entrée, sans doute pour permettre au fauteuil roulant de l'infirme de les franchir plus aisément. Cette modification n'avait certes pas amélioré les proportions de la maison. Pour tout jardin, il n'y avait qu'un petit rectangle d'herbe foncée coupé au milieu par une allée de gravier; les portes et les fenêtres étaient recouvertes d'une épaisse couche de peinture d'un brun terne. Il devait y avoir eu une succession de Tanner's Cottages à cet endroit, chacun d'eux bâti un peu plus loin du rivage, jusqu'à ce qu'il s'effondrât à son tour ou soit emporté par la tempête. Maintenant, cette boîte rouge du vingtième siècle tentait de résister à la mer. Sur une impulsion, Dalgliesh ouvrit le petit portail du jardin et remonta l'allée. Soudain, il perçut un bruit. Quelqu'un d'autre explorait les lieux. Elizabeth Marley apparut au coin de la maison. Sans manifester la moindre gêne, elle le regarda avec froideur et s'écria :

« Ah, c'est vous! Il me semblait bien avoir entendu quelqu'un fouiner par ici. Que voulez-vous?

– Fouiner, c'est le mot. C'est dans ma nature. Quant à vous, vous cherchez miss Kedge, je présume?

– Sylvia n'est pas là. Je pensais qu'elle travaillait peut-être dans son petit laboratoire photographique sur le derrière de la maison, mais il n'y a personne. Je lui apporte un message de ma tante. Celia veut s'assurer que Sylvia s'est remise de son choc d'hier soir. Mais ce n'est qu'un prétexte. En réalité, elle voudrait que Sylvia vienne à la maison et travaille pour elle avant qu'Oliver Latham ou Justin la lui chipent. On va se l'arracher, la Kedge. Et je parie qu'elle profitera au maximum de cette situation. Ils sont ravis à l'idée d'avoir une secrétaire disponible à chaque instant pour deux shillings les mille mots, carbones en prime.

– Est-ce tout ce que Seton lui donnait? Pourquoi est-elle restée avec lui?

– Parce qu'elle lui était très attachée, ou faisait semblant de l'être. Elle devait avoir une bonne raison, je suppose. De toute façon, elle aurait eu du mal à trouver un appartement à Londres. Je suis curieuse de savoir combien d'argent Maurice lui a légué. Une chose en tout cas est certaine : Sylvia aimait jouer à la secrétaire-compagne dévouée, débordée de travail qui aurait bien voulu rendre service à ma tante, mais qui ne pouvait pas laisser tomber ce pauvre Mr. Seton. Ma tante n'y a jamais vu que du feu, mais il faut dire qu'elle ne brille pas par l'intelligence.

– Alors que vous, vous nous percez tous à jour. Mais vous ne pensez tout de même pas que quelqu'un a assassiné Maurice Seton pour lui faucher sa sténodactylo? »

Elizabeth Marley pivota vers Dalgliesh, son lourd visage rouge de colère.

« Je me fous de la raison pour laquelle on l'a tué et de l'identité de l'assassin! Tout ce que je sais, c'est que ce n'était pas Digby Seton. Comme je l'ai déjà indiqué, je suis allée le chercher à la gare mercredi soir. Et si vous me demandez où il était mardi soir, je peux vous le dire. Il me l'a confié pendant que je le ramenais chez lui : il a passé la nuit au commissariat de West Central à partir de vingt-trois heures. La police l'a ramassé complètement ivre dans la rue et il a comparu devant le juge de paix mercredi matin. Heureusement pour lui, il était au poste pendant les heures critiques! Essayez de démolir cet alibi, superintendant. Du béton! »

Dalgliesh lui fit remarquer calmement que démolir des alibis était l'affaire de Reckless, non la sienne. La fille haussa les épaules, enfonça ses poings dans ses poches et referma le portail de Tanner's Cottage d'un coup de pied. Dalgliesh et elle remontèrent la rue en silence.

« C'est par ce chemin qu'on a dû amener le cadavre à la mer, déclara-t-elle brusquement. C'est l'accès le plus facile. Cependant, l'assassin aurait eu à porter le corps sur les derniers cent mètres. Le sentier est trop étroit pour livrer passage à une voiture ou à une moto. Le meurtrier aurait pu aller aussi loin que le pré de Coles, puis se garer sur le bas-côté. Quand je suis passée là-bas tout à l'heure, j'ai aperçu deux flics qui cherchaient des traces de pneus. Ils ne doivent pas s'amuser! Quelqu'un a laissé la barrière ouverte la nuit dernière, et ce matin la rue grouillait de moutons. »

Comme le savait Dalgliesh, cela n'avait rien d'extraordinaire. Ben Coles, le fermier qui travaillait une centaine d'hectares de mauvaise terre à l'est de la route de Dunwich, n'entretenait pas ses barrières, de sorte que ses moutons, avec l'entêtement aveugle propre à leur espèce, broutaient aussi souvent dans Tanner's Lane que dans leur pré. A la saison touristique, c'était la pagaille. Le troupeau de bêtes bêlantes et le troupeau d'automobilistes klaxonnant se mélangeaient, essayant désespérément de se chasser l'un l'autre du seul endroit du chemin où l'on pouvait stationner. N'empêche que cette barrière ouverte avait dû arranger quelqu'un. Les moutons avaient peut-être suivi une vieille tradition locale. A l'époque des contrebandiers, on emmenait les troupeaux, de nuit, sur les sentes du marais de Westleton. Ainsi, au matin, quand arrivaient les employés de la régie, ne distinguait-on plus la moindre trace de sabots de cheval.

Ils continuèrent à marcher ensemble jusqu'à l'échalier qui donnait accès à la moitié septentrionale du cap. Dalgliesh s'était arrêté pour dire au revoir quand la jeune fille lança soudain :

« Vous devez me prendre pour une sale ingrate. Elle me donne de l'argent, bien sûr. Quatre cents livres par an, plus mes frais d'études. Mais vous le saviez déjà, je suppose. La plupart des gens, ici, semblent être au courant. »

Dalgliesh n'eut pas besoin de lui demander de qui elle voulait parler. Il aurait pu répondre que Celia Calthrop n'était pas femme à taire ses générosités. Cependant l'importance de la somme le surprit. Miss Calthrop ne cachait pas le fait qu'elle n'avait aucune fortune personnelle. « Pauvrette que je suis! disait-elle. Chaque penny que je possède, je l'ai gagné à la sueur de mon front. » On ne la croyait pas démunie pour autant. Ses livres se vendaient bien et elle travaillait dur, très dur même quand on comparait ses efforts à ceux de Latham ou de Bryce. Ses deux confrères avaient tendance à croire que cette chère Celia n'avait qu'à se caler confortablement dans un fauteuil et allumer son magnétophone pour que sa détestable prose se mît à couler en un flot continu extrêmement rentable. Critiquer ses livres était facile. Mais quand on voulait acheter de l'affection, et que le prix à payer pour être tout juste tolérée était des études à Cambridge et quatre cents livres par an, il fallait beaucoup se démener : un roman tous les six mois, un article hebdomadaire dans *Home and Hearth* et autant de participations à ces interminables et ennuyeux débats télévisés que son agent pouvait lui en procurer, des nouvelles signées de son nom ou d'un pseudonyme pour des magazines féminins, l'assistance à des ventes de charité où la publicité était gratuite même s'il fallait payer pour son thé. Dalgliesh se sentit pris d'une soudaine pitié pour Celia. Brusquement, la vanité et l'ostentation de cette femme, qui provoquaient le mépris amusé de Latham ou de Bryce, lui apparurent comme de pathétiques symptômes d'une vie à la fois solitaire et dénuée de sécurité. Il se demanda si Celia avait vraiment aimé Maurice Seton. Et aussi si Seton la mentionnait dans son testament.

Elizabeth Marley ne semblait pas pressée de le quitter. Il ne pouvait tout de même pas lui tourner le dos et partir. Il avait l'habitude de jouer les confidents. Après tout, cela faisait partie de son métier. Mais il n'était pas de service à présent et il savait que ceux qui se confiaient le plus étaient ceux qui le regrettaient le plus vite. En outre, il n'avait aucune envie de parler de Celia Calthrop. Il espérait que la fille n'avait pas l'intention de l'accompagner à Seton House. La regardant, il put voir où étaient passés, pour une part au moins, les quatre cents livres de rente. La veste doublée de fourrure que portait Elizabeth était en vrai cuir. Sa jupe plissée, d'un tweed très fin, devait avoir été faite sur mesure. Des chaussures solides et élégantes. Dalgliesh se rappela ce qu'Oliver lui avait dit un jour, il ne savait plus quand ni pourquoi : « Elizabeth Marley adore l'argent. Je trouve ça plutôt sympathique à une époque où tout le monde fait semblant d'être au-dessus de ce genre de contingence. »

Maintenant, la jeune fille s'adossait contre l'échalier bloquant le passage.

« Bien entendu, elle a réussi à me faire accepter à Cambridge. Voilà une chose qu'on ne peut obtenir sans argent ni relations quand on est d'intelligence moyenne comme moi. Pour les cracks, c'est différent. Tout le monde en veut. Pour les autres, il faut avoir été au bon lycée, dans la bonne boîte à bachot, pouvoir inscrire quelques noms connus sur la demande d'admission. Ma tante s'est même débrouillée pour ça. Elle est très douée pour se servir des gens. Comme elle ne craint jamais d'importuner quelqu'un, ça doit évidemment lui faciliter la tâche.

– Pourquoi cette hargne?

– Oh, je n'ai rien contre sa personne, bien que nous n'ayons pas grand-chose en commun, n'est-ce pas? C'est son œuvre que je ne supporte pas. Ses romans sont épouvantables. Dieu merci, nous ne portons pas le même nom. On est assez tolérant à Cambridge, mais ce courrier du cœur qu'elle tient! Quelle humiliation! Ses rubriques sont encore pires que ses bouquins. Vous pouvez imaginer le genre de conneries qu'elle écrit. » La jeune fille prit une voix de fausset. « Et surtout ne lui cédez pas. Tous les hommes ne pensent qu'à ça. »

C'était souvent vrai pourtant, y compris pour lui-même, songea Dalgliesh, mais il se garda bien de le lui dire. Soudain, il se sentit vieux, ennuyé, irrité. Il n'avait ni voulu ni prévu cette compagnie et, quitte à voir sa solitude troublée, il aurait préféré qu'elle le fût par une autre personne que cette adolescente grincheuse. Il entendit à peine le reste de ses récriminations. Elle avait baissé la voix et le vent emportait ses paroles dans une autre direction. Il saisit toutefois la conclusion :

« C'est tellement amoral, au sens propre du terme. La virginité précieusement conservée et utilisée comme appât pour attirer d'éventuels maris! A notre époque!

– Je n'approuve guère ce point de vue, moi non plus. Mais comme je suis un homme, votre tante pourrait évidemment m'accuser de prêcher pour un saint. Au moins le conseil est-il réaliste. Vous ne pouvez pas reprocher à votre tante de le ressortir chaque semaine alors qu'elle reçoit tant de lettres de lectrices qui regrettent de ne pas l'avoir suivi. »

Elizabeth haussa les épaules.

« Évidemment, elle est obligée d'adopter une attitude

conventionnelle. Si elle osait être honnête, cette revue de bonnes femmes ne lui donnerait plus de travail. De toute façon, je ne pense pas qu'elle serait capable de l'être. Et elle a besoin de cette rubrique. Elle n'a pas un sou de revenus à part ce qu'elle gagne et ses romans ne continueront pas à se vendre éternellement! »

Dalgliesh remarqua la note d'anxiété qui perçait dans sa voix.

« A votre place, je ne me tracasserais pas à ce sujet, répondit-il brutalement. Ses ventes se maintiendront. Miss Calthrop traite de sexualité. Vous n'aimez peut-être pas l'emballage, mais l'article garde les faveurs du public. J'ai l'impression que vous n'avez rien à craindre pour vos quatre cents livres pendant les trois années à venir. »

Un bref instant, il crut que la fille allait le gifler. Puis, à sa surprise, elle éclata de rire et se dégagea de l'échalier.

« Et vlan! Bien fait pour moi! Je n'avais qu'à pas me prendre tellement au sérieux. Navrée de vous avoir barbé avec mes histoires. Vous étiez sans doute en route pour Seton House? »

Dalgliesh répondit par l'affirmative. Devait-il transmettre un message à Sylvia Kedge si celle-ci était là-bas? demanda-t-il.

« Non. Je ne vois pas pourquoi vous serviriez de rabatteur à ma tante. Mais vous pourriez en transmettre un à Digby. Dites-lui simplement que, jusqu'à ce qu'il se soit organisé, il peut manger chez nous. Aujourd'hui, il n'y aura que de la viande froide et de la salade, il ne ratera donc pas grand-chose s'il ne vient pas. Cela m'étonnerait qu'il veuille dépendre de Sylvia pour ses repas. Ils ne peuvent pas se sentir, ces deux-là. Surtout n'allez pas imaginer des choses, superintendant. Je veux bien ramener Digby chez lui en voiture et le nourrir un jour ou deux, mais cela s'arrête là. Les tapettes ne m'intéressent pas.

– J'en suis persuadé! »

Chose curieuse, ces mots firent rougir la jeune fille. Elle était en train de se tourner pour partir quand, poussé par une simple curiosité, Dalgliesh déclara :

« Il y a une chose que je ne comprends pas. Quand Digby Seton vous a appelée pour vous demander de venir le chercher à Saxmundham, comment savait-il que vous n'étiez pas à Cambridge? »

La fille se retourna et le regarda sans gêne ni peur. Elle n'avait même pas l'air fâché. A l'étonnement de Dalgliesh, elle rit.

« Je me demandais dans combien de temps quelqu'un me poserait cette question. J'aurais dû deviner que ce serait vous. La réponse est très simple : j'ai rencontré Digby à Londres, tout à fait par hasard, mardi matin. A la station de métro de Piccadilly, pour être précise. J'ai passé cette nuit-là à Londres, seule. Je suis donc sans alibi, je suppose... Allez-vous le dire à l'inspecteur Reckless? Évidemment!

– Non, répondit Dalgliesh. C'est vous qui le lui direz. »

11.

Maurice Seton avait choisi un bon architecte. Sa maison remplissait la condition principale d'une construction réussie : elle s'intégrait au paysage. Surgissant de la lande, les murs de pierre grise s'appuyaient contre la partie la plus élevée du promontoire d'où on avait vue, au nord, sur Sole Bay, au sud, sur les marais et la réserve d'oiseaux. C'était un bâtiment simple et agréable en forme de « L », à un étage, bâti à une cinquantaine de mètres seulement du bord de la falaise. Comme ceux de la forteresse de Sinclair, ses murs élégants s'effondreraient sans doute un jour dans la mer du Nord, mais ce danger-là semblait encore loin. A cet endroit, la hauteur et la solidité des falaises laissaient espérer une certaine stabilité. La partie longue du « L » était constituée presque entièrement de baies vitrées qui donnaient sur une terrasse dallée, au sud-est. Là, Seton devait s'être mêlé du projet. Ce n'était probablement pas l'architecte, se dit Dalgliesh, qui avait choisi les deux urnes profusément ornées qui marquaient les extrémités de la terrasse et où des buissons s'étiolaient dans les vents froids de la côte du Suffolk, ni le panneau prétentieux qui se balançait entre deux petits poteaux et sur lequel les mots « Seton House » étaient gravés en lettres gothiques.

Dalgliesh n'eut pas besoin de repérer la voiture garée au coin de la terrasse pour savoir que Reckless était là. Il ne voyait personne, mais il sentait qu'on le regardait approcher. Les portes-fenêtres semblaient pleines d'yeux. L'une d'elles était entrebâillée. Dalgliesh l'ouvrit et pénétra dans la salle de séjour.

Il eut l'impression d'entrer sur une scène de théâtre. La pièce, tout en longueur, resplendissait de lumière, comme éclairée à chaque coin par des sunlights, et évoquait un décor moderne. Au centre, à l'arrière-plan, un escalier ouvert montait en s'incurvant vers l'étage. Et les meubles, modernes eux aussi, fonctionnels et visiblement coûteux, augmentaient cet effet d'éphémère, d'irréalité. Presque tout l'espace vitré était occupé par le bureau de Seton, un ingénieux assemblage d'éléments en chêne clair ciré qui comprenait des tiroirs, des placards et des rayonnages situés de part et d'autre du plan de travail central. Marque de standing, il devait avoir été fabriqué sur les indications de son propriétaire. Deux reproductions de tableaux très connus de Monet, banalement encadrées, ornaient les murs gris perle.

Les quatre personnes qui se tournèrent et, sans un sourire, regardèrent Dalgliesh franchir la porte-fenêtre, se tenaient aussi immobiles et soigneusement placées dans la pièce que des acteurs qui ont pris la pose en attendant le lever du rideau. Digby Seton était allongé sur un canapé disposé à la diagonale, au centre du séjour. Il portait une robe de chambre en soie synthétique mauve par-dessus un pyjama rouge. Il aurait pu jouer le jeune premier n'eût-il été coiffé d'un bonnet de jersey qui épousait les contours de sa tête et lui descendait jusqu'aux sourcils. Les bandages modernes étaient certes efficaces, mais peu seyants. Dalgliesh se demanda si Seton avait de la fièvre. Quoique dans ce cas, on ne l'aurait pas laissé sortir de l'hôpital. Reckless, qui n'était ni un novice ni un imbécile, aurait téléphoné au médecin pour s'assurer que cet homme était en état d'être interrogé. Cependant, les yeux de Digby brillaient d'un éclat peu naturel et deux taches rouges relevaient le haut de ses pommettes. Avec ses couleurs criardes, il avait l'air d'un clown et constituait un point de mire bizarre sur son canapé gris. L'inspecteur Reckless était assis au bureau, le brigadier Courtney à son côté. C'était la première fois que Dalgliesh voyait le jeune policier à la lumière du jour. Il fut frappé par son physique attrayant. Courtney avait ce genre de physionomie honnête, ouverte, qu'on aperçoit sur des publicités vantant les avantages que présente une carrière dans la banque pour un jeune homme intelligent et ambitieux. Mais le brigadier Courtney avait choisi la police. Dans l'état d'esprit où il se trouvait, Dalgliesh jugea que c'était dommage.

Le quatrième acteur n'était pas à proprement parler en scène. Par la porte ouverte qui menait à la salle à manger, Dalgliesh entrevit Sylvia Kedge. Elle était assise à la table, dans son fauteuil roulant. Un plateau plein d'argenterie posé devant elle, elle astiquait une fourchette aussi mollement que l'aurait fait une figurante qui sait que le public regarde ailleurs. Elle leva un instant les yeux vers Dalgliesh. Ses traits tirés et son expression de souffrance le stupéfièrent. Elle avait l'air malade. Puis elle baissa de nouveau le nez sur sa tâche.

Digby Seton descendit ses jambes du canapé et se dirigea droit sur la porte de la salle à manger qu'il ferma doucement de son pied recouvert d'une chaussette. Aucun des deux policiers ne fit la moindre remarque.

« Désolé, dit Seton. Je sais que ce n'est pas très poli, mais cette fille m'horripile. Bon sang, je lui ai dit que je lui donnerais les trois cents livres que Maurice lui a laissées! Dieu merci, vous êtes là, superintendant! Allez-vous vous occuper de cette affaire? »

Difficile d'imaginer pire début.

« Non, répondit Dalgliesh. Elle ne regarde pas Scotland Yard. Mais ne me dites pas que l'inspecteur Reckless ne vous a pas encore expliqué que c'était lui qui menait l'enquête!

– Comment? Ne fait-on pas toujours appel à Scotland Yard pour résoudre une affaire criminelle compliquée?

– Qu'est-ce qui vous fait penser que nous sommes en présence d'une affaire criminelle? » demanda Reckless, sans se tourner vers Seton.

Avec des gestes mesurés, il triait des papiers qu'il avait sortis du bureau. Il parlait d'une voix calme, neutre. On aurait presque dit que la réponse ne l'intéressait pas.

« Eh bien, n'en est-ce pas une? C'est à vous de me le dire. C'est vous, les experts. En tout cas, je vois mal comment Maurice aurait pu se couper les mains. Une à la rigueur, mais deux? Si ça n'est pas un crime, alors qu'est-ce qui l'est? Et puis quoi, n'avez-vous pas justement un gars de Scotland Yard sur les lieux?

– Oui, mais celui-ci est en vacances, souvenez-vous-en, objecta Dalgliesh. Je suis exactement dans la même situation que vous.

– Vous voulez rire? » Seton se tortilla pour s'asseoir et farfouilla sous le canapé pour attraper ses chaussures. « Maurice ne vous a pas légué deux cent mille livres à vous! C'est absolument dingue! Incroyable! Un salopard quelconque règle un vieux compte avec mon frère et moi j'hérite d'une fortune! D'où diable tenait-il tout ce fric, Maurice?

– En partie de sa mère, paraît-il, et en partie de sa femme », expliqua Reckless.

Il en avait terminé avec les papiers et s'était mis à feuilleter un petit fichier, aussi concentré et méthodique qu'un érudit à la recherche d'une référence.

Seton s'étrangla de rire.

« C'est Pettigrew qui vous a dit ça? Pettigrew! Vous vous rendez compte Dalgliesh? Il n'y a que Maurice pour avoir un avoué avec un nom pareil. Pettigrew! que voulez-vous qu'il fût d'autre, le pauvre diable? Dès sa naissance, il était condamné à devenir un avoué de province. Je le vois d'ici : froid, précis, la soixantaine, une chaîne de montre étincelante et un complet à rayures. Oh mon Dieu! j'espère qu'il est foutu de rédiger un testament valide!

– De ce côté-là, vous n'avez rien à craindre! », assura Dalgliesh.

En fait, il connaissait Charles Pettigrew. C'était l'avoué de sa tante. Bien que l'étude fût très ancienne, son propriétaire actuel, qui l'avait héritée de son grand-père, était un homme d'une trentaine d'années, très compétent et plein de vivacité. Sa passion pour la mer et la voile compensait le manque d'intérêt que pouvait parfois présenter son travail, dans un cabinet de campagne.

« Je suppose que vous avez trouvé un double du testament? dit Dalgliesh.

– Oui. Le voici. »

Reckless lui passa une feuille de papier rigide. Dalgliesh parcourut le texte. Celui-ci était très court. Après avoir demandé que son corps servît à la recherche médicale, puis qu'on l'incinérât, Maurice Seton léguait deux mille livres à Celia Calthrop « en remerciement de la sympathie et de la compréhension qu'elle m'a manifestées lors du décès de ma chère épouse » et trois cents livres à Sylvia Kedge « à la condition qu'elle ait été dix ans à mon service à la date de ma mort ». Le reste de l'héritage allait à Digby Kenneth Seton, en fidéicommis jusqu'à ce qu'il se marie, puis complètement. S'il mourait avant son demi-frère, ou bien célibataire, la fortune passerait entièrement à Celia Calthrop.

« La pauvre Kedge! s'écria Seton. Il lui manquait encore deux mois pour toucher ses trois cents livres! On comprend qu'elle en soit malade. Franchement, j'ignorais tout de ce testament. Tout ce que je savais, c'est que j'avais des chances d'hériter de Maurice. Mon frère me l'a plus ou moins fait comprendre un jour. De toute façon, à qui d'autre pouvait-il laisser sa fortune? D'accord, nous n'avons jamais été très liés, mais nous avons quand même eu le même père et Maurice le respectait beaucoup, le vieux. Mais deux cent mille livres! ... Dorothy doit lui avoir légué un sacré paquet. C'est curieux quand on pense qu'au moment de sa mort leur mariage était en train de craquer.

– Mrs. Maurice Seton n'avait donc pas d'autre famille? demanda Reckless.

– Pas que je sache. C'est heureux pour moi, non? Après son suicide, on a vaguement parlé d'une sœur à prévenir. Ou était-ce un frère? Franchement, je ne m'en souviens pas. Quoi qu'il en soit, personne ne s'est manifesté et Maurice était le seul légataire mentionné dans le testament. Le père de Dorothy avait fait fortune dans l'immobilier. Tout cet argent est revenu à Maurice. Mais tout de même, deux cent mille livres, c'est énorme!

– Peut-être que les romans de votre frère se vendaient bien », suggéra Reckless.

Bien qu'ayant terminé l'examen du fichier, il restait assis au bureau, inscrivant quelque chose dans son calepin. Il n'avait pas l'air de s'intéresser aux réactions de Seton, mais, en tant que policier, Dalgliesh savait que l'interrogatoire se déroulait conformément à ses vœux.

« Ça m'étonnerait. Maurice disait toujours que le montant de ses droits d'auteur ne couvrait pas ce qu'il dépensait en chaussettes dans l'année. Cela le rendait d'ailleurs assez amer. Selon lui, nous vivions à l'époque du " roman-produit de grande consommation " et un écrivain sans " truc " n'intéressait personne. C'étaient les agents de publicité qui créaient les best-sellers. Un beau style était carrément un désavantage et les bibliothèques tuaient les ventes. Je suppose qu'il avait raison. Mais s'il disposait de deux cent mille livres, pourquoi se donnait-il la peine d'écrire? Il aimait être écrivain, bien sûr. Cela devait flatter son ego. Je n'ai jamais compris pourquoi il prenait son métier tellement au sérieux. De son côté, Maurice devait avoir du mal à comprendre pourquoi je tenais tant à diriger un club. C'est là une chose que je pourrais faire maintenant. Toute une série de clubs, même, si je vois que le premier a du succès. Je vous invite tous deux à la soirée d'inauguration. Vous pouvez emmener tout le commissariat de West Central, si vous voulez. La maison offrira les consommations. Vous savez, Dalgliesh, le *Golden Pheasant* aurait pu très bien marcher si j'avais eu le capital nécessaire. Bon, maintenant, je l'ai.

– Pas avant d'avoir trouvé une épouse », lui rappela Dalgliesh, impitoyable.

Il avait noté les noms des fidéicommissaires indiqués dans le testament. Aucun de ces messieurs prudents et conservateurs ne consentirait à se séparer de fonds à eux confiés pour financer un second *Golden Pheasant*. Dalgliesh demanda pourquoi Maurice Seton tenait tant à ce que Digby se marie.

« Maurice ne cessait de me bassiner à ce sujet. Il voulait perpétuer notre nom de famille. Lui-même n'avait pas d'enfant, pour autant que je sache, et après l'échec de son union avec Dorothy il devait avoir une peur bleue de se remarier. De plus, il avait le cœur fragile. Il devait craindre également que je ne me mette en ménage avec un homosexuel. Pour rien au monde, il n'aurait voulu que son fric pût un jour profiter à un de mes petits amis. Pauvre Maurice! Il aurait été bien incapable de reconnaître un pédé. Mais il était persuadé que Londres, et les clubs du West End en particulier, en sont pleins.

– Comme c'est curieux! » ironisa Dalgliesh.

Seton n'eut pas l'air de s'apercevoir du sarcasme. Il reprit d'un ton anxieux :

« Vous me croyez, n'est-ce pas, au sujet de ce coup de fil? L'assassin m'a appelé à mon arrivée ici, dans la nuit de mercredi. Il m'a raconté une histoire pour me faire partir à Lowestoft. De cette manière, il m'éloignait de la maison et me privait d'un alibi pour le moment de la mort de Maurice. Enfin, je suppose que c'était là son but. Sinon cela n'aurait pas de sens. Il m'a mis dans de sales draps, c'est certain. Je regrette vraiment que Liz ne soit pas entrée avec moi. Je ne vois pas comment je peux prouver que Maurice n'était pas dans la maison ou que je ne suis pas allé me promener cette nuit-là avec lui sur la plage, un couteau de cuisine caché sur moi. A propos, avez-vous retrouvé l'arme? »

L'inspecteur répondit brièvement par la négative.

« Mais j'aimerais que vous puissiez vous rappeler un peu plus de détails au sujet de cet appel téléphonique, ajouta-t-il.

– Je regrette, cela m'est impossible. » Seton parut soudain irrité. « Vous ne cessez de me le demander, et moi je vous répète que je ne me souviens de rien. Écoutez, j'ai reçu un coup sur la tête depuis! Si vous me disiez que j'ai imaginé tout cet épisode, cela ne m'étonnerait pas, mais il a bien dû se produire quelque chose car sinon pourquoi aurais-je pris la voiture? J'étais absolument crevé et je ne serais certainement pas parti à Lowestoft pour le plaisir. Quelqu'un a appelé. De cela, je suis certain. Mais je ne me rappelle pas la voix de cette personne. Je ne saurais même pas vous dire maintenant si c'était un homme ou une femme.

– Et la teneur du message?

– Je vous en ai déjà parlé, inspecteur. Cette voix, qui prétendait m'appeler du commissariat de Lowestoft, m'annonçait qu'on avait trouvé le corps de Maurice, échoué sur la plage dans mon canot et les mains tranchées...

– Tranchées ou coupées?

– Oh, je ne sais plus! Tranchées, je crois. Toujours est-il que je devais me rendre immédiatement à Lowestoft pour identifier le corps. Je suis donc parti. Je savais où Maurice rangeait ses clés de voiture et, heureusement, le réservoir de la Vauxhall était presque plein. Ou malheureusement, parce que j'ai bien failli me tuer. Oh, je sais, vous allez me dire que c'était de ma faute. J'avoue avoir bu une ou deux gorgées à mon flacon pendant le trajet. Mais, bon Dieu, c'est compréhensible, non? J'étais déjà salement fatigué avant de me mettre en route. J'avais passé une très mauvaise nuit mardi : le commissariat de West Central n'est pas vraiment un hôtel. Puis je m'étais tapé ce long voyage en train.

– Et vous êtes parti directement à Lowestoft sans même vous donner la peine de vérifier? demanda Reckless.

– J'ai vérifié! Une fois en route, j'ai été pris d'un doute. Je me suis dit que je devrais aller voir si le *Sheldrake* avait vraiment disparu. J'ai donc descendu Tanner's Lane en voiture aussi loin que j'ai pu, puis je suis descendu à pied sur la plage. Le canot n'y était pas. Cela m'a suffi comme preuve. Vous pensez sans doute que j'aurais dû rappeler le commissariat, mais il ne m'est pas venu à l'idée que le message pouvait être un canular jusqu'au moment où j'étais déjà en voiture. Alors le plus simple m'a paru d'aller voir le bateau. Mais...

– Oui? fit tranquillement Reckless.

– La personne qui a appelé devait savoir que j'étais ici. Et cela ne pouvait pas être Liz Marley puisqu'elle venait de me quitter quand le téléphone a sonné. Comment est-ce possible?

– Cette personne vous a peut-être vu arriver, suggéra Reckless. Et puis, vous avez dû allumer en entrant. La lumière se voit à des kilomètres.

– Ça, vous pouvez le dire : j'avais allumé toutes les lampes. La nuit cette maison me donne les chocottes. Mais c'est étonnant quand même. »

En effet, pensa Dalgliesh. Cependant, l'inspecteur devait avoir raison. Tout Monksmere pouvait avoir vu la lumière.

Puis, quand tout s'était éteint, quelqu'un avait su que Digby Seton s'était mis en route. Mais pourquoi avait-on voulu l'éloigner? Restait-il quelque chose à faire à Seton House? Chercher un objet? Détruire une preuve? Le cadavre était-il caché dans la maison? Mais comment cela aurait-il été possible si, comme le disait Digby, le canot avait disparu?

Digby demanda soudain :

« Quelles démarches suis-je censé faire pour remettre le corps à la recherche médicale? Maurice ne m'avait jamais dit que ce domaine l'intéressait. Enfin, si telle était sa volonté... »

Il regarda Dalgliesh, puis Reckless d'un air interrogateur.

« Ne vous tracassez pas pour ça, monsieur, répondit l'inspecteur. Votre frère a laissé les instructions ainsi que les formulaires officiels nécessaires. Mais cela devra attendre.

– Oui. Évidemment. Mais je ne voudrais pas... je veux dire : si telle était sa volonté... »

Digby hésita, puis s'interrompit. Son excitation était tombée. Soudain, il parut très las. Dalgliesh et Reckless échangèrent un regard : tous deux savaient qu'il n'y aurait plus grand-chose à apprendre du corps de Maurice une fois que le Dr Walter Sydenham en aurait terminé avec lui. Dans le livre sur la médecine légale qu'il avait écrit, celui-ci préconisait en effet une incision initiale allant de la gorge à l'aine. Les membres de Seton pourraient peut-être encore servir à l'entraînement de quelque carabin, mais ce n'était probablement pas ce que le défunt avait imaginé.

Reckless s'apprêtait à partir. Il expliqua à Seton que, cinq jours plus tard, il devrait se rendre à l'enquête du coroner – invitation qui fut reçue sans enthousiasme – et commença à rassembler ses papiers avec l'efficacité et l'air satisfait d'un assureur à la fin d'une tournée fructueuse. Digby le regarda avec l'expression intriguée et légèrement inquiète d'un petit garçon qui a trouvé la compagnie des adultes pénible mais n'est pas certain de vouloir les voir partir. Tout en fermant sa serviette, Reckless posa une dernière question sans se départir de son apparente indifférence :

« Ne trouvez-vous pas curieux, Mr. Seton, que votre

demi-frère vous ait fait son légataire? Vous étiez plutôt en mauvais termes.

– Mais je vous l'ai déjà dit! protesta Seton d'un ton geignard. Il n'y avait personne d'autre. D'ailleurs, nous n'étions pas en si mauvais termes que ça. Je veux dire : j'ai fait mon possible pour que nous restions bons amis. Ce n'était pas difficile avec lui : il suffisait de le flatter au sujet de ses bouquins merdiques et de montrer un peu de prévenance. J'aime avoir de bons rapports avec les gens. J'ai horreur des disputes. Je crois que je n'aurais pas supporté sa compagnie très longtemps et je ne venais que rarement ici. Comme je vous l'ai dit, je ne l'ai pas vu depuis le mois d'août. De plus, il se sentait seul et je représentais sa seule famille.

– Votre frère et vous avez donc entretenu de bons rapports, dit Reckless. Vous, à cause de l'argent, lui, parce qu'il avait peur de se retrouver complètement seul.

– C'est comme ça, fit Seton, nullement décontenancé. C'est la vie. Nous sommes tous intéressés. Connaissez-vous quelqu'un qui ne vous aime que pour vous-même, inspecteur? »

Reckless se leva et sortit par la porte-fenêtre ouverte. Dalgliesh le suivit. Les deux hommes se tinrent sur la terrasse en silence. La brise fraîchissait, mais le soleil était encore chaud et doré. Sur la mer vert-bleu, deux voiles avançaient par à-coups, comme deux tortillons de papier poussés par le vent. Reckless s'assit sur l'escalier qui menait de la terrasse à une étroite bande d'herbe, au bord de la falaise. Sentant d'une façon irrationnelle qu'en restant debout il mettrait l'inspecteur dans une position désavantageuse, Dalgliesh se laissa tomber à côté de lui. A sa surprise, la marche était froide sous ses cuisses et sous ses mains. Le soleil d'automne perdait sa force.

« Aucun chemin ne conduit d'ici à la plage, constata l'inspecteur. C'est curieux que Seton n'ait pas voulu avoir son accès personnel. Cela fait une trotte d'ici à Tanner's Lane.

– Les falaises sont assez hautes et friables à cet endroit. Construire un escalier poserait des problèmes.

– Peut-être. Ça devait être un drôle de type, ce Seton.

Méticuleux. Méthodique. Prenez son fichier, par exemple. Seton recueillait des idées pour ses livres dans des journaux, des magazines et chez les gens. Ou bien, il les inventait lui-même. Mais toutes sont proprement cataloguées dans cette boîte, mises en réserve.

– Qu'en est-il de celle donnée par miss Calthrop?

– Elle n'y figure pas. Mais cela ne veut pas dire grand-chose. Selon Sylvia Kedge, la maison restait généralement ouverte quand Seton y était. N'importe qui aurait pu entrer et prendre la carte. Ou bien la lire. Il paraît que tous ces gens entrent librement les uns chez les autres. Une conséquence de leur isolement, je suppose. Cela, en admettant que Seton ait fiché cette idée.

– Ou que miss Calthrop la lui ait jamais donnée », fit Dalgliesh.

Reckless le regarda.

« Tiens, ça vous a traversé l'esprit, vous aussi? Quelle impression vous a faite Digby Seton?

– La même que d'habitude. Comprendre un homme dont la plus haute ambition est de devenir propriétaire d'un club demande un effort d'imagination. Mais il doit trouver tout aussi difficile à comprendre pourquoi nous sommes policiers. Je ne crois pas que Digby ait le courage ou l'intelligence nécessaires pour concevoir un crime comme celui-ci. Au fond, il n'est pas très malin.

– Il a passé la plus grande partie de la nuit de mardi au violon. Le poste de West Central m'a confirmé son histoire. De plus, il était ivre. D'une ivresse entièrement authentique.

– C'est bien pratique pour lui.

– Avoir un alibi est toujours pratique, Mr. Dalgliesh. Mais il y en a certains que je n'essaie même pas de détruire. Ce serait une perte de temps. Or c'est précisément son cas. De plus, sauf à nous jouer la comédie, il ne sait même pas que l'arme n'était pas un couteau. Et il croit que Seton est mort dans la nuit de mercredi. Maurice n'aurait pu être dans sa maison, vivant, quand Digby et miss Marley y sont arrivés le mercredi. Ce qui ne veut pas dire que son cadavre n'y était pas. Je vois mal Digby jouer les bouchers ni ses motifs pour le faire. Même s'il a trouvé le corps ici et paniqué, c'est plutôt le genre de gars à boire un coup, puis à repartir dare-dare en ville et non pas à inventer un scénario compliqué. Et il était bien sur la route de Lowestoft et non sur celle de Londres au moment de l'accident. D'ailleurs, comment aurait-il pu connaître le charmant petit début que miss Calthrop avait imaginé pour un roman policier?

– Eliza Marley le lui avait peut-être raconté en route pendant qu'elle l'amenait chez lui.

– Pour quelle raison? Cela me paraît un sujet de conversation peu vraisemblable sur un si court trajet. Mais, d'accord, supposons que miss Marley ait connu cette idée et qu'elle en ait parlé à Digby, ou que, d'une manière ou d'une autre, Digby en ait eu vent. Il arrive ici et trouve le cadavre de son frère. Immédiatement, il décide de créer une authentique énigme en tranchant les mains de Maurice et en mettant le corps à la mer dans son canot. Pourquoi? Et quelle arme a-t-il utilisée? J'ai vu le cadavre, souvenez-vous, et je jurerais que ces mains ont été tranchées avec un hachoir. Non pas coupées, ni sciées. Tranchées. Alors zéro pour l'hypothèse du couteau de cuisine. Le hachoir de Seton est toujours dans sa cuisine. Celui de votre tante – si c'était bien l'arme – a été volé il y a trois mois.

– Digby Seton est donc rayé de la liste des suspects. Qu'en est-il des autres?

– Jusqu'ici nous n'avons eu le temps que de procéder à un interrogatoire préliminaire. Je prends leurs dépositions cet après-midi. Mais j'ai l'impression qu'ils ont tous une sorte d'alibi pour le moment de la mort. Tous, sauf miss Dalgliesh. Pour quelqu'un qui vit seule comme elle, cela n'a rien d'étonnant. »

La voix de Reckless restait neutre, monotone. L'inspecteur continuait à fixer la mer de ses yeux sombres. Mais Dalgliesh ne s'y trompa pas. C'était donc pour cela que Reckless l'avait convoqué à Seton House et s'était montré si inhabituellement loquace. Dalgliesh devinait la façon dont l'inspecteur pouvait voir les choses : voilà une femme âgée, célibataire, qui vit seule et retirée; elle n'a pas d'alibi pour la nuit de mercredi, quand le corps a été mis à la mer; elle a presque un accès privé à la plage; elle savait à quel endroit se trouvait le canot; elle mesure presque un mètre quatre-vingts; c'est une robuste et agile campagnarde, amateur de longues marches et accoutumée à la nuit.

D'accord, elle n'a pas de mobile évident. Mais cela importe peu. En dépit de ce qu'il avait dit ce matin même à sa tante, Dalgliesh savait parfaitement que le mobile était secondaire. Un policier qui cherchait méthodiquement le « où », le « quand » et le « comment » aboutissait nécessairement au « pourquoi ». L'ancien supérieur de Dalgliesh disait souvent que l'amour, le désir, la haine et le lucre englobaient tous les mobiles d'un meurtre. En apparence, c'était vrai. Mais la motivation pouvait être aussi variée et complexe que la personnalité humaine. Avec l'expérience qu'il avait dans le domaine de l'horreur, Reckless devait déjà être en train de passer en revue dans son esprit toutes les affaires criminelles où la suspicion, la solitude ou une haine viscérale avaient contenu en germe la violence et la mort.

Dalgliesh fut soudain saisi d'une si grande colère que, pendant quelques instants, il en demeura suffoqué, presque hébété. La fureur traversa son corps comme une nausée, le laissant pâle et tremblant de dégoût. Cela lui évita de dire les pires sottises, de se répandre en sarcasmes ou de répondre bêtement que, bien entendu, sa tante ne parlerait qu'en présence de son avocat. Elle n'avait pas besoin d'avocat. Elle l'avait, lui. Ah, il allait passer de drôles de vacances!

On entendit soudain un grincement de roues. Sylvia Kedge manœuvra son fauteuil roulant à travers la porte-fenêtre et l'amena à côté d'eux. Sans dire un mot, elle scruta le sentier qui menait à la route. Les deux hommes suivirent son regard. Une fourgonnette rouge vif traversait le promontoire à toute allure et se dirigeait vers la maison.

« Le courrier », dit Sylvia.

Dalgliesh vit que ses mains agrippaient les accoudoirs du fauteuil. Quand le véhicule se gara devant la terrasse, la fille se souleva à demi, toute raide. Dans le silence qui suivit l'arrêt du moteur, Dalgliesh put entendre sa respiration pénible.

Le facteur claqua la portière et s'approcha d'eux avec un salut joyeux. La fille n'y répondant pas, il jeta un regard surpris à sa figure figée, puis aux formes immobiles des deux hommes. Il tendit le courrier à Reckless. Il n'y avait qu'une grande enveloppe en papier kraft adressée à la machine.

« On dirait la même que celle que j'ai remise hier à mademoiselle », commenta le postier.

Il désigna Sylvia Kedge de la tête. Ne recevant toujours pas de réponse, il recula gauchement vers sa fourgonnette en marmonnant : « Au revoir, messieurs-dames. »

« Adressée à Maurice Seton, Esq., dit Reckless à Dalgliesh. Elle a été postée d'Ipswich, soit mercredi soir, soit dans la matinée de jeudi. Le cachet porte la date d'hier. »

Il tenait l'enveloppe délicatement par un coin, comme désireux de ne pas y surimposer d'autres empreintes de doigts. De son pouce droit, il fendit le rabat. Puis il sortit une unique feuille de papier machine couverte de caractères dactylographiés à double interligne. Il commença à lire à haute voix :

« Le cadavre aux mains coupées reposait au fond d'un canot à voiles qui dérivait tout près de la côte du Suffolk. C'était le corps d'un homme entre deux âges, un petit cadavre pimpant. Son linceul : un costume sombre à fines rayures qui épousait sa maigre silhouette, aussi élégant sur le mort qu'il l'avait été sur le vivant... »

Soudain, Sylvia Kedge tendit la main.

« Montrez. »

Reckless hésita, puis tint le papier devant les yeux de la fille.

« C'est lui qui a écrit ce texte, dit-elle d'une voix enrouée. Et c'est lui qui l'a tapé.

– Possible, fit Reckless. Mais il n'aurait pas pu le poster. Même si ce pli a été mis à la boîte mercredi, tard dans la nuit, ce n'est pas lui qui aurait pu le faire. Il était déjà mort.

– C'est lui qui l'a tapé! cria miss Kedge. Je connais bien son travail. C'est lui qui l'a tapé. Et il n'avait pas de mains! »

Elle partit d'un rire hystérique, inextinguible, qui se répercuta sur le promontoire comme un écho sauvage. Le bruit effraya une bande de mouettes qui s'éleva, pareil à un tourbillon blanc, du bord de la falaise.

Avec une indifférence pensive, Reckless regarda le corps rigide de l'infirme, sa bouche hurlante. Il n'eut pas un geste d'apaisement ou de réconfort. Soudain, Digby apparut à la porte-fenêtre, le visage blême sous son ridicule bandage.

« Que diable se...? »

Reckless le regarda, l'air impassible, puis répondit d'une voix neutre :

« Nous venons de recevoir une lettre de votre frère, Mr. Seton. Quelle agréable surprise! »

12.

Ils eurent du mal à calmer miss Kedge. Dalgliesh ne douta pas un instant de l'authenticité de sa crise d'hystérie. Une seule chose l'étonnait : que la fille fut tellement bouleversée. De toute la petite communauté de Monksmere, elle semblait être la seule à être vraiment affectée par la mort de Seton. On aurait dit qu'elle contrôlait à peine ses nerfs; ceux-ci avaient fini par lâcher. Elle fit cependant de visibles efforts pour se ressaisir et fut enfin en état d'être ramenée chez elle. Le brigadier Courtney avait complètement succombé à l'appel pathétique de ses traits tirés et de ses yeux suppliants. Il poussa le fauteuil de l'infirme avec la sollicitude d'une mère qui expose son fragile nourrisson aux regards d'un monde potentiellement hostile. Dalgliesh fut soulagé de voir partir la fille. Elle lui déplaisait, sentiment dont il avait d'autant plus honte qu'il savait sur quelle raison irrationnelle, ignoble il reposait : il la trouvait physiquement repoussante. La plupart des voisins de miss Kedge se servaient d'elle pour satisfaire à peu de frais un élan de pitié facile tout en s'assurant qu'ils en avaient pour leur argent. Comme beaucoup d'handicapés, elle était à la fois protégée et exploitée. Dalgliesh se demanda ce qu'elle pensait de tous ces gens. Il regretta de ne pas la plaindre davantage, mais on pouvait difficilement s'empêcher de remarquer l'habileté avec laquelle elle jouait de son infirmité. C'était sa seule arme, après tout. Plein de mépris pour la prompte capitulation du brigadier et pour sa propre dureté, Dalgliesh rentra déjeuner à Pentlands. Il prit la route. C'était plus long et moins intéressant, mais il détestait refaire le même chemin. Son itinéraire l'amena près du cottage de Bryce. Alors qu'il passait devant la maison, une fenêtre s'ouvrit au premier.

« Entrez un instant, Adam, cria Justin. Je vous attendais. Je sais que vous espionnez pour le compte de votre sinistre petit copain, mais je ne vous en veux pas. Laissez votre matraque à la porte et servez-vous un verre. Je descends tout de suite. »

Après une brève hésitation, Dalgliesh pénétra dans le cottage. Le salon, sorte de débarras où Bryce entassait tous les objets qu'il ne pouvait loger dans son appartement de Londres, était en désordre, comme d'habitude. Ayant décidé d'attendre son apéritif, Dalgliesh cria vers le haut de l'escalier :

« Ce n'est pas mon sinistre petit copain, mais un policier très compétent.

– Oh, je n'en doute pas ! » répondit Bryce d'une voix étouffée. Il devait être en train de passer un pull-over par-dessus sa tête. « Assez compétent, en tout cas, pour me pincer si je ne fais pas très attention. Il y a six semaines environ, on m'a arrêté pour excès de vitesse. L'agent de service, une sorte d'affreux Néanderthalien, s'est montré extrêmement grossier envers moi. Je m'en suis plaint par écrit au chef de la police. C'était une grosse erreur. Les flics vont m'avoir dans le collimateur maintenant. Vous pouvez être sûr qu'ils m'ont déjà inscrit sur leur liste noire. »

Entre-temps, il était entré dans la pièce. Dalgliesh constata avec surprise qu'il avait vraiment l'air inquiet. Murmurant quelques paroles rassurantes, il accepta le verre de xérès qu'on lui tendait – Bryce avait toujours d'excellents alcools – et s'intalla dans la dernière acquisition du maître des lieux : une charmante bergère victorienne.

« Eh bien, Adam, accouchez, comme on dit vulgairement. Qu'a découvert Reckless ?

– Il ne me raconte pas tout, vous savez. Mais je peux vous dire qu'une autre livraison du manuscrit est arrivée. Plutôt mieux écrite cette fois. La description d'un cadavre amputé de ses mains qui dérive dans un bateau. Et il paraît que c'est Seton lui-même qui a tapé le texte. »

Dalgliesh ne voyait pas pourquoi il aurait refusé à Bryce cette petite information. De toute façon, Sylvia Kedge ne garderait pas la nouvelle pour elle.

« Posté quand?

– Hier, avant midi. D'Ipswich.

– Oh, non! Pas d'Ipswich! se lamenta Bryce. J'y étais justement. Je vais souvent là-bas faire des courses. Je n'ai pas d'alibi.

– Vous ne devez pas être le seul, fit remarquer Dalgliesh d'un ton apaisant. Miss Calthrop était sortie en voiture. Latham, aussi. Même moi, je circulais sur les routes. Et cette femme du prieuré était partie en boghei. Je l'ai vue au moment de mon arrivée, pendant que je traversais le promontoire.

– Ah oui! Alice Kerrison, la gouvernante de Sinclair. Elle n'a pas dû dépasser Southwold. Elle était sans doute allée aux provisions.

– Un jeudi après-midi? N'est-ce pas le jour où les magasins ferment à deux heures?

– Oh! Quelle importance, mon cher? Je suppose qu'elle était allée se promener. Je ne la vois pas roulant en boghei jusqu'à Ipswich rien que pour poster un document compromettant. Il est vrai qu'elle haïssait Seton. Jusqu'à la mort de sa femme, c'était sa gouvernante. Sinclair l'a prise à son service après le suicide de Dorothy. Cela s'est passé d'une façon assez curieuse. Alice est restée chez Seton jusqu'à la fin de l'enquête, puis, sans lui dire un mot, elle a fait ses bagages et s'est rendue à pied au prieuré pour demander à Sinclair s'il avait du travail pour elle. Comme notre célèbre écrivain ne semble pas pousser le goût de l'indépendance jusqu'à vouloir faire lui-même la vaisselle, il l'a engagée. Pour autant que je le sache, tous deux sont très satisfaits l'un de l'autre.

– Parlez-moi de Dorothy Seton, fit Dalgliesh.

– Oh, si vous saviez comme elle était adorable, Adam! Je dois avoir une photo d'elle quelque part. Je vous la montrerai. Complètement névrosée, c'est vrai, mais très belle.

Cyclothymique, pour employer le terme technique exact. Follement gaie, puis tellement déprimée l'instant d'après qu'on se sentait soudain tout mélancolique. C'était très mauvais pour moi, évidemment. J'ai déjà assez de mal à vivre avec ma propre névrose sans avoir à supporter celle des autres. Elle en a fait voir de toutes les couleurs à son mari. S'il n'y avait pas eu l'histoire d'Arabella, je l'aurais presque plaint, Maurice.

– Comment est-elle morte?

– D'une façon horrible! Seton l'a pendue au crochet à viande qui se trouve dans la poutre de ma cuisine. Je n'oublierai jamais le spectacle de son adorable corps velu pendant, tout étiré, du plafond, comme un lapin mort. Au moment où nous avons coupé la corde, elle était encore chaude. Venez, je vais vous montrer. »

Dalgliesh avait déjà été à moitié traîné dans la cuisine quand il se rendit compte que Bryce parlait de sa chatte. Réprimant un rire nerveux, il suivit son hôte. Tremblant de colère, celui-ci serra l'avant-bras de Dalgliesh avec une force surprenante et montra le crochet. Il gesticulait avec une rage impuissante comme si l'objet désigné partageait la culpabilité de Seton. Maintenant qu'il était lancé sur la mort d'Arabella, il ne fallait pas compter sur lui pour apprendre des détails sur le suicide de Dorothy, du moins dans l'immédiat. Dalgliesh comprenait son chagrin. Lui-même aimait les chats, même si c'était avec plus de discrétion. Si Seton avait réellement tué un bel animal par pure méchanceté et esprit de vengeance, il était difficile de regretter sa disparition. De plus, un homme pareil devait s'être fait pas mal d'ennemis.

Dalgliesh demanda qui avait découvert le corps d'Arabella.

« Sylvia Kedge. Elle était venue chez moi prendre un texte en sténo. Je rentrais de Londres et j'étais légèrement en retard. Je suis arrivé ici cinq minutes après elle. Elle avait téléphoné à Celia pour lui demander de venir descendre Arabella. Elle ne pouvait l'atteindre elle-même. Bien entendu, les deux femmes étaient bouleversées. Sylvia avait la nausée. Nous avons été obligés de pousser son fauteuil dans la cuisine où elle a vomi dans mon évier, sur la vaisselle empilée là. Vous pouvez imaginer mon propre chagrin. Mais je croyais que vous connaissiez déjà toute cette histoire. J'avais demandé à miss Dalgliesh de vous écrire. J'espérais que vous viendriez ici pour prouver que c'était Seton qui avait fait le coup. La police locale s'est montrée au-dessous de tout. Pourtant, quel drame on aurait fait s'il s'était agi d'un être humain! Comme Seton, par exemple. C'est absurde. Je ne fais pas partie de ces gens sentimentaux qui placent l'homme au-dessus des autres formes de vie. De toute façon, nous sommes trop nombreux. Et la plupart d'entre nous ne savent ni être heureux ni rendre quelqu'un d'autre heureux. De plus, nous sommes laids. Très laids. Vous connaissiez Arabella, n'est-ce pas? N'était-elle pas le plus bel animal qui soit? Ne trouvez-vous pas que c'était une joie de la regarder? Elle embellissait la vie. »

Bien qu'un peu crispé par l'emphase de Bryce, Dalgliesh loua Arabella comme il convenait. Cela avait en effet été une superbe chatte qui, selon toutes les apparences, n'ignorait rien de sa beauté. Dans une de ses lettres bi-mensuelles, Jane Dalgliesh avait mentionné l'incident. Toutefois, chose compréhensible, elle avait passé sous silence la requête de son voisin. Dalgliesh s'abstint de faire remarquer à Bryce qu'on n'avait pas de véritable preuve contre Seton. Cette affaire avait suscité beaucoup de colère, de rancune et de soupçons sans avoir jamais été examinée de façon vraiment rationnelle. Dalgliesh n'avait aucune envie de le faire maintenant. Après avoir incité son hôte à retourner dans le séjour, il lui demanda de nouveau comment était morte Dorothy Seton.

« Dorothy? Un automne, elle était partie en vacances avec Alice Kerrison. Son mariage avec Seton avait déjà du plomb dans l'aile. Elle était devenue terriblement dépendante d'Alice. Seton a dû se dire qu'il valait mieux que quelqu'un l'accompagnât pour veiller sur elle. Dorothy avait quitté la maison depuis une semaine quand Seton s'est rendu compte qu'il ne pouvait supporter l'idée de reprendre la vie commune. Il lui a écrit pour demander la séparation. Personne ne connaît exactement la teneur de sa lettre. Alice Kerrison était avec Dorothy quand celle-ci l'a ouverte. A l'enquête du coroner, elle a déclaré que Mrs. Seton, après sa lecture, avait eu l'air bouleversé et dit qu'elles devaient rentrer immédiatement en Angleterre. Seton lui avait écrit du *Cadaver Club*. A leur retour, les deux femmes trouvèrent la maison vide. Selon Alice, Dorothy semblait aller très bien à ce moment-là. Elle était calme et, en fait, plus gaie que d'habitude. Alice s'est mise à préparer le dîner. Pendant ce temps, Dorothy s'est assise à son secrétaire pour écrire une courte lettre. Après l'avoir terminée, elle a dit à Alice qu'elle allait faire un tour sur la plage pour voir la lune sur la mer. Elle a gagné le bout de Tanner's Lane, ôté tous ses vêtements, posé une pierre dessus, puis est entrée dans l'eau. On a retrouvé son cadavre une semaine plus tard. C'était bien un suicide. Elle avait laissé un mot sous la pierre pour dire qu'elle se rendait compte maintenant qu'elle ne servait à rien ni à personne et qu'elle avait décidé de se tuer. C'était une lettre très directe, parfaitement claire, parfaitement lucide. Je me souviens avoir pensé à l'époque : la plupart des suicidés parlent de mettre un terme à leurs souffrances; Dorothy, elle, a simplement écrit qu'elle voulait se tuer.

– Qu'est devenue la lettre que lui avait envoyée Seton?

– On ne l'a jamais trouvée. Elle n'était pas parmi les affaires de la défunte et Alice n'a pas vue Dorothy la détruire. Maurice, toutefois, n'a jamais nié l'avoir écrite. Il était navré, mais avait pensé agir pour le mieux. Leur union ne pouvait pas durer. Je ne m'étais pas vraiment rendu compte de ce qu'avait été sa vie avec Dorothy jusqu'au jour où j'ai vu sa pièce, deux ans plus tard. Il s'agissait d'un homme marié à une névrosée, mais, dans la pièce, c'est le mari qui se suicide. Seton voulait jouer le premier rôle. Pas au sens littéral, bien sûr, quoi qu'il eût aussi bien fait d'interpréter lui-même le rôle masculin : il n'aurait pu être beaucoup plus mauvais que ce pauvre Barry. Attention! je ne dis pas que c'est la faute des acteurs. La pièce était épouvantable, Adam! Et pourtant, elle avait été écrite avec une sorte de terrible honnêteté et d'application.

– Étiez-vous à la première?

– Oui. Au beau milieu de la troisième rangée d'orchestre et ne sachant où me mettre, tellement j'étais gêné. Seton était dans une loge. Il avait emmené Celia et on peut dire que notre amie lui faisait honneur : presque nue jusqu'à la taille et rutilante de bijoux en toc. Peut-être Seton voulait-il qu'on la prît pour sa maîtresse? J'ai l'impression que notre bon Maurice aurait bien aimé passer pour un séducteur. On aurait dit le roi et la reine exilés d'un petit pays sans importance. Seton arborait même une décoration. Une médaille de *Home Guard* *, ou un truc comme ça. J'étais avec Paul Markham. Quel garçon sensible! A la fin du premier acte, il pleurait. Certes, un bon tiers du public en faisait autant, mais, dans leur cas, c'était sûrement de rire. Nous sommes partis au premier entracte et avons passé le reste de la soirée à boire au Moloneys. Je supporte assez bien la souffrance, surtout quand ce n'est pas la mienne, mais cela ne va pas jusqu'aux exécutions publiques. Notre courageuse petite Celia, elle, a tenu jusqu'à la fin. Il paraît qu'après la représentation elle a même accompagné Seton à une petite fête organisée à l'*Ivy*. Quand je songe à cette soirée, Ô Arabella, comme vous fûtes vengée!

– Et Latham a écrit sur ce spectacle la plus méchante critique de sa carrière, n'est-ce pas? Pensez-vous qu'il ait eu un motif personnel de l'éreinter?

– Oh! je ne crois pas. »

Les grands yeux qui se tournèrent vers Dalgliesh étaient aussi innocents que ceux d'un enfant, mais Adam avait le plus grand respect pour l'intelligence qui se trouvait derrière.

« Oliver ne supporte ni les mauvaises pièces ni les mauvaises interprétations, poursuivit Bryce. Quand les deux coïncident, cela peut le rendre assez féroce. Si c'était Oliver qu'on avait retrouvé mort, les mains tranchées, j'aurais pu le comprendre. La moitié de ces petites idiotes, qui se baladent dans Londres en se prétendant actrices, le tueraient et le mutileraient avec plaisir, si elles en étaient capables.

– Mais Latham ne connaissait-il pas Dorothy Seton?

– Oh, Adam! Ce que vous pouvez être insistant! Pas très subtil, mon cher. Oui, il la connaissait. Nous la connaissions tous. Elle adorait rendre visite. Parfois ivre, parfois à jeûn, mais tout aussi pénible dans les deux cas.

* *Home Guard* : volontaires pour la défense du territoire pendant la Seconde Guerre mondiale. (*N.d.T.)*

– Était-elle la maîtresse de Latham ? » demanda carrément Dalgliesh.

Comme il s'y attendait, Bryce ne se montra nullement déconcerté ni surpris. Commère invétérée, il s'intéressait aux gens. Et c'était là une des premières questions qu'il se serait posé lui-même si un homme et une femme de son entourage avaient eu l'air de se plaire ensemble.

« Celia prétend que oui, mais cela ne prouve rien : notre chère amie est incapable de concevoir un autre type de relation entre un homme hétérosexuel et une jolie femme. En ce qui concerne Latham, elle a sans doute raison. On aurait difficilement pu jeter la pierre à cette pauvre fille, coincée comme elle l'était dans sa maison de verre avec son raseur de mari. Tant que ce n'était pas avec moi, elle avait tout à fait le droit de se consoler ailleurs.

– Mais pensez-vous que Latham éprouvait pour elle des sentiments plus vifs que pour d'autres femmes ?

– Je ne sais pas. Cela m'étonnerait, en fait. Ce pauvre Oliver se dégoûte. Il court après une femme et, dès que celle-ci tombe amoureuse de lui, il se met à la mépriser pour son manque de discernement. Pour ces pauvres petites, la partie est perdue d'avance. Cela doit être épuisant de se détester autant. Moi, j'ai de la chance. Je me trouve fascinant. »

Dalgliesh, lui, commençait à le trouver lassant. Après avoir regardé sa montre, il déclara d'un ton ferme qu'il était midi quarante-cinq et qu'on l'attendait à déjeuner. Il se leva.

« Oh, mais il faut que je vous montre cette photo de Doro, dit Bryce. Je dois l'avoir quelque part. Cela vous donnera une idée du charme qu'elle avait. »

Il ouvrit le couvercle de son secrétaire et fouilla parmi un monceau de papiers. Autant chercher une aiguille dans une meule de foin, se dit Dalgliesh. Mais il devait y avoir un certain ordre dans ce chaos : en moins d'une minute, Bryce avait trouvé la photo. Il l'apporta à Dalgliesh.

« C'est Sylvia Kedge qui l'a prise un jour que nous pique-niquions sur la plage. Un mois de juillet, je crois. Sylvia fait pas mal de photographies d'amateur. »

L'instantané que Dalgliesh avait en main n'avait certainement rien de professionnel. Il représentait les pique-niqueurs entourant le *Sheldrake.* Ils étaient tous là : Maurice et Digby Seton, Celia Calthrop avec une enfant renfrognée en laquelle Dalgliesh reconnut Liz Marley, Oliver Latham et Bryce. Dorothy Seton, en maillot de bain, s'adossait contre la coque du canot et souriait à l'objectif. Bien qu'assez nette, la photo n'apprit pas grand-chose à Dalgliesh, mis à part le fait que Dorothy avait un joli corps et savait prendre des poses avantageuses. Elle avait un visage agréable, mais sans plus. Bryce regarda la photo par-dessus son épaule. Comme frappé par cette nouvelle preuve de la traîtrise du temps et de la mémoire, il dit avec tristesse :

« Bizarre... Cela ne lui rend pas justice... Je pensais que la photo était meilleure. »

Il escorta son visiteur à la porte. Alors que Dalgliesh partait, un break monta le sentier en faisant des embardées et s'arrêta avec une brusque secousse au portail. Il en sauta une robuste femme aux cheveux noirs, aux jambes pareilles à des poteaux, portant des socquettes blanches et des sandales de collégienne. Bryce l'accueillit avec de petits cris de plaisir.

« Mrs. Bain-Porter! Vous les avez apportés! Comme c'est gentil à vous! »

Mrs. Bain-Porter avait cette chaude voix de basse aristocratique exercée à intimider des domestiques indigènes ou à porter sur toute la longueur d'un terrain de hockey un jour de tempête. Dalgliesh entendit clairement ses paroles :

« En recevant votre lettre, hier, je me suis dit que j'allais passer chez vous avec les trois plus jolis de la portée. Je trouve que c'est tellement plus agréable de pouvoir les choisir dans le cadre de sa propre maison. Plus agréable pour eux aussi. »

La femme ouvrit la portière arrière et, aidée de Bryce, sortit trois paniers à chat de la voiture. Il s'en éleva aussitôt des miaulements aigus, sorte d'accompagnement à la basse de Mrs. Bain-Porter et aux pépiements joyeux de Bryce. Les concertistes disparurent dans la maison. Dalgliesh rentra à Pentlands tout pensif. C'était là un de ces petits détails qui peuvent tout dire comme ils ne peuvent rien dire du tout. Si Mrs. Bain-Porter avait reçu une lettre de Justin Bryce le jeudi, celle-ci avait été postée le mercredi au plus tard. Cela signifiait que, le mercredi, Bryce avait décidé de braver les instincts meurtriers de Seton en matière féline ou bien qu'il savait qu'il n'avait plus rien à craindre de ce côté-là.

13.

Le vendredi après-midi, les suspects se rendirent à pied ou en voiture – la leur ou celle de quelqu'un d'autre – à la petite auberge qui se trouvait à la sortie de Dunwich. Reckless y avait établi son quartier général pour entendre leurs dépositions. Ils avaient toujours considéré le *Green Man* comme *leur* pub, allant presque jusqu'à croire que George Prike la tenait principalement pour leur être agréable. A travers ce choix, estimèrent-ils, l'inspecteur révélait un manque total de sensibilité et une complète indifférence au bien-être de ses semblables. Celia se montra particulièrement amère, bien qu'elle fréquentât le *Green Man* moins assidûment que les autres, y critiqua George avec virulence pour s'être laissé mettre dans une aussi déplaisante situation. Elle cesserait peut-être de lui acheter son xérès si elle devait penser à l'inspecteur Reckless chaque fois qu'elle prendrait un verre dans son établissement. Latham et Bryce partageaient son opinion sur l'inspecteur. De prime abord, celui-ci leur avait fait mauvaise impression, puis, après mûre réflexion, ils le jugèrent franchement antipathique. Sans doute, comme le suggéra Bryce, une trop longue fréquentation de l'inspecteur Briggs, un des personnages de Seton, les avait-il rendus trop exigeants. Briggs, que l'honorable Martin appelait Briggsy dans des moments d'une feinte camaraderie, montrait une humilité dont ils n'avaient pas relevé la moindre trace chez l'inspecteur Reckless. Bien qu'occupant un poste élevé au Yard, Briggsy ne dédaignait pas de jouer les seconds rôles auprès du détective Carruthers. Et, loin d'en vouloir à l'honorable Martin de se mêler de ses affaires, il le faisait souvent appeler à titre d'expert.

Comme Carruthers était un expert en vins, en femmes, en armoiries, en aristocratie terrienne, en poisons rares, et qu'il connaissait toutes les subtilités des poètes élizabéthains mineurs, ses conseils lui étaient souvent très précieux. Comme le fit remarquer Bryce, l'inspecteur Briggs ne chassait pas les gens de leur pub préféré et ne les fixait pas de ses yeux sombres et moroses comme s'il n'entendait que la moitié de ce qu'on lui disait et n'en croyait pas un mot de toute façon. Pas plus qu'il n'avait l'air de considérer que les écrivains étaient des gens comme les autres, mise à part leur faculté de forger de meilleurs alibis. L'inspecteur Briggs, quand il demandait aux suspects de déposer, ce qui était rare, les interrogeait dans le confort de leurs domiciles, assisté de policiers obséquieux. Et Carruthers assistait toujours à ces séances de manière à assurer que l'inspecteur resterait à sa place.

Ils prirent grand soin de ne pas arriver à l'auberge ensemble. Une certaine circonspection avait suivi les confidences ingénues du jeudi soir. Entre-temps, ils avaient eu le temps de réfléchir. A présent, la mort de Seton leur apparaissait moins comme une bizarre incursion de la fiction dans la vie qu'un fait extrêmement embarrassant. Ils durent admettre quelques désagréables vérités. Certes, Seton avait été vu pour la dernière fois à Londres, mais c'était de la plage de Monksmere que son cadavre avait été poussé en mer. On n'avait guère besoin de calculs compliqués sur les marées et la force du vent pour s'en convaincre. Dans sa naïve recherche de documentation, Seton s'était peut-être attiré des ennuis à Londres, mais le faux manuscrit, les mains tranchées et l'appel téléphonique à Seton House sentaient plutôt la localité. Celia Calthrop était la partisane la plus acharnée de l'hypothèse d'un « gang londonien ». Cependant, même elle ne pouvait expliquer de manière plausible comment les criminels auraient pu connaître l'endroit où se trouvait le canot ni pourquoi ils avaient choisi de ramener le corps dans le Suffolk. « Pour détourner les soupçons sur nous, évidemment », disait-elle. Mais, aux yeux des autres, cette réponse soulevait plus de questions qu'elle n'en résolvait.

Après les dépositions, il y eut un certain nombre de coups

de fil. Avec prudence, presque comme s'ils croyaient être branchés sur table d'écoute, les membres de la petite communauté échangèrent des bouts d'information, de rumeur ou de conjecture qui, rassemblés, leur apprenaient probablement tout ce qu'il y avait à apprendre. Ils hésitaient maintenant à se voir, effrayés à l'idée de ce qu'on pourrait leur dire ou, pis encore, de ce qu'ils pourraient laisser échapper. Mais ils étaient avides de nouvelles.

A Pentlands, c'était invariablement Jane Dalgliesh qui décrochait. Elle se montrait courtoise, peu coopérative, réservée. Aucun de ceux qui appelaient ne voulait se trahir en demandant à parler à Adam. A l'exception de Celia Calthrop. Mais devant l'échec total de son entreprise, la romancière préféra croire que Dalgliesh n'avait rien à dire. Toutefois, ils ne se privaient pas de bavarder au téléphone. Leur besoin de se confier et de savoir était tel qu'ils se départissaient peu à peu de leur prudence. Les bribes de renseignements, que le bouche à oreille transformait subtilement et dont certaines reposaient plus sur un espoir que sur les faits, donnaient de la situation réelle une image incomplète et embrouillée. Tous les habitants de Monksmere avaient maintenu leurs déclarations, et les divers alibis pour la nuit de mardi, fournis avec tant d'assurance et d'enthousiasme, avaient résisté à l'interrogatoire, du moins jusque-là. Il allait de soi que l'« invitée » de Latham avait confirmé sans difficulté les dires du critique, mais, Reckless se refusant à tout commentaire et Latham gardant un galant silence, la curiosité générale au sujet du nom de ladite « invitée » restait insatisfaite. La nuit qu'Eliza Marley avait avoué avoir passée à Londres provoqua quelques agréables spéculations stimulées par les explications répétitives et peu convaincantes de Celia : que sa nièce avait dû aller travailler à la London Library. Comme Bryce le fit remarquer à Latham, cela aurait pu se comprendre si la fille avait été à une université récemment construite, mais la bibliothèque de Cambridge ne manquait pas de livres à l'époque où il y étudiait. La police avait examiné les voitures de Bryce et de Latham; leurs propriétaires avaient si peu protesté contre cette mesure qu'à l'avis général cela prouvait qu'ils n'avaient rien à craindre de ce côté-là. A ce qu'il paraissait, le Dr Forbes-Denby s'était montré merveilleusement grossier avec l'inspecteur Reckless au téléphone – Bryce se trouvait alors au *Green Man* – déclarant catégoriquement que l'appel de Bryce était un secret médical impossible à divulguer. Au bord de l'hystérie, Bryce avait dû le supplier pour qu'il reconnût enfin avoir reçu cet appel. La déclaration de Celia au sujet de l'idée qu'elle avait donnée à Seton fut confirmée par un vieux pêcheur de Walberswick. Celui-ci vint au *Green Man* pour raconter que, quelques mois plus tôt, Mr. Seton lui avait demandé en quel endroit de la côte s'échouerait un cadavre reposant au fond d'un canot si l'embarcation était poussée au large à Monksmere. Comme personne n'avait jamais douté de la sincérité de Celia sur ce point, cette nouvelle ne suscita que peu d'intérêt. Vu leur désir commun d'étayer la théorie de « la-bande-d'escrocs-londoniens », il était fort regrettable qu'à part Bryce personne n'eût aperçu le moindre étranger à Monksmere le mercredi soir. Bryce était dehors, en train de prendre du bois dans sa remise, peu après sept heures, quand un motocycliste était arrivé en vrombissant de la route, avait descendu la rue et tourné juste devant sa maison. Justin haïssait les motos. Celle-ci faisait un bruit épouvantable. Il avait poussé des cris de protestation. Pour toute réponse le jeune homme avait évolué plusieurs minutes devant le cottage, son moteur poussé à fond, accompagnant sa performance de gestes que Bryce qualifia d'obscènes. Finalement, il était parti en trombe sur un dernier coup d'avertisseur assourdissant. Nul ne savait quelle importance Reckless attachait à cet épisode. Il demanda cependant à Bryce une description détaillée du motocycliste et l'aurait probablement notée si le témoin avait été capable de la lui donner. Mais l'homme avait un ensemble de cuir noir, un casque et des lunettes et tout ce que Bryce put en dire, c'est qu'il paraissait jeune et avait des manières abominables. Celia était persuadée qu'il s'agissait d'un membre du gang. Sinon, que faisait cet individu à Monksmere?

Le samedi à midi, les rumeurs avaient enflé : Digby héritait de cent mille, deux cent mille, un demi-million de livres; on n'avait toujours pas les résultats de l'autopsie parce que le Dr Sydenham ne pouvait pas découvrir la cause du décès;

Seton était mort noyé, étranglé, empoisonné, asphyxié, d'une hémorragie; Forbes-Denby avait dit à Reckless que Seton aurait pu vivre encore une bonne vingtaine d'années; le cœur de Seton aurait pu flancher d'un moment à l'autre; Adam Dalgliesh et l'inspecteur étaient presque fâchés; Reckless aurait arrêté Jane Dalgliesh s'il avait seulement pu trouver un mobile; Sylvia Kedge faisait des histoires, refusant le legs de trois cents livres que Digby avait offert de lui verser; Reckless était allé au prieuré dans la nuit de vendredi; lui et ses hommes avaient été vus munis de torches électriques sur le chemin de la falaise; l'enquête aurait lieu le mercredi à quatorze heures trente. Il n'y avait unanimité que sur ce dernier point. L'enquête était effectivement prévue pour le mercredi suivant. Digby Seton et Sylvia Kedge y avaient été convoqués. Ceux qui ne l'étaient pas se demandaient si leur présence éveillerait la curiosité, contribuerait à dissiper les soupçons ou serait une marque de respect pour le défunt.

Le samedi matin, on apprit que l'inspecteur Reckless était parti pour Londres en voiture tard dans la soirée de vendredi et ne rentrerait que le dimanche matin. Sans doute était-il allé vérifier les alibis de Londres et inspecter le *Cadaver Club*. La proximité de son retour n'étonna personne. De toute évidence, Reckless ne savait pas trop bien où se jouait la partie. Mais même cette absence temporaire leur fit l'effet d'une délivrance. C'était comme si de lourdes nuées s'étaient levées du promontoire. Cet homme morose, silencieux, à la présence accusatrice, avait emporté ses préoccupations ailleurs et l'air en semblait allégé. Il laissait néanmoins derrière lui une nervosité qui trouva son exutoire dans l'action. Soudain, chacun voulait s'éloigner de Monksmere. Même Jane Dalgliesh et son neveu, qui étaient pourtant les moins affectés par Reckless, furent vus sur la plage, tôt le matin, en train de se diriger vers Sizewell, chargés d'un attirail de peintre, de jumelles et de sacs à dos. Il était clair qu'ils ne rentreraient pas avant la nuit. Latham partit peu après en voiture. Sa Jaguar roulait à plus de cent kilomètres à l'heure quand il passa à côté de Rosemary's Cottage. « Il va essayer une fois de plus de se rompre le cou », commenta Celia avec aigreur. Eliza et elle devaient pique-niquer avec Sylvia Kedge à Aldeburgh, mais à la dernière minute sa nièce changea d'avis et partit pour une promenade solitaire du côté de Walberwick. Personne ne connaissait les projets de Digby Seton, mais quand miss Calthrop téléphona à Seton House dans l'intention de persuader le jeune homme de venir au pique-nique, elle n'obtint pas de réponse. Bryce informa tout le monde qu'il se rendait en voiture à une vente aux enchères près de Saxmundham où il espérait acquérir des porcelaines du XVIIe siècle. A neuf heures trente, il était déjà loin, lui aussi. Monksmere resta abandonné à la demi-douzaine de touristes automnaux qui venaient, seuls ou à deux, pour la journée et garaient leur voiture dans Tanner's Lane, et aux rares couples de promeneurs venus de Dunwich ou de Walberwick en longeant les dunes de sable pour gagner la réserve d'oiseaux.

Reckless avait dû rentrer à Monksmere dans la nuit de samedi. A l'aube, sa voiture stationnait déjà devant le *Green Man* et, peu après neuf heures, le brigadier Courtney avait appelé la plupart des suspects pour leur demander de venir à l'auberge. Malgré le ton poli sur lequel fut faite cette invitation, ils comprirent tous qu'ils n'avaient pas le choix. Ils ne se pressèrent pas et, une fois de plus, on eût dit qu'ils s'étaient mis d'accord pour ne pas arriver ensemble. Comme d'habitude, le brigadier Courtney alla chercher Sylvia Kedge dans une voiture de la police. On avait l'impression que, dans l'ensemble, l'infirme s'amusait beaucoup.

A l'auberge les attendait la machine à écrire portative de Maurice Seton. Elle trônait sur une petite table en chêne, dans le bar. L'attention que lui avaient accordée les experts de la police lui conférait un lustre accru. Elle devenait à la fois ordinaire et menaçante, innocente et dangereuse. C'était peut-être l'objet le plus intime que Seton eût jamais possédé. En regardant le clavier luisant, on ne pouvait s'empêcher de penser avec répugnance aux moignons sanglants de l'écrivain, de se demander ce qu'étaient devenues ses mains. Les suspects comprirent aussitôt pourquoi cet objet se trouvait là. On allait les prier de taper deux textes : la description de l'entrée de Carruthers dans la boîte de nuit et celle du cadavre mutilé dérivant sur la mer.

Le brigadier Courtney, chargé de surveiller les opérations, commençait à se prendre pour un observateur de la nature humaine. Les différentes réactions de ses suspects lui fournirent d'intéressants matériaux. Sylvia Kedge mit du temps à s'installer, mais, une fois qu'elle fut lancée, ses doigts osseux, masculins, dansèrent sur le clavier et, en quelques minutes, produisirent deux copies parfaitement tapées et présentées. Il est toujours satisfaisant de voir quelqu'un exécuter du bon travail. Le brigadier reçut celui de miss Kedge dans un silence respectueux. A sa surprise, miss Dalgliesh, qui arriva à l'auberge vingt minutes plus tard, se montra assez compétente. Autrefois, elle tapait les sermons de son père et les articles pour la revue paroissiale. Elle avait appris la dactylographie toute seule, avec un manuel. Elle se servait correctement de ses cinq doigts, mais pas très vite et, contrairement à miss Kedge, gardait les yeux baissés sur les touches. Regardant fixement la machine, comme si elle n'en avait encore jamais vue de sa vie, miss Calthrop déclara d'un ton catégorique qu'elle ne savait pas taper – elle travaillait avec un magnétophone – et ne voulait pas perdre son temps à essayer. Finalement, elle se laissa convaincre de commencer. Au bout de trente minutes d'efforts, elle pondit deux pages déplorables qu'elle brandit en direction du brigadier avec l'air d'une martyre injustement torturée. Remarquant la longueur de ses ongles, Courtney s'étonna seulement qu'elle eût réussi à enfoncer les touches. Une fois qu'il eut surmonté sa répugnance à toucher la machine, Bryce s'avéra très rapide et précis. Il ne put toutefois s'abstenir d'incessants commentaires peu flatteurs sur le style de ces deux échantillons de prose. Presque aussi compétent que miss Kedge, Latham exécuta sa corvée à toute allure tout en gardant un silence maussade. Miss Marley déclara brièvement qu'elle ne savait pas taper, mais voulait bien essayer. Elle refusa l'aide de Courtney, passa environ cinq minutes à examiner clavier et chariot, puis se mit en devoir de copier laborieusement les deux textes, mot à mot. Devant le résultat tout à fait honorable qu'elle obtint, le brigadier lui donna mentalement l'appréciation de « travailleuse intelligente », alors qu'il n'attribuait à sa tante qu'un « pourrait mieux faire si elle voulait ». Digby Seton se montra complètement nul, même Courtney ne pouvait croire qu'il faisait semblant. Finalement, au soulagement de tous les assistants, on lui permit de renoncer. Comme c'était à prévoir, aucune des copies, y compris la tentative avortée de Digby, ne ressemblait aux originaux. Le contraire eut étonné le brigadier. Il pensait en effet que le second, voire le premier, avaient été tapés par Maurice Seton. Mais le jugement final ne lui appartenait pas. Les textes seraient maintenant envoyés à un expert qui rechercherait des similarités plus subtiles. Cela, on ne le dit pas aux suspects. De toute façon, c'était inutile : ils avaient lu assez de Maurice Seton pour le savoir.

Avant leur départ de l'auberge, on prit leurs empreintes digitales. Quand arriva son tour, miss Calthrop s'indigna. Pour la première fois, elle regretta d'avoir voulu faire des économies et de ne pas avoir consulté son avocat. Mais elle ne se priva pas de mentionner le nom de ce dernier ainsi que ceux de son député et du chef de la police du comté. Le brigadier, cependant, se montra si rassurant, si compréhensif, si désireux d'obtenir sa collaboration, bref, si différent en tous points de cette brute d'inspecteur, qu'elle finit par céder. « La vieille garce, pensa Courtney alors qu'il guidait les doigts potelés de la romancière. Si les autres font autant d'histoires qu'elle je n'aurai jamais terminé avant le retour du patron. »

Les autres, toutefois, n'élevèrent aucune objection. Digby Seton ne cessa de faire de mauvaises plaisanteries et essaya de cacher sa nervosité en marquant un intérêt exagéré pour le côté technique de l'opération. Eliza Marley s'exécuta avec une mine renfrognée, Jane Dalgliesh, d'un air absent. Ce fut Bryce qui manifesta le plus de répugnance. Se dessaisir d'un symbole si unique, si particulier à l'individu, avait quelque chose de sinistre, d'irrévocable, estimait-il. Il comprenait pourquoi les tribus primitives veillaient avec tant de soin à ce qu'aucun de leurs cheveux ne tombe entre des mains ennemies. Alors qu'avec une moue dégoûtée il appuyait ses doigts sur le tampon, il sentit sa force s'écouler hors de lui.

Oliver Latham enfonça ses doigts dans le coussinet comme si c'était l'œil de Reckless. Quand il leva la tête, il s'aperçut que l'inspecteur était entré sans bruit et le regardait.

« Bonsoir, monsieur, dit Reckless. Il ne s'agit que d'une simple formalité.

– Oui, je sais, merci. Conformément à l'usage, le brigadier nous a déjà rassurés là-dessus. Je me demandais où vous en étiez de l'enquête, après votre voyage en ville. J'espère que vous avez pris plaisir à interroger ma " maîtresse ", comme vous devez l'appeler, et que Duncombe, le portier, s'est montré serviable.

– Tout le monde a été très coopératif, merci.

– Je n'en doute pas! Tous ces gens devaient être enchantés. C'était un peu morne en ville, ces derniers temps. Je dois leur fournir le meilleur sujet de commérages qu'ils aient eu depuis des semaines. Et, puisque nous sommes tous si coopératifs, ne pourriez-vous l'être un peu, vous aussi? N'ai-je pas le droit d'apprendre comment Seton est mort?

– Absolument, monsieur, c'est-à-dire, en temps voulu. Nous n'avons pas encore les résultats de l'autopsie.

– Votre gars n'est-il pas un peu lent?

– Au contraire, monsieur. Mais le Dr Sydenham doit encore faire un certain nombre d'analyses. Cette affaire n'est pas claire.

– C'est le moins qu'on puisse dire, inspecteur! »

Sortant son mouchoir de sa poche, Latham essuya soigneusement ses doigts déjà propres. Le regard toujours fixé sur lui, l'inspecteur répliqua tranquillement :

« Si vous êtes tellement impatient, Mr. Latham, pourquoi n'interrogez-vous pas certains de vos amis? Vous savez aussi bien que moi qu'il y a quelqu'un, ici, à Monksmere, qui pourrait vous dire exactement comment Maurice Seton est mort. »

14.

Depuis la mort de son demi-frère, Digby Seton avait pris l'habitude d'arriver à Rosemary's Cottage pour les repas. Ses voisins ne manquèrent pas de remarquer avec un amusement désabusé que sa Vauxhall stationnait fort souvent sur le bord herbeux de la route, devant la porte du jardin. Celia n'allait évidemment pas décourager les visites de ce riche jeune homme, mais les motifs de Digby, eux, étaient moins clairs. Personne ne supposait que c'étaient les charmes d'Elizabeth qui l'attiraient ni qu'il vît dans cette maussade et gauche jeune fille un moyen de mettre la main sur la fortune de Maurice. Les gens pensaient généralement qu'il devait préférer la nourriture de Celia, aussi ordinaire fût-elle, à l'ennui d'avoir à se rendre deux fois par jour en voiture à Southwold ou à l'effort de cuisiner lui-même, et aussi que cela lui permettait d'éviter Sylvia Kedge. Depuis le meurtre, l'infirme se rendait à Seton House avec l'obstination d'une pleureuse qui vient réclamer sa rétribution. Elle semblait avoir reporté sur la maison de l'écrivain le soin maniaque qu'elle avait toujours pris de son œuvre. Elle nettoyait, astiquait, comptait le linge et se traînait à travers les pièces sur ses béquilles, un chiffon à poussière à la main, comme si elle s'attendait à ce que le défunt vînt d'un instant à l'autre et passât ses doigts sur les rebords de fenêtre. Comme Digby le confia à Elizabeth Marley, cette présence le rendait nerveux. Il n'avait jamais aimé Seton House qui, malgré son aspect clair et moderne, lui avait toujours paru curieusement sinistre et déprimant. Et maintenant que depuis chaque coin, chaque placard, l'infirme risquait de tourner vers lui ses noirs yeux de braise, il avait l'impression de vivre dans une de ces sombres tragédies grecques où les Euménides rongent leur frein dehors en attendant de pouvoir faire leur entrée.

Cette remarque avait frappé Eliza : elle semblait en effet indiquer que Digby était peut-être plus observateur et plus sensible qu'on le croyait généralement. Sans être le moins du monde attiré par lui sur le plan physique, la jeune fille commençait à le trouver intéressant, voire un peu mystérieux. Le changement que la possession de deux cent mille livres pouvait opérer sur un homme était incroyable. Déjà Eliza décelait chez lui la subtile patine de celui qui a réussi, l'assurance et le contentement de soi qu'apportent invariablement le pouvoir ou l'argent. Relevant de maladie, elle se sentait déprimée et fatiguée. Dans cet état d'esprit, manquant de force pour travailler et s'ennuyant terriblement, n'importe quelle compagnie lui semblait préférable à la solitude. Bien que méprisant l'attitude de sa tante, que l'intérêt avait poussée à changer d'opinion sur lui du jour au lendemain – le « frère caractériel » de Maurice Seton était soudain devenu un « charmant jeune homme » – elle n'en commençait pas moins à se dire que Digby avait peut-être plus de valeur qu'il n'y paraissait. Mais pas beaucoup plus.

Il avait refusé de venir dîner le dimanche soir, mais débarqua à Rosemary's Cottage peu après neuf heures et, une fois là, ne sembla nullement pressé de s'en aller. A onze heures du soir, il était toujours assis dans le séjour, pivotant sur le tabouret du piano et jouant de temps à autre des bribes de ses propres airs ou de ceux d'autres compositeurs. Blottie dans le fauteuil devant la cheminée, Eliza le regardait et l'écoutait. Elle n'avait aucune hâte de le voir partir. Il jouait assez bien. Quoique dénué de véritable talent, il pouvait, quand il s'en donnait la peine, se montrer agréablement compétent. Elle se rappela qu'un jour Maurice avait parlé d'aider Digby à faire une carrière de pianiste. Pauvre Maurice! Cela se passait à l'époque où il essayait encore de se persuader que le seul membre restant de sa famille possédait des qualités qui justifiaient ses relations avec lui. Même quand Digby allait encore à l'école, le moindre de ses succès – sa victoire au championnat de boxe, par exemple – était monté en épingle par son aîné. Il était en effet impensable que le frère de Maurice Seton fût une nullité. Il ne l'était pas, d'ailleurs. Il avait conçu et construit le *Sheldrake* tout seul et l'avait sorti en mer. Quoique son enthousiasme n'eût duré que deux saisons, il était devenu un assez habile plaisancier. Mais ce n'était pas ce côté sain et sportif, d'une certaine manière si peu caractéristique, de Digby, qui allait impressionner un intellectuel snob comme Maurice. Finalement, celui-ci avait renoncé à feindre, tout comme Celia avait cessé d'espérer que sa nièce fût jolie, qu'elle remporterait des succès en tant que femme. Eliza regarda sur la cheminée la grande photographie d'elle-même en couleurs qui témoignait des ambitions humiliantes et stupides de Celia. Elle avait été prise quand Eliza avait onze ans, trois ans après la mort de ses parents. Ses épais cheveux bruns avaient été frisés et enrubannés d'une façon ridicule; sa robe en organdi blanc ceinturée de rose paraissait vulgaire et incongrue sur une enfant aussi dénuée de grâce. Non, sa tante n'avait pas mis longtemps à abandonner cette illusion-là. Bien entendu, une autre l'avait remplacée : si cette chère petite ne pouvait être jolie, elle devait être intelligente. Maintenant, sa rengaine, c'était : « Ma nièce est quelqu'un de très brillant. Elle est à Cambridge, vous savez. » Pauvre tante Celia! C'était mesquin de lui refuser ce plaisir. Après tout, elle le payait assez cher. Mais elle pouvait comprendre Digby Seton. Dans une certaine mesure, tous deux avaient souffert d'une pression exercée sur eux par une autre personnalité, avaient été acceptés pour des qualités qu'ils n'avaient pas la moindre chance d'acquérir, avaient déçu.

Sur une impulsion, elle demanda :

« Qui d'entre nous a tué votre frère, selon vous? »

Digby était en train de syncoper une mélodie d'un des shows donnés récemment à Londres. Il se trompait et jouait un peu trop fort. Il fut presque obligé de crier pour couvrir son propre vacarme.

« A vous de me le dire. C'est vous le petit génie.

– Je ne suis pas aussi intelligente que le prétend ma tante, mais assez, cependant, pour me demander pourquoi c'est moi que vous avez appelée l'autre soir pour vous servir de chauffeur. Nous n'avons jamais été vraiment copains.

– Peut-être me suis-je dit qu'il était temps que nous le devenions. De toute façon, en supposant que je voulais être emmené gratuitement à Monksmere, à qui d'autre aurais-je pu m'adresser?

– En effet. Et aussi en supposant que vous vouliez un alibi pour le temps passé dans le train.

– J'en avais un, d'alibi. Le contrôleur m'a reconnu et, dans mon compartiment, j'ai eu une conversation très intéressante avec un vieux monsieur sur les mœurs dissolues de la jeunesse. Je suppose qu'il se souviendrait de moi. Je n'ai pas besoin de vous, mon chou, pour prouver que j'étais dans ce train.

– Pourriez-vous prouver à quel endroit vous êtes monté?

– A Liverpool Street. Il y avait beaucoup de monde, aussi cela m'étonnerait que quelqu'un m'ait remarqué. Mais que Reckless essaie donc de prouver que ce n'est pas vrai. Qu'est-ce qui vous prend? Vous me soupçonnez maintenant?

– Pas vraiment. Je ne vois pas comment vous auriez pu commettre ce crime.

– Merci quand même. Les flics de West Central pensent comme vous. »

Eliza frissonna.

« Lui couper les mains était un acte atroce! Vous ne trouvez pas? D'autant plus qu'il était écrivain. Atroce et significatif. Je ne crois pas que vous le haïssiez autant. »

Digby ôta ses mains des touches et pivota sur son tabouret pour faire face à la jeune fille.

« Je ne le haïssais pas du tout. Bon dieu, Eliza! Ai-je une gueule d'assassin?

– Que voulez-vous que je vous dise? Vous êtes le seul à avoir un mobile. Deux cent mille livres.

– Pas avant que je ne trouve une épouse. La candidature vous intéresse?

– Non, merci. J'aime les hommes qui ont un Q.I. au moins égal au mien. Nous irions mal ensemble. Ce qu'il vous faut pour le club, c'est plutôt une blonde aguichante dotée d'une poitrine de quatre-vingt-quinze centimètres, d'un cœur en plaqué or et d'une machine à calculer à la place du cerveau.

– Vous n'y êtes pas du tout, répliqua Digby, très sérieux. Je sais ce qu'il me faut pour le club. Et, maintenant que j'ai de l'argent, je peux me l'offrir : de la classe. »

La porte s'ouvrit. Miss Calthrop passa sa tête par l'entrebâillement et les regarda d'un air vaguement perplexe. Elle s'adressa à Eliza.

« Je crois que j'ai perdu une de mes nouvelles cassettes. Tu ne l'aurais pas vue, par hasard? »

Pour toute réponse, sa nièce haussa les épaules d'un air indifférent. Digby, lui, bondit sur ses pieds et promena son regard autour de la pièce comme s'il espérait que l'objet manquant allait se matérialiser sur le piano ou apparaître de dessous un coussin. Observant son manège, Eliza pensa :

« Regardez-moi ça! Le parfait petit gentleman! A quoi diable joue-t-il? C'est la première fois qu'il accorde de l'attention à ma tante. »

La recherche, bien entendu, s'avéra infructueuse. Avec un charmant sourire d'excuse, Digby se tourna vers miss Calthrop.

« Désolé. Elle n'a pas l'air d'être ici. »

Celia, qui avait attendu avec une impatience visible, le remercia et retourna à son travail. Dès que la porte se fut refermée sur elle, Digby dit :

« Elle le prend plutôt bien, je trouve.

– Quoi?

– Eh bien, le testament de Maurice. Si je n'existais pas, elle serait très riche à présent. »

L'imbécile! se dit Eliza. Croyait-il que sa tante et elle ne s'en étaient pas rendu compte, qu'elles n'avaient pas déjà fait ce petit calcul? Lui jetant un regard, elle surprit sur son visage une expression suffisante, amusée. Soudain, elle eut l'intuition qu'il savait quelque chose sur la mort de Maurice, que ce sourire furtif exprimait davantage qu'une satisfaction momentanée devant leur déception et sa propre chance. Elle faillit lui lancer un avertissement. S'il avait vraiment deviné un secret, il serait en danger. Digby était un de ces sots qui, découvrant par hasard une partie de la vérité, n'avait pas le bon sens de se taire. Elle se retint, irritée par ce qu'elle avait lu sur sa figure. Probablement n'était-ce que le fruit de son imagination. Probablement n'avait-il rien subodoré du tout. Mais dans le cas contraire? Eh bien, Digby Seton aurait à faire attention à lui, courrait des risques comme eux tous ici.

15.

Dans la salle à manger du prieuré, le dîner s'achevait. Dalgliesh avait apprécié le repas. Il ne savait pas très bien à quoi il s'était attendu. Ç'aurait aussi bien pu être un banquet de six plats servis dans de la porcelaine de Sèvres qu'un pâté végétarien dans des assiettes en bois que chacun aurait ensuite été laver lui-même à la cuisine. Aucune de ces alternatives ne l'aurait étonné. En fait, ils avaient eu un bon poulet sauté aux herbes suivi d'une salade et de fromages. Le bordeaux était médiocre, mais abondant. Dalgliesh n'était pas snob dans ce domaine. Il n'avait jamais été d'avis qu'il valait mieux se passer de vin que d'en boire du mauvais. Maintenant, assis, satisfait, presque heureux, dans une douce brume euphorique, il promena son regard sur l'immense pièce où ils se tenaient tous les quatre, rapetissés comme des marionnettes, autour de la simple table de chêne.

On voyait clairement que la maison avait fait partie autrefois d'un monastère. Cette pièce devait avoir été le réfectoire. C'était une version très agrandie du séjour de sa tante, mais ici les poutres de chêne noircies s'arquaient contre le plafond comme de grands arbres et se fondaient dans de vagues ténèbres à six mètres environ de la sphère lumineuse que formaient les six bougies posées sur la table. La cheminée de pierre ressemblait exactement à celle de Pentlands, en trois ou quatre fois plus imposante. On aurait dit une petite grotte. D'énormes bûches y brûlaient aussi régulièrement que du charbon. Les six fenêtres cintrées qui donnaient sur la mer étaient maintenant fermées par des volets, mais Dalgliesh continuait à entendre le murmure de la mer et, de temps à autre, un faible gémissement : le vent se levait.

Alice Kerrison était assise en face de Sinclair. Cette femme rondelette, silencieuse, calme, connaissait sa place et, d'après ce que Dalgliesh pouvait voir, était soucieuse de gaver Sinclair. Quand on les présenta l'un à l'autre, il eut l'impression de l'avoir déjà rencontrée quelque part et même de bien la connaître. Presque aussitôt, il comprit pourquoi. C'était en chair et en os la femme de Noé, de l'arche qu'il avait eue dans son enfance. Les mêmes cheveux droits, aussi noirs et lisses que de la peinture, divisés par une raie au milieu et rassemblés sur sa nuque en un petit chignon très serré, la même silhouette courtaude, presque dénuée de taille, et la même figure lunaire, colorée, avec deux yeux brillants en boutons de bottines. Même ses vêtements lui étaient familiers. Elle portait une robe noire très simple à manches longues, bordée au cou et aux poignets d'étroites bandes de dentelle. L'ensemble évoquait pour lui le calme et l'ennui des dimanches de son enfance, au presbytère de son père, avec autant de force que le faisait un carillon d'église ou l'odeur de sous-vêtements de laine propres.

La regardant verser le café, il se demanda quel genre de relations elle avait avec Sinclair. Difficile à dire. Elle ne le traitait pas comme s'il était un génie, il ne la traitait pas comme une domestique. Manifestement, elle aimait s'occuper de lui, mais il y avait quelque chose de direct, presque d'irrévérencieux, dans la façon tranquille dont elle acceptait sa personne. Par moments, quand ils apportaient ensemble les plats à table, ce qui devait être leur habitude, ou se consultaient avec un peu d'inquiétude au sujet du vin, ils avaient l'air aussi liés et secrets que des conspirateurs. Dalgliesh se demanda aussi ce qui avait poussé Alice Kerrison à faire ses valises ce matin-là, six ans plus tôt, et à quitter Maurice Seton pour Sinclair. Il prit soudain conscience qu'elle en savait sûrement plus que quiconque sur Seton et sur sa femme. Et sur quoi d'autre encore?

Son regard glissa vers l'endroit où Sinclair était assis, le dos tourné au feu. L'écrivain semblait plus petit que ne le laissaient supposer les photos de lui, mais ses larges épaules, ses bras très longs, presque simiesques, continuaient à donner une impression de force. Dans son visage épaissi par l'âge, ses traits manquaient de netteté comme une photo sous-exposée. De lourds plis de peau les encadraient. Ses yeux las étaient si profondément enfoncés sous ses sourcils saillants qu'on les voyait à peine, mais il était impossible de ne pas reconnaître son port de tête orgueilleux ou le grand dôme de ses cheveux blancs qui maintenant brillaient comme un buisson ardent à la lueur du feu, renforçant sa ressemblance avec quelque archaïque Jehovah. Quel âge pouvait-il bien avoir? se demanda Dalgliesh. Cela faisait plus de trente ans qu'avait été publié le dernier de ses trois romans. Et Sinclair était déjà un homme mûr à cette époque. Trois livres, c'était peu pour établir une réputation aussi solide. Irritée par le fait qu'elle n'avait jamais réussi à le convaincre à participer à un festival littéraire de Monksmere, d'accepter la dédicace d'un de ses propres romans ou même de l'inviter à prendre le thé, Celia Calthrop aimait dire que l'œuvre de Sinclair était surfaite, que la quantité autant que la qualité faisaient la grandeur d'un écrivain. Dalgliesh lui donnait parfois raison. Mais on retournait toujours avec émerveillement à ces trois romans. Ils se dressaient tels des rochers sur le rivage où tant de gloires littéraires s'étaient écroulées comme des châteaux de sable dans la marée changeante de la mode. Le prieuré disparaîtrait peut-être un jour sous les flots, mais le renom de Sinclair durerait.

Dalgliesh n'avait pas la naïveté de croire qu'un grand écrivain est nécessairement un brillant causeur ni la présomption de s'attendre à ce que Sinclair lui fît la conversation. Pourtant son hôte ne s'était nullement montré silencieux pendant le repas. Il avait parlé en connaisseur des deux recueils de poèmes de son invité, mais, pensa Dalgliesh, pas parce qu'il désirait lui faire plaisir. Il était aussi direct et égocentrique qu'un enfant. Quand le sujet cessa de l'intéresser, il passa à un autre. Ils s'entretinrent surtout de littérature, bien que Sinclair parût se désintéresser de ses propres livres et que sa lecture de divertissement préférée semblât être le roman policier. Les choses de ce monde le laissaient totalement indifférent. « Les hommes devront apprendre à s'aimer les uns les autres, au sens tout à fait pratique, non sentimental, de ce terme ou bien ils se détruiront. Je n'ai plus aucune influence dans ce domaine. » Pourtant Dalgliesh sentait que Sinclair n'était ni désabusé ni cynique. Son détachement n'était pas dû au dégoût ou au désespoir, mais simplement à son grand âge.

Il parlait à Jane Dalgliesh maintenant. Il se demandait si l'avocette allait nicher cette année. Tous deux accordaient à la question une attention que les autres sujets n'avaient pu éveiller. Dalgliesh regarda sa tante. Elle portait un chemisier rouge cerise en fin lainage, à col montant, aux manches boutonnées presque jusqu'au coude. Sur cette froide côte de l'est de l'Angleterre, c'était un vêtement approprié pour aller dîner. Aussi loin que remontaient ses souvenirs, Dalgliesh lui avait toujours vu le même, à quelques variantes près. Or maintenant, pour une raison ou une autre, ce style était revenu à la mode, de sorte qu'à l'élégance personnelle, dégagée, de la vieille dame s'ajoutait une note de chic dernier cri qui, aux yeux de Dalgliesh, était étrangère à sa tante. La main gauche de celle-ci reposait contre sa joue. Ses longs doigts bruns étaient couverts de bijoux de famille qu'elle ne mettait que le soir. A la lueur des bougies, rubis et diamants étincelaient. Le maître de maison et elle parlaient à présent d'un crâne que Sinclair avait récemment ramassé sur son bout de plage. Les cimetières engloutis rejetaient souvent leurs ossements et, après une tempête, les promeneurs pouvaient s'attendre à trouver sur le rivage un fémur ou une omoplate friables et blanchis par la mer. Il était toutefois plus rare de tomber sur un crâne entier. Sinclair, avec une certaine expertise, supputait l'âge de ce fragment de squelette. Jusqu'à présent, il n'avait pas été question de l'autre cadavre, plus récent, celui-là. Dalgliesh commençait à se dire qu'il s'était peut-être trompé sur la raison de cette invitation à dîner. Sinclair ne s'intéressait peut-être pas au meurtre de Seton, après tout. Mais comment croire que l'écrivain avait simplement eu envie de faire la connaissance du neveu de Jane Dalgliesh? Soudain, son hôte se tourna vers lui et dit lentement de sa voix profonde :

« Beaucoup de gens doivent vous demander pourquoi vous avez choisi d'être policier?

– Oui, mais il y en a peu auxquels je réponds, répliqua Dalgliesh tranquillement. J'aime ce métier. Je l'exerce assez bien. Il me permet de satisfaire la curiosité que m'inspirent mes semblables et, dans l'ensemble, je ne m'ennuie pas.

– Ah oui! L'ennui. Cette bête noire des écrivains. Mais est-ce tout? Votre état de policier ne protège-t-il pas votre vie privée? Vous tenez là une excuse professionnelle pour garder vos distances. Les policiers sont des gens à part. Nous avons envers eux la même attitude qu'envers les prêtres : nous les traitons en amis, mais au fond, nous nous méfions d'eux. Nous sommes mal à l'aise en leur compagnie. Je suppose que vous êtes homme à attacher du prix à votre intimité.

– Alors, nous nous ressemblons. Moi, j'ai mon métier, vous, le prieuré.

– Ma maison ne m'a pas protégé cet après-midi. Nous avons eu la visite de votre collègue : l'inspecteur Stanley Gerald Reckless. Alice, racontez donc à Mr. Dalgliesh ce qui s'est passé. »

Dalgliesh était las d'avoir à dénier toute responsabilité en ce qui concernait la conduite de Reckless, mais curieux de savoir comment Sinclair avait découvert les prénoms de l'inspecteur. Sans doute en les lui demandant, tout simplement.

« Reckless. C'est pas un nom du Suffolk, ça, dit Alice Kerrison. Il avait l'air malade. Un ulcère, à mon avis. Il doit avoir trop de travail et de soucis. »

Elle avait peut-être raison, songea Dalgliesh en se rappelant la pâleur, les yeux douloureux de l'inspecteur, les sillons profonds qui se creusaient entre sa bouche et son nez.

« Il est venu nous demander si nous avions tué Mr. Seton, poursuivit la gouvernante d'une voix calme.

– Avec un peu plus de tact que cela, tout de même? fit Dalgliesh.

– Il a montré tout le tact dont il est capable, dit Sinclair. Mais c'est bien pour cela qu'il est venu. Je lui ai expliqué que je ne connaissais pas Seton, bien que j'aie essayé de lire un de ses romans. Ce monsieur n'a jamais mis les pieds chez moi. Ce n'est pas parce que je n'écris plus que je dois passer mon temps avec ceux qui n'ont jamais su écrire. Dieu merci, Alice et moi pouvons nous donner mutuellement un alibi pour les nuits de mardi et mercredi qui sont, si j'ai bien compris, les moments critiques. J'ai dit à l'inspecteur que nous n'avions pas quitté la maison ni l'un ni l'autre. Je ne suis pas certain qu'il m'ait cru. A propos, Jane : il m'a demandé si nous vous avions emprunté votre hachoir. J'en ai déduit que vous aviez involontairement fourni l'arme de cette boucherie. Nous avons montré à l'inspecteur nos deux hachoirs, tous deux en parfait état, heureusement, et il a pu voir pour lui-même que personne ne les avait utilisés pour trancher les mains de ce pauvre Seton.

– C'était un méchant homme, déclara soudain Alice

Kerrison. Il vaut mieux qu'il soit mort. Ce qui n'excuse pas le meurtre, bien sûr.

– Que voulez-vous dire par méchant? » demanda Dalgliesh.

Il ne posait cette question que pour la forme. De toute façon, qu'il le voulût ou non, on allait tout lui raconter. Il sentit le regard curieux et amusé de Sinclair se fixer sur son visage. C'était donc là une autre raison de l'invitation à dîner. Sinclair n'espérait pas seulement obtenir des renseignements : il en avait à donner. Rouge d'émotion, Alice Kerrison était assise droite comme un « i », les mains jointes sous la table. Pareille à une enfant embarrassée, elle lui lança un regard mi-agressif, mi-suppliant.

« Je pense à cette lettre qu'il a écrite, marmonna-t-elle. C'était une lettre méchante, Mr. Dalgliesh. Il a précipité sa femme dans la mort aussi sûrement que s'il l'avait entraînée dans la mer et lui avait enfoncé la tête sous l'eau.

– Vous l'avez donc lue, cette lettre?

– Pas entièrement. Mrs. Seton me l'a tendue presque machinalement, puis me l'a reprise dès qu'elle s'est ressaisie. Cette lettre-là, aucune femme au monde n'aurait aimé la faire lire à une autre femme. Elle contenait des choses que je ne pourrais dire à personne. Des choses que j'aimerais oublier. Il voulait sa mort. C'était un meurtre.

– Êtes-vous sûre qu'il en était l'auteur?

– C'était son écriture, monsieur. Sur les cinq pages. Seul le prénom de Mrs. Seton était dactylographié tout en haut. Je n'aurais pas pu me tromper. »

Évidemment, se dit Dalgliesh. Et la destinataire encore moins. Ainsi Seton avait délibérément poussé sa femme au suicide. Si c'était vrai, il s'agissait là d'un acte de cruauté gratuite, d'un degré plus élevé, mais de la même nature que le meurtre de la chatte de Bryce. Toutefois, d'une certaine façon, cette image de sadique calculateur ne paraissait pas coller exactement au personnage. Bien que Dalgliesh ne l'eût rencontré que deux fois, Seton ne lui avait jamais fait l'effet d'un monstre. Ce petit homme pédant, nerveux, opiniâtre, dont le mince talent avait été si ridiculement surestimé, avait-il vraiment pu nourrir autant de haine? Ou bien son scepticisme à lui ne témoignait-il que de l'arrogance d'un policier qui commençait à se prendre pour un diagnostiqueur du mal? Après tout, même si on accordait au petit Crippen * le bénéfice du doute, l'histoire regorgeait d'hommes nerveux, incapables, qui s'étaient révélés très efficaces quand ils avaient voulu se débarrasser de leurs épouses. Comment lui, Dalgliesh, pouvait-il, après deux rencontres, connaître le vrai Seton mieux qu'Alice Kerrison? De plus, il y avait la preuve de la lettre, une lettre que Seton, dont toute la correspondance si soigneusement classée à Seton House était tapée à la machine, avait pris la peine d'écrire à la main.

Dalgliesh était sur le point de demander ce que Dorothy Seton en avait fait quand le téléphone sonna. Dans le silence de l'immense pièce éclairée aux bougies, ce bruit strident avait quelque chose d'incongru. Sursautant, Dalgliesh se rendit compte qu'il avait cru à tort qu'il n'y avait pas d'électricité au prieuré. Il chercha l'appareil des yeux. La sonnerie semblait provenir d'un rayonnage installé dans un renfoncement obscur, à l'autre bout de la salle à manger. Ni Sinclair ni Alice Kerrison ne bougèrent.

« C'est sûrement une erreur, affirma l'écrivain. On ne nous téléphone jamais. Nous n'avons cet appareil que pour pouvoir appeler en cas d'urgence, notre numéro ne figure pas dans l'annuaire. »

Il jeta un regard satisfait en direction de l'instrument, comme s'il était heureux de constater que celui-ci fonctionnait réellement. Dalgliesh se leva.

« Excusez-moi, dit-il, mais cet appel est peut-être pour moi. »

Il chercha le téléphone à tâtons et finit par mettre la main sur sa surface lisse et froide, au milieu des autres objets qui encombraient le haut de la bibliothèque. Le bruit agaçant cessa. Dans le silence qui suivit, Dalgliesh eut l'impression que toutes les personnes présentes pouvaient entendre la voix de l'inspecteur Reckless.

« Mr. Dalgliesh? Je vous appelle de Pentlands. Il y a du nouveau dans l'affaire. Je me suis dit que je devais vous en informer. Vous serait-il possible de venir maintenant? »

* Assassin célèbre. (*N.d.T.*)

Puis, comme Dalgliesh hésitait, il ajouta :

« J'ai reçu les résultats de l'autopsie. Je crois qu'ils vous intéresseront. »

On aurait dit qu'il essayait de le soudoyer, songea Dalgliesh. Bien entendu, il était obligé d'y aller. Le ton neutre, d'une froideur administrative sur laquelle avait été faite la demande, ne trompait aucun des deux interlocuteurs. S'ils avaient enquêté ensemble, cela aurait été le superintendant Dalgliesh qui aurait convoqué l'inspecteur Reckless, et non l'inverse. Mais ce n'était pas le cas. Et si Reckless voulait interroger un suspect, ou même le neveu d'un suspect, il pouvait le faire à l'heure et au lieu qui lui convenaient. Dalgliesh était tout de même curieux d'apprendre ce qu'il faisait à Pentlands. Sa tante n'avait pas fermé le cottage à clé quand ils étaient partis pour le prieuré. On se donnait rarement cette peine à Monksmere et même le meurtre présumé d'un voisin ne l'avait pas amenée à changer d'habitude. Par contre, cela ne ressemblait guère à Reckless de s'introduire ainsi chez quelqu'un et de faire comme s'il était chez lui.

Dalgliesh s'excusa auprès de son hôte. Celui-ci ne manifesta que peu de regret. Comme il ne recevait plus personne à part Jane Dalgliesh, il devait être assez content de se retrouver en petit comité, avec ses compagnes coutumières. Il se borna à dire à Dalgliesh de ne pas oublier de reprendre sa lampe de poche dans le hall et de ne pas revenir chercher sa tante : Alice et lui la raccompagneraient chez elle. Sa parente parut satisfaite de cette solution. Dalgliesh la soupçonna de vouloir montrer du tact. Reckless avait seulement demandé à le voir lui, et sa tante répugnait à être un tiers gênant, même dans sa propre maison.

Dalgliesh alla seul jusqu'à la porte et sortit. Dehors, les ténèbres étaient si épaisses que, tout d'abord, il ne distingua rien à part le vague trait blanc du sentier sous ses pieds. Puis la lune apparut de derrière les nuages et la nuit s'éclaircit, agglomération d'ombres et de formes chargée de mystère et du sel des embruns. A Londres, se dit Dalgliesh, la nuit était rarement aussi sensible, troublée, comme elle l'était là-bas, par les lumières de la ville et l'agitation des hommes. Ici, elle avait une présence quasi palpable qui pouvait réveiller en vous une peur atavique du noir et de l'inconnu. On comprenait sans mal l'origine de certaines légendes de cette région : que parfois, par une nuit d'automne, on pouvait entendre un martèlement sourd de sabots de chevaux, ceux des contrebandiers d'autrefois montant de Sizewell Gap avec leurs barils et leurs ballots pour aller les cacher dans les marais ou les porter plus à l'intérieur des terres en traversant la lande désolée de Westleton. Il était tout aussi facile, par une nuit comme celle-ci, d'entendre les cloches des églises englouties sonner le glas. Maintenant il y aurait peut-être d'autres fables qui inciteraient les habitants à se calfeutrer chez eux les soirs d'automne : celle de la femme nue, toute blanche sous la lune, qui marchait dans la mer à la rencontre de la mort; celle du cadavre privé de mains partant au large avec la marée.

Par une sorte d'esprit de contradiction, Dalgliesh décida de rentrer par le bord de la falaise. Il mettrait quinze minutes de plus, mais cela ne ferait aucun mal à Reckless, confortablement installé à Pentlands, de l'attendre encore un quart d'heure. A l'aide de sa lampe de poche, il trouva le début du sentier et suivit le rond de lumière qui glissait devant lui comme un spectre. Il se retourna et regarda le prieuré. La maison n'était plus qu'une masse sombre, informe, qui se détachait contre le ciel nocturne. Rien n'indiquait qu'elle était habitée, à part les fins rais de lumière entre les persiennes de la salle à manger et une fenêtre ronde, tout en haut, qui brillait comme un œil de cyclope. Soudain, celle-ci s'obscurcit. Quelqu'un, probablement Alice Kerrison, avait dû monter au premier étage.

Dalgliesh approchait maintenant du bord de la falaise. Le grondement des vagues lui parvint avec plus de netteté; quelque part, un oiseau de mer poussa un cri strident. Le vent était peut-être en train de se lever, bien que, pour l'instant, il se réduisît à une forte brise. Mais ici, sur ce promontoire exposé, on aurait dit que la mer, la terre et le ciel étaient parcourus d'un même mouvement doux et constant. Le sentier se couvrit de végétation. Sur une vingtaine de mètres, il ne forma plus qu'une clairière tortueuse bordée de ronces et d'ajoncs dont les branches vous accrochaient les jambes. Dalgliesh commençait à regretter de n'avoir pas pris le chemin à l'intérieur des terres. Le plaisir de faire attendre Reckless lui parut irrationnel et puéril. Cela ne valait pas le sacrifice d'un très bon pantalon. Si l'assassin avait porté le cadavre de Seton à travers cette jungle épineuse depuis le prieuré, il avait certainement laissé une trace de son passage. Reckless avait dû examiner le terrain avec soin; Dalgliesh se demanda s'il avait trouvé quelque chose et, dans ce cas, quoi. Et le chemin n'était rien encore. Ensuite venait une quarantaine de marches en bois vermoulu qu'il fallait descendre jusqu'à la plage. Malgré son âge, Sinclair était costaud et Alice Kerrison, une robuste campagnarde. Cependant, bien que petit, Seton aurait littéralement représenté un poids mort. Cela aurait été une expédition épuisante, quasi impossible.

Soudain, Dalgliesh aperçut une forme blanche, à la gauche du sentier. C'était l'une des rares tombes qui restaient sur cette partie de la falaise. La plupart d'entre elles s'étaient désagrégées depuis longtemps ou avaient été englouties par la mer. Celle-ci avait résisté. Sur une impulsion, Dalgliesh s'en approcha pour l'examiner. Plus grande qu'il ne l'aurait cru, la pierre portait des caractères nets, profondément gravés. S'accroupissant, il braqua le faisceau de sa lampe sur l'inscription :

En souvenir de
HENRY WILLM. SCRIVENER
Abattu par une bande de contrebandiers
alors qu'il traversait cette région à cheval
le 24 septembre 1786

Les balles cruelles m'ont transpercé le cœur.
Je n'ai point le temps de prier avant mon départ.
Passant, médite sur mon sort.
Tu ne sais pas quel jour
Tu devras rencontrer ton Créateur en chemin.

Pauvre Henry Scrivener! songea Dalgliesh. Quelle mauvaise fortune l'avait conduit à chevaucher sur cette route solitaire? A en juger par la pierre tombale, c'était un homme aisé. Dans combien d'années Scrivener, sa tombe et sa pieuse exhortation seraient-ils à leur tour emportés par la mer et oubliés? En se relevant, Dalgliesh bougea brusquement sa lampe de poche dont le faisceau tomba sur la sépulture elle-même. A sa surprise il constata qu'elle avait été ouverte. On avait replacé soigneusement le gazon et rassemblé au-dessus des ronces pour former un dais épais, mais la tombe avait été indéniablement violée. Dalgliesh s'agenouilla et, de ses mains gantées, remua doucement la terre. Celle-ci était légère et friable. D'autres mains avaient déjà été à l'œuvre ici. Quelques secondes plus tard, il mit au jour un fémur, puis une omoplate cassée et, enfin, un crâne. Henry Scrivener avait reçu des compagnons. Dalgliesh devina aussitôt ce qui s'était passé. Voilà comment Sinclair et Alice Kerrison se débarrassaient des restes humains qu'ils trouvaient sur la plage. Tous ces ossements étaient très vieux et blanchis par la mer. Quelqu'un, probablement Alice, avait voulu leur redonner une sépulture en terre consacrée.

Tournant le crâne entre ses mains, Dalgliesh réfléchissait au nouvel aperçu qu'il venait d'avoir des habitudes de cet étrange couple, quand il entendit le son mat de pas qui approchaient. Puis il y eut un froissement de branches et une silhouette noire se dressa soudain au-dessus de lui, masquant le ciel nocturne.

« Alors, encore au boulot? fit la voix désinvolte, ironique de Latham. Vous ressemblez, si j'ose dire, à un premier fossoyeur qui aurait mal répété son rôle. Ne pouvez-vous pas laisser ce pauvre Scrivener reposer en paix? Il est un peu tard pour commencer à enquêter sur ce meurtre-là? De plus vous avez commis une infraction. Vous avez pénétré dans une propriété privée.

– Je pense avoir plus le droit que vous d'être ici en ce moment », répondit Dalgliesh calmement.

Latham rit.

« Ah, je vois. Vous avez dîné avec R.B. Sinclair. J'espère que vous avez apprécié cet honneur. Et qu'a dit notre grand apôtre de l'amour universel de la fin particulièrement horrible de Seton?

– Pas grand-chose. »

Dalgliesh creusa un trou et se mit à recouvrir le crâne. Il étala de la terre sur le front pâle, en fit tomber dans les orbites et les brèches entre les dents. Sans lever la tête, il dit :

« Je ne savais pas que vous aimiez vous promener la nuit.

– C'est une habitude relativement récente. Cela en vaut la peine, je vous assure. On voit des choses si intéressantes ! »

Il regarda Dalgliesh achever son enterrement et replacer les touffes d'herbe. Puis, sans dire un autre mot, il se tourna pour partir.

« Dites-moi, lança doucement Dalgliesh derrière son dos, est-ce que Dorothy Seton vous a envoyé une lettre peu avant de mourir ? »

La silhouette sombre s'immobilisa, puis se retourna lentement :

« Est-ce que cela vous regarde ? »

Comme Dalgliesh tardait à répondre, Latham ajouta :

« Alors, pourquoi me poser cette question ? »

Là-dessus, il se tourna de nouveau et disparut dans l'obscurité.

16.

Une lumière brillait au-dessus de l'entrée, mais la salle de séjour était plongée dans une semi-obscurité. L'inspecteur Reckless était assis seul devant le feu mourant. On aurait dit un invité qui, ne sachant s'il est le bienvenu, essaie de se faire bien voir en économisant l'électricité. Quand Dalgliesh entra et alluma une petite lampe sur la table, il se leva. Les deux hommes se firent face sous un éclairage doux mais insuffisant.

« Vous êtes seul, Mr. Dalgliesh ? Vous avez peut-être eu du mal à partir ? » dit l'inspecteur.

Il aurait été impossible de déceler dans sa voix la moindre note de réprobation ou de curiosité.

« Je suis parti sans problème, mais j'ai décidé de rentrer

par le bord de la falaise. Comment avez-vous su où j'étais?

– En trouvant le cottage vide, je me suis dit que miss Dalgliesh et vous-même deviez dîner quelque part dans le coin. J'ai appelé les numéros des endroits qui m'ont paru les plus vraisemblables. J'ai des nouvelles dont j'aimerais vous parler dès ce soir. Et je ne voulais pas le faire par téléphone...

– Eh bien, allez-y. Mais tout d'abord, est-ce que je peux vous servir un verre? »

Dalgliesh avait beaucoup de mal à ne pas prendre un ton jovial et encourageant. Il avait la désagréable impression d'être un professeur d'examen qui essaie de calmer un candidat plein de promesses mais angoissé. Pourtant, Reckless était parfaitement détendu. Il le dévisageait de ses yeux sombres, sans la moindre trace de gêne ou de servilité. « Bon dieu, mais qu'est-ce que j'ai? se demanda Dalgliesh. Pourquoi cet homme me met-il si mal à l'aise? »

« Non, merci, Mr. Dalgliesh. Je ne boirai rien maintenant. J'ai pensé que les résultats de l'autopsie pourraient vous intéresser. Je les ai reçus en fin d'après-midi. Le Dr Sydenham a dû passer la nuit à examiner le cadavre de Mr. Seton. Voulez-vous essayer de deviner la cause de sa mort? »

« Certainement pas! songea Dalgliesh. C'est votre enquête et, tout ce que je demande, c'est que vous la meniez au plus vite à son terme. Je ne suis pas d'humeur à jouer aux devinettes. »

« Asphyxie? avança-t-il.

– Seton est mort de mort naturelle, Mr. Dalgliesh. D'une crise cardiaque.

– Quoi?

– C'est une certitude. Il souffrait d'une légère angine de poitrine compliquée d'un défaut de l'oreillette gauche. Cette combinaison donne un cœur très fragile, et le sien a lâché. Ni asphyxie, ni empoisonnement, ni traces d'actes de violence, à part les mains tranchées. Il n'a pas eu d'hémorragie et il ne s'est pas noyé. Il est mort trois heures après son dernier repas, d'une crise cardiaque.

– Et de quoi était composé son repas? Comme si j'avais besoin de le demander!

– Des scampi frits à la sauce tartare. Une salade verte. Du pain complet avec du beurre, du fromage bleu du Danemark, le tout arrosé de chianti.

– Cela m'étonnerait qu'il ait mangé cela à Monksmere. C'est un typique menu de restaurant londonien. Au fait, qu'a dit le docteur au sujet des mains?

– Elles ont été tranchées quelques heures après la mort. Vraisemblablement dans la nuit de mercredi, selon le Dr Sydenham. Et ce serait logique, n'est-ce pas? Le banc du canot a servi de billot. Le cadavre n'a pas dû beaucoup saigner. Si le boucher s'est taché, il a eu assez d'eau de mer à sa disposition pour se nettoyer. C'est une vilaine affaire, Mr. Dalgliesh, un acte méchant. Je retrouverai son auteur, mais cela ne veut pas dire qu'il s'agit d'un meurtre. Seton est mort de mort naturelle.

– Est-ce qu'un choc psychologique violent aurait pu le tuer?

– Mais quel aurait été le degré de violence nécessaire? Vous savez comment cela se passe avec les cardiaques. Un de mes gars a vu le Dr Forbes-Denby. D'après ce médecin, Seton aurait encore pu vivre pendant des années en se ménageant. Et c'était bien ce qu'il faisait : pas de surmenage ni de voyages en avion, un régime modéré, du confort. Des gens au cœur encore plus faible que ne l'était le sien peuvent faire de vieux os. J'avais une tante qui souffrait de la même maladie. Elle a survécu à deux bombardements. On ne peut jamais compter tuer un homme en lui causant une forte émotion. Les cardiaques supportent les chocs les plus extraordinaires.

– Et succombent à la suite d'une légère indigestion, je sais. Le dernier repas de Seton ne convenait guère à un cardiaque, mais nous pouvons difficilement supposer que quelqu'un l'a invité à dîner avec l'intention de provoquer un malaise fatal.

– Personne ne l'a invité à dîner, Mr. Dalgliesh. Comme vous l'aviez deviné, il a mangé au *Cortez Club* de Soho, la boîte de Luker. Il s'y est rendu directement du *Cadaver Club*. Seul.

– Est-il reparti seul?

– Non. Au Cortez, il y a une hôtesse, une blonde nommée

Lily Coombs. C'est un peu le bras droit de Luker. Elle surveille les filles, la consommation d'alcool et calme les clients nerveux. Si elle travaillait déjà pour Luker en 1959, quand il a abattu Martin, vous devez la connaître. Selon elle, Seton l'a appelée à sa table, disant que c'était un de ses amis qui lui avait indiqué son nom. Il cherchait des renseignements sur le milieu de la drogue et on lui avait dit qu'elle pouvait l'aider.

– Lil n'est pas précisément une sainte, mais, pour autant que je sache, elle n'a jamais été mêlée au trafic des stupéfiants. Pas plus que Luker, du moins pour l'instant. Je suppose que Seton n'a pas mentionné le nom de son ami.

– Lil dit qu'elle le lui a demandé, mais qu'il n'a pas voulu répondre. Toujours est-il qu'elle a vu là un moyen de se faire un peu d'argent. Ils ont quitté le club ensemble à vingt et une heures trente. Seton lui a expliqué qu'ils ne pouvaient pas retourner à son club pour parler, les femmes n'y étant pas admises. Ce qui est vrai. Ils ont donc tourné autour de Hyde Park et du West End en taxi pendant une quarantaine de minutes. Seton lui a donné cinq livres pour ses renseignements – j'ignore quelle sorte d'histoires elle a bien pu lui raconter. Seton est descendu au métro Paddington, lui laissant le taxi pour rentrer au *Cortez*. Elle était de retour chez Luker à vingt-deux heures. Une trentaine de consommateurs l'y ont vue jusqu'à une heure du matin.

– Mais pourquoi ont-ils eu besoin de quitter le *Cortez*? Lil ne pouvait-elle pas lui raconter les mêmes histoires à sa table?

– Selon Lil, Seton avait l'air d'avoir envie de changer de crèmerie. Le garçon m'a confirmé que Seton paraissait très agité. Et Luker n'aime pas que Lil passe trop de temps avec le même client.

– Connaissant Luker, je pense qu'il aimerait encore moins qu'elle quitte le club pendant quarante minutes pour tourner autour de Hyde Park. Mais tout cela me paraît éminemment respectable. Lil doit avoir changé. Cette histoire vous a-t-elle semblé vraisemblable?

– Je suis un policier de province, Mr. Dalgliesh. Pour moi, toutes les prostituées de Soho ne sont pas nécessairement des menteuses. J'ai eu l'impression que Lil disait la vérité, même si ce n'était pas toute la vérité. Et puis, nous avons retrouvé le chauffeur de taxi, voyez-vous. Il a confirmé qu'il les avait pris en charge devant le club à vingt et une heures trente, puis déposé Seton à l'entrée de la District Line à Paddington environ trois quarts d'heure plus tard. Il a dit que ses clients semblaient plongés dans une conversation très sérieuse et que l'homme avait pris quelques notes dans un calepin. Si c'est vrai, je me demande ce qu'est devenu cet objet. Je ne l'ai pas trouvé sur le cadavre.

– Vous avez travaillé très vite. L'heure à laquelle Seton a été vu pour la dernière fois est donc maintenant reculée à environ vingt-deux heures dix. Et il est mort moins de deux heures plus tard.

– De mort naturelle, Mr. Dalgliesh.

– Je crois que quelqu'un voulait le faire mourir.

– Peut-être, mais je ne peux pas contester les faits. Seton est mort mardi dernier à minuit parce qu'il avait un cœur malade et que celui-ci a cessé de battre. C'est ce qu'a conclu le Dr Sydenham et je ne vais pas gaspiller l'argent des contribuables à prouver qu'il s'est trompé. Vous pensez que quelqu'un a provoqué la crise. Je ne dis pas que ce soit impossible, mais simplement que nous n'avons encore aucun indice à l'appui d'une telle hypothèse. Je réserve mon opinion. Il reste encore beaucoup d'inconnues dans cette affaire. »

Un bel euphémisme! se dit Dalgliesh. La plupart des faits que Reckless ignorait encore étaient presque aussi importants que la cause du décès. Dalgliesh aurait pu établir un catalogue des questions restées sans réponse. Pourquoi Seton s'était-il fait déposer à Paddington? Était-il en route pour rencontrer quelqu'un et, dans ce cas, qui? Où était-il mort? Où était son corps à partir de mardi minuit? Qui l'avait amené à Monksmere et pourquoi? S'il s'était agi d'un meurtre prémédité, comment l'assassin avait-il réussi à le camoufler en mort naturelle? Et cette question-là en entraînait une autre, la plus troublante de toutes, aux yeux de Dalgliesh : une fois le crime commis, pourquoi l'assassin n'avait-il pas simplement laissé le corps à Londres, au bord d'un trottoir? Plus tard, on aurait identifié le cadavre comme étant celui d'un auteur mineur de romans policiers, un homme plus tout jeune qui avait marché dans la ville pour une raison connue de lui seul et avait été pris d'un malaise fatal. Pourquoi le meurtrier avait-il rapporté le corps de sa victime à Monksmere et élaboré ce scénario compliqué qui ne pouvait manquer d'éveiller les soupçons et de lancer toute la police judiciaire du Suffolk à ses trousses?

Comme s'il lisait dans ses pensées, Reckless déclara :

« Rien ne prouve que la mort de Seton et la mutilation de son cadavre soient liées. Il est mort de mort naturelle. Tôt ou tard, nous découvrirons où. A ce moment, nous retrouverons la trace de la personne responsable des actes condamnables qui ont suivi : les mains tranchées, le coup de fil bidon à Digby Seton, si jamais il a été donné, les deux manuscrits envoyés à miss Kedge, s'ils ont été envoyés. Il y a un mauvais plaisant dans cette histoire, mais je ne pense pas qu'il soit un assassin.

– Selon vous, donc, tout cela ne serait qu'un canular très recherché? Monté dans quel but?

– Par pure méchanceté, Mr. Dalgliesh. Méchanceté envers le mort ou envers les vivants. Dans l'espoir de faire soupçonner d'autres personnes. Pour leur créer des ennuis. A miss Calthrop, par exemple. Elle ne nie pas que l'idée du cadavre amputé de ses mains dérivant dans un canot venait d'elle. A Digby Seton. C'est lui qui avait le plus à gagner de la mort de son demi-frère. Et même à miss Dalgliesh. Après tout, c'était son hachoir.

– Ça, c'est une pure conjecture. Cet ustensile a effectivement disparu, mais nous n'avons pas la preuve qu'il a servi d'arme.

– Si, nous l'avons maintenant. Quelqu'un a retrouvé le hachoir. Allumez, monsieur, et vous verrez. »

En effet. Au fond de la pièce se dressait un charmant guéridon du dix-huitième siècle, un meuble délicat que Dalgliesh connaissait depuis son enfance et qui avait orné le salon de sa grand-mère. Le couperet avait été planté en son milieu. La lame fendait le bois ciré, le manche pointait vers le haut. Dans la vive lumière qui maintenant emplissait la pièce, Dalgliesh distingua avec netteté des taches de sang séché sur le métal. Bien entendu, l'ustensile serait envoyé au laboratoire pour analyse. On ne laisserait rien au hasard. Toutefois, Dalgliesh était persuadé que c'était le sang de Maurice Seton.

« J'étais venu vous communiquer les résultats de l'autopsie. Je pensais qu'ils vous intéresseraient. En arrivant, j'ai trouvé votre porte entrouverte. Je suis donc entré en vous appelant. Presque aussitôt, j'ai vu le hachoir. Vu les circonstances, j'ai pris la liberté de rester ici jusqu'à votre retour. »

S'il était satisfait de sa petite comédie, Reckless n'en laissait rien paraître. Dalgliesh ne l'aurait pas cru doté du moindre talent dramatique. Sa mise en scène avait été assez habile : conversation à voix basse dans la pénombre, brusque flot de lumière, présentation d'un bel objet irremplaçable détruit par un acte de méchanceté gratuite. Dalgliesh aurait aimé lui demander s'il lui aurait annoncé la nouvelle d'une façon aussi spectaculaire si sa tante l'avait accompagné. Probablement que oui. L'inspecteur savait parfaitement que Jane Dalgliesh pouvait avoir planté le couperet dans la table avant que Dalgliesh et elle ne partent au prieuré. Une femme capable de trancher les mains d'un mort pour se distraire un peu n'hésiterait sans doute pas à sacrifier un guéridon dans le même but. Il y avait eu de la méthode dans l'essai théâtral de l'inspecteur : Reckless avait voulu guetter dans les yeux de son suspect l'absence de cette lueur facile à reconnaître qui exprime la surprise et l'indignation. Eh bien, il n'avait pas dû tirer grand-chose de la réaction de Dalgliesh. Saisi d'une rage froide, celui-ci prit soudain une décision. Dès qu'il fut capable de maîtriser sa voix, il dit :

« Demain, j'irai à Londres. Je vous demanderai de bien vouloir veiller sur cette maison. Je ne pense pas rester absent plus d'une nuit.

– Je veillerai sur tous les habitants de Monksmere, Mr. Dalgliesh. J'aurai d'ailleurs quelques questions à leur poser. A quelle heure votre tante et vous avez-vous quitté le cottage?

– A sept heures moins le quart environ.

– Êtes-vous partis ensemble?

– Oui. Si vous voulez me demander par là si ma tante est revenue ici un instant seule parce qu'elle avait oublié d'emporter un mouchoir, la réponse est : non. Et, pour mettre les choses tout à fait au point, je vous dirai qu'au moment de notre départ, le hachoir n'était pas fiché dans la table. »

Reckless ne releva pas la provocation.

« Moi, je suis arrivé ici juste avant neuf heures. Cela laissait donc près de deux heures à l'inconnu au hachoir. Aviez-vous parlé à quiconque de cette invitation à dîner?

– Non. Et je suis sûr que ma tante ne l'a pas fait non plus. Mais cela ne changerait rien. A Monksmere, il est facile de savoir si les gens sont chez eux ou non. Il suffit de regarder s'il y a de la lumière.

– De plus, pour plus de commodité, vous ne fermez pas vos portes à clé. Si les choses se déroulent conformément à ce qui s'est passé jusqu'ici, ou bien tout le monde pourra fournir un alibi ou bien personne ne le pourra. »

Reckless se dirigea vers le guéridon, extirpa un immense mouchoir de sa poche, en enveloppa le manche du hachoir et, d'un coup sec, retira la lame de la table. Il emporta l'ustensile vers la porte, puis se retourna vers Dalgliesh :

« Il est mort à minuit. Minuit! A ce moment-là, Digby Seton était déjà détenu depuis une heure au commissariat de West Central, Oliver Latham s'amusait à la fête donnée par une personnalité du monde du théâtre où il a été vu par deux hommes et trois femmes décorés par la Reine d'un ordre de chevalerie et par la moitié de tout ce que Londres compte d'amateurs de culture; miss Marley, pour autant qu'on le sache, était sagement couchée dans son lit d'hôtel et Justin Bryce affrontait sa première crise d'asthme. Au moins deux d'entre eux ont des alibis inattaquables, les deux autres ont l'air de s'en ficher... A propos, j'ai oublié de vous dire quelque chose : il y a eu un coup de téléphone pour vous pendant que j'attendais. Un certain Mr. Max Gurney. Il vous demande de le rappeler le plus tôt possible. Il dit que vous connaissez son numéro. »

Dalgliesh fut surpris. Max Gurney était bien le dernier de ses amis à l'appeler quand il était en vacances. Chose intéressante, Gurney était un des associés de la maison d'édition qui publiait Maurice Seton. Dalgliesh se demanda si Reckless connaissait ce détail. Vu qu'il ne faisait aucun commentaire, probablement pas. Il avait travaillé étonnamment vite. Rares étaient les personnes ayant un rapport avec Seton qu'il n'avait pas interrogées. Mais soit il n'avait pas encore eu le temps de voir l'éditeur de Seton, soit il avait jugé qu'il n'y gagnerait rien.

Reckless se tourna enfin pour partir.

« Bonne nuit, Mr. Dalgliesh... Dites à votre tante que je suis désolé pour sa table... Si vous avez raison et qu'il s'agit bien d'un meurtre dans cette affaire, nous savons quelque chose au sujet de l'assassin, n'est-ce pas? Il lit trop de romans policiers. »

Là-dessus, il s'en alla. Dès que le bruit de sa voiture se fut éteint dans le lointain, Dalgliesh téléphona à Max Gurney. Celui-ci devait avoir attendu son appel car il décrocha tout de suite.

« Adam? C'est gentil à vous de me rappeler si vite. Ils ont été très vilains au Yard : ils m'ont dit où vous étiez. De toute façon, je me doutais que c'était dans le Suffolk. Quand revenez-vous? Pourrais-je vous voir dès votre retour? »

Dalgliesh lui annonça qu'il serait à Londres le lendemain. Du soulagement sembla percer dans la voix de son interlocuteur.

« Pourrions-nous déjeuner ensemble? demanda-t-il. Formidable! Vers une heure? Avez-vous une préférence pour un restaurant?

– Max, n'étiez-vous pas membre du *Cadaver Club* autrefois?

– Je le suis toujours. Aimeriez-vous déjeuner là-bas? La cuisine des Plant est vraiment très bonne. Disons à une heure, au *Cadaver Club*. Ça vous va? »

Dalgliesh répondit que c'était parfait.

17.

Au rez-de-chaussée de la maison de poupée, dans Tanner's Lane, Sylvia Kedge entendit les premiers soupirs du vent et fut prise de peur. Elle avait toujours détesté les nuits de tempête, détesté le contraste qu'offraient l'agitation autour d'elle et le calme profond du cottage enfoncé dans l'abri humide de la falaise. Même par grand vent, l'air y était lourd et tranquille comme si cet endroit engendrait ses propres miasmes qu'aucune force extérieure ne pouvait déranger. Rares étaient les tourmentes qui secouaient les vitres ou faisaient grincer les portes et les poutres de Tanner's Cottage. Et, même alors, les branches du sureau qui se pressaient contre les fenêtres donnant sur l'arrière ne bougeaient que mollement, comme si elles n'avaient pas la force de frapper contre les carreaux. Blottie comme un animal dans le fauteuil devant la cheminée, sa mère avait coutume de dire :

« Je me moque de ce que disent les gens. Nous sommes très bien ici. Par une nuit pareille, je n'aimerais être ni à Pentlands, ni à Seton House ! » C'était la phrase préférée de sa mère. « Je me moque de ce que disent les gens. » Elle la prononçait toujours d'un ton agressif, en veuve aigrie qui nourrit des griefs contre le monde entier. Elle avait eu un besoin quasi maniaque de confort, d'exiguïté, de sécurité. A ses yeux, la nature était une sorte d'affront et, dans la paix de Tanner's Cottage, elle pouvait exclure de ses pensées non seulement les ouragans, mais encore tout le reste. Sylvia, par contre, aurait accueilli avec plaisir les assauts des rafales froides et salées contre ses portes et ses fenêtres. Cela lui aurait au moins apporté la preuve rassurante que le monde extérieur existait et qu'elle en faisait partie. Cela aurait été infiniment moins pénible que ce calme anormal, cette impression de total isolement. On aurait dit que même la nature la jugeait trop insignifiante pour se manifester à elle.

Mais, cette nuit, sa peur était plus vive et plus élémentaire que ce malaise dû à la solitude. Elle avait peur d'être assassinée. Cela avait commencé comme un jeu. Elle s'était donné ces frissons mi-agréables que peut provoquer le sens du danger. Mais soudain son imagination s'était emballée. La peur imaginée était devenue peur réelle. Elle était seule dans le cottage, sans défense. Elle se représenta la rue dehors, son sol humide et sablonneux, les hautes et sombres haies qui la bordaient. Si son assassin arrivait cette nuit, elle n'avait pas la moindre chance d'entendre son approche. L'inspecteur Reckless lui avait posé la question assez souvent et elle y avait toujours répondu de la même façon. Un homme marchant avec précaution pouvait effectivement passer de nuit devant Tanner's Cottage sans qu'elle s'en aperçoive. Mais un homme qui portait un cadavre? C'était plus difficile à dire, mais cela restait possible, avait-elle déclaré. Quand elle dormait, c'était profondément, avec les fenêtres closes et les rideaux tirés. Cette nuit, toutefois, il ne porterait pas de cadavre. Il viendrait seul, pour la tuer. Peut-être avec une hache, un couteau ou un bout de corde qu'il tordrait entre ses mains. Elle essaya d'imaginer sa figure. Ce serait une figure qu'elle connaissait. Il n'avait pas fallu les questions insistantes de l'inspecteur pour la convaincre que c'était un des habitants de Monksmere qui avait tué Seton. Mais, cette nuit, les traits familiers auraient l'aspect d'un masque blanc et rigide; ils exprimeraient la tension du prédateur qui se glisse vers sa proie. Peut-être même son assassin était-il déjà au portail, la main sur le bois, se demandant s'il pouvait prendre le risque de le faire grincer en l'ouvrant. Parce qu'il savait que le portail grinçait. Tout le monde devait le savoir à Monksmere. Mais pourquoi cela l'aurait-il tracassé? Si elle criait, il n'y aurait personne alentour pour l'entendre. Et il savait qu'elle ne pouvait pas s'enfuir.

Elle promena désespérément son regard sur l'ameublement sombre et massif du salon que sa mère avait apporté en dot. Si elle avait pu les bouger, la grande bibliothèque sculptée ou l'encoignure auraient constitué des obstacles efficaces devant la porte. Mais elle était impuissante. Se levant péniblement du lit, elle saisit ses béquilles et se traîna à la cuisine. Le buffet vitré refléta son visage, lune pâle aux yeux pareils à des lacs noirs, ses cheveux, lourds et humides comme ceux d'une noyée. Un visage de sorcière, se dit-elle. « Il y a trois siècles, ils m'auraient brûlée vive. Maintenant, ils n'ont même pas peur de moi. » Elle se demanda ce qui était pire : être plainte ou redoutée. Ouvrant le tiroir d'un geste brusque, elle saisit une poignée de cuillers et de fourchettes. Elle aligna celles-ci sur l'étroit rebord de la fenêtre. Dans le silence, elle entendait sa respiration siffler contre le carreau. Après un instant de réflexion, elle ajouta deux verres. Si l'assassin essayait d'entrer par la fenêtre de la cuisine, au moins le tintement des couverts qui tombent et le bruit des verres se cassant sur le carrelage la préviendraient de l'intrusion. Ensuite, elle chercha une arme des yeux. Le couteau à découper? Trop encombrant et pas vraiment assez tranchant. Les ciseaux de cuisine? Elle en écarta les branches et essaya de les séparer, mais les rivets résistèrent à ses robustes mains. Puis elle se rappela le couteau ébréché dont elle se servait pour éplucher les légumes. La lame pointue n'avait que quinze centimètres de long, mais elle était affilée et rigide, le manche court et facile à empoigner. Elle l'aiguisa sur le bord en pierre de l'évier, passa son doigt sur le fil. C'était mieux que rien. Ainsi armée, elle se sentit mieux. Elle vérifia de nouveau si la porte d'entrée était bien verrouillée et plaça une rangée de petits bibelots en verre, qui provenaient de l'encoignure, sur le rebord de la fenêtre du salon. Finalement, sans enlever ses appareils orthopédiques, elle s'assit toute droite sur le divan-lit, un lourd presse-papiers en verre sur l'oreiller à côté d'elle, le couteau à la main. Elle resta ainsi, attendant que sa peur disparût. Les battements de son cœur faisaient trembler son corps. L'oreille tendue, elle essayait de percevoir, derrière les gémissements lointains du vent, le grincement de la porte du jardin, un tintement de verre qui se brise.

Deuxième partie

LONDRES

1.

Dalgliesh se mit en route tôt le lendemain, après un petit déjeuner solitaire. Il prit seulement le temps de téléphoner à Reckless pour lui demander l'adresse londonienne de Digby Seton et le nom de l'hôtel dans lequel avait séjourné Elizabeth Marley. Il ne lui expliqua pas pourquoi il désirait ces renseignements. Reckless les lui donna sans poser de questions et ne fit aucun commentaire à part lui souhaiter un agréable et fructueux voyage. Dalgliesh répondit qu'il y avait peu de chance que celui-ci le fût, mais qu'il remerciait l'inspecteur de sa collaboration. Les deux hommes ne se donnèrent même pas la peine de dissimuler leur ironie. L'antipathie qu'ils éprouvaient l'un pour l'autre semblait grésiller sur le fil.

Ce n'était pas très gentil de sa part de rendre visite à Justin Bryce de si bon matin, mais Dalgliesh voulait lui emprunter la photo du pique-nique sur la plage. Bien que celle-ci fût déjà assez vieille, les Seton, Oliver Latham et Bryce y étaient suffisamment reconnaissables pour qu'elle pût servir à une identification.

En réponse aux coups qu'il frappa à la porte, Bryce descendit de son pas trottinant. Ce réveil à une heure indue semblait l'avoir privé à la fois de son intelligence et de l'usage de la parole. Il mit un certain temps à comprendre ce que voulait Dalgliesh, puis à trouver la photo. C'est alors, seulement, qu'il parut pris d'un doute quant à la sagesse de ce prêt. Comme Dalgliesh partait, il courut derrière lui en criant anxieusement de sa voix chevrotante :

« Adam! Ne dites pas à Oliver que je vous l'ai donnée. Il m'en voudrait à mort s'il apprenait que je collabore avec la police. Oliver se méfie un tout petit peu de vous, je crains. Soyez discret, je vous en supplie. »

Dalgliesh émit quelques grognements rassurants et encouragea Justin à aller se recoucher. Il connaissait trop bien le caractère capricieux de celui-ci pour prendre son inquiétude au sérieux. Une fois qu'il aurait bu son thé et serait en état d'affronter les événements de la journée, Bryce téléphonerait presque certainement à Celia Calthrop pour se livrer avec elle à une agréable séance de conjectures quant à ce que Adam Dalgliesh était encore en train de mijoter. Vers midi, tout Monksmere, y compris Oliver Latham, saurait qu'il était parti à Londres en voiture, emportant la photo avec lui.

Le voyage fut relativement aisé. Il prit le chemin le plus rapide et, vers onze heures et demie, arriva à proximité de la ville. Il ne s'était pas attendu à revenir si vite à Londres. C'était comme la fin prématurée de vacances déjà gâchées. Dans l'espoir un peu superstitieux que ce n'était pas entièrement vrai, il résista à la tentation d'aller dans son appartement situé à Queenhithe, au-dessus de la Tamise, et se rendit directement dans le West End. Peu avant midi, il gara sa Cooper Bristol dans Lexington Street et se dirigea vers Bloomsbury et le *Cadaver Club.*

Un établissement typiquement anglais, en ce sens que sa fonction, quoique difficile à définir avec précision, est parfaitement comprise par tous les intéressés. Il avait été fondé en 1892 par un avocat comme lieu de réunion pour des hommes qui s'intéressaient au meurtre. A sa mort, le juriste avait légué au club son agréable maison située à Tavistock Square. Le club est exclusivement masculin; les femmes n'y sont pas admises même comme invitées. Parmi ses membres, on compte un bon noyau d'auteurs de romans policiers, admis grâce au prestige de leurs éditeurs plutôt que grâce à l'importance de leurs ventes, un ou deux policiers à la retraite, une douzaine d'avocats en exercice, trois juges à la retraite, la plupart des criminologues amateurs et des journalistes spécialisés qui jouissent de quelque réputation et plusieurs autres personnes dont la seule qualification est de payer régulièrement leurs cotisations et de savoir discuter avec intelligence de la culpabilité probable de William Wallace ou de points de détail dans la défense de Madeline Smith. L'exclusion des femmes signifie qu'un certain nombre des meilleurs auteurs de romans policiers ne sont pas représentés, mais cela ne dérange personne : le comité estime que leur présence compenserait à peine les frais qu'entraînerait l'installation de toilettes idoines. En fait, la plomberie du *Cadaver* n'a pratiquement pas changé depuis que celui-ci a emménagé Tavistock Square, en 1900. Mais le club n'est pas seulement rétrograde dans le domaine du sanitaire : même son exclusivité est justifiée par l'hypothèse que le meurtre n'est pas un sujet dont on parle devant les dames. Et, au *Cadaver*, l'homicide lui-même paraît un archaïsme civilisé, coupé de la réalité par le temps ou la panoplie juridique et n'ayant rien à voir avec les crimes sordides et pathétiques qui occupaient la plus grande partie de la vie professionnelle de Dalgliesh. Ici, le mot « meurtre » évoque l'image d'une domestique victorienne, impeccable dans son petit bonnet à rubans, regardant par la porte de la chambre à coucher Adelaïde Bartlett préparer la potion de son mari; une main menue passée à travers les barreaux d'une grille de sous-sol, à Edimbourgh, et offrant une tasse de chocolat relevé, peut-être, d'une pincée d'arsenic; le Dr Lamson servant du cake à la dernière tea-party de son riche beau-frère; ou encore Lizzie Borden, armée d'une hache, se glissant dans la maison silencieuse de Fall River, au cœur d'un été torride du Massachusetts.

Chaque club a ses avantages. Pour le *Cadaver*, c'est la famille Plant. Parfois, on entend des membres dire : « Que deviendrons-nous sans les Plant? » du même ton horrifié qu'ils auraient demandé : « Que deviendrions-nous s'ils lâchaient la bombe atomique? » Ces deux questions sont assez pertinentes, mais seuls les esprits morbides s'appesantissent dessus. Mr. Plant a engendré – on pourrait presque croire que c'était au profit du club – cinq filles fraîches, bien en chair et très compétentes. Les trois aînées, Rose, Marigold et Violet, sont mariées et viennent donner un coup de main. Les deux cadettes, Heather et Primrose, servent dans la salle à manger. Plant lui-même remplit les fonctions de maître d'hôtel et de factotum; quant à sa femme, elle a la réputation d'être l'une des meilleures cuisinières de Londres. Grâce aux Plant, le club jouit de l'ambiance d'une maison privée où de fidèles et efficaces serviteurs veillent au confort de la famille. Les membres qui ont autrefois connu ces privilèges ont l'agréable illusion d'être revenus au temps de leur jeunesse; quant aux autres, ils commencent à se rendre compte qu'il leur a manqué quelque chose.

Bien qu'il ne fût pas membre, Dalgliesh avait parfois dîné au club. Plant, donc, non seulement le connaissait, mais aussi, par la curieuse alchimie qui opère dans ce domaine, l'avait agréé. Il accepta volontiers de lui faire visiter l'établissement et de répondre à ses questions. Et Dalgliesh n'eut même pas besoin de souligner qu'il menait cette enquête à titre privé. Tout en n'échangeant que peu de paroles, les deux hommes se comprenaient parfaitement. Plant l'amena à une petite chambre au premier que Seton avait occupée et attendit à la porte que monsieur le superintendant eût fini de l'examiner. Si Dalgliesh n'avait eu l'habitude de travailler sous le regard de tiers, son impassible vigilance aurait pu le dérouter. Plant avait un aspect peu banal. Il mesurait six pieds trois pouces, soit un mètre quatre-vingt-dix. Il avait de larges épaules et une figure de papier mâché. Une fine cicatrice barrait sa pommette gauche. Cette marque due à une chute malencontreuse de bicyclette sur un grillage en fer durant sa jeunesse ressemblait tellement à une cicatrice de duelliste que Plant n'avait pu résister à la tentation d'accentuer cet effet par le port d'un pince-nez et une coiffure en brosse, ce qui lui donnait l'allure d'un de ces sinistres officiers allemands que l'on voit dans les films anti-nazis. Son uniforme de travail convenait à l'endroit : un costume de serge bleu marine orné d'un crâne miniature sur chaque revers. Cet étalage vulgaire, introduit par le fondateur du club en 1896, était maintenant, tout comme la personne de Plant, sanctifié par l'usage et le temps. En fait, les membres du *Cadaver* étaient toujours un peu surpris quand leurs invités faisaient des remarques sur l'étrange apparence de Plant.

Dans la chambre, il n'y avait pas grand-chose à voir.

Les légers rideaux en acrylique étaient fermés, occultant la lumière grise de cet après-midi d'octobre. Les tiroirs et la penderie étaient vides. Le petit bureau en chêne clair placé devant la fenêtre ne contenait qu'un buvard propre et une provision de papier à en-tête du club. Le lit à une place, qui venait d'être refait, attendait son prochain occupant.

« Les policiers du Suffolk ont emporté sa machine à écrire et ses vêtements, dit Plant. Ils ont aussi cherché des papiers, mais il y en avait pratiquement pas. Ils n'ont trouvé qu'un paquet d'enveloppes en papier kraft, une cinquantaine de feuilles de papier machine et une ou deux feuilles de carbone vierges. Mr. Seton était quelqu'un de très ordonné, monsieur.

– Il venait ici chaque octobre, n'est-ce-pas?

– Oui. Les dernières deux semaines du mois. Tous les ans. Et il louait toujours cette chambre. Nous n'en avons qu'une seule au premier et il ne pouvait pas grimper l'escalier à cause de son cœur. Bien entendu, il aurait pu prendre l'ascenseur, mais il disait se méfier de ces engins. Il fallait donc que ce fût cette chambre.

– Il y travaillait?

– Oui, monsieur. Presque tous les matins de dix heures environ à midi et demi. Ensuite, il déjeunait. Puis de nouveau de quatorze heures trente à seize heures trente. Cela, s'il tapait à la machine. S'il avait à lire ou à prendre des notes, il travaillait à la bibliothèque. Pour une raison évidente, on ne peut pas y taper à la machine.

– L'avez-vous entendu taper le mardi?

– Ma femme et moi avons entendu le bruit de la machine, monsieur. Naturellement, nous avons pensé que Mr. Seton était en pleine inspiration. Il y avait un mot sur la porte disant : “ Prière de ne pas déranger ”. Nous ne serions pas entrés de toute façon : c'est une chose que nous ne faisons jamais quand un de nos membres est en train de travailler. L'inspecteur avait l'air de croire qu'il y avait peut-être quelqu'un d'autre dans la chambre.

– Tiens! Et vous, qu'en pensez-vous?

– Mon Dieu, c'est possible... Ma femme a entendu le cliquetis vers onze heures, puis de nouveau vers seize heures. Mais nous aurions l'un et l'autre été bien incapables de dire si c'était Mr. Seton qui tapait. On aurait dit quelqu'un d'assez expert, en tout cas. L'inspecteur a demandé si quelqu'un d'autre pouvait être entré ici. Nous n'avons vu aucun inconnu dans la maison, mais il faut dire que nous étions occupés à servir le déjeuner et que nous avons passé la plus grande partie de l'après-midi au rez-de-chaussée. Comme vous le savez, monsieur, les gens entrent et sortent librement ici. Si ç'avait été une dame, remarquez, on s'en serait aperçu. Un des membres nous aurait signalé sa présence. Sinon... Je ne pouvais évidemment pas raconter à l'inspecteur que cet établissement est ce qu'il appelle « bien surveillé ». Il avait l'air de trouver insuffisantes nos mesures de sécurité. Mais, comme je le lui ai dit, monsieur, ceci est un club et non pas un commissariat de police.

– Vous avez attendu deux nuits avant de signaler la disparition de Mr. Seton?

– Hélas! oui, monsieur. Et, même alors, je n'ai pas averti la police. J'ai simplement téléphoné au domicile de Mr. Seton et laissé un message à la secrétaire, miss Kedge. Elle m'a dit de ne rien entreprendre, qu'elle essaierait de se mettre en rapport avec le demi-frère de Mr. Seton. Je n'ai jamais rencontré ce monsieur, mais je crois que Mr. Maurice Seton m'en avait parlé un jour. En tout cas, pour autant que je me souvienne il n'a jamais mis les pieds au club. C'est d'ailleurs là une question que l'inspecteur m'a posée.

– Il a dû vous demander également si vous connaissiez Mr. Oliver Latham et Mr. Justin Bryce.

– En effet, monsieur. Ces deux gentlemen sont membres, ce que j'ai dit à l'inspecteur. Mais je ne les ai pas vus depuis un certain temps et je ne crois pas qu'ils viendraient ici et repartiraient sans nous avoir salués, ma femme et moi. Si vous voulez jeter un coup d'œil à la salle de bains et aux toilettes... Voilà. Mr. Seton utilisait cette petite suite. L'inspecteur a regardé dans le réservoir d'eau.

– Pas possible! J'espère qu'il a trouvé ce qu'il cherchait.

– Le robinet à flotteur, monsieur. Pourvu qu'il ne l'ait

pas déréglé! Ce water est extrêmement capricieux. Je suppose que vous voulez voir également la bibliothèque. C'est à l'étage au-dessus, comme vous le savez sans doute. »

Cette visite devait figurer au programme. L'inspecteur Reckless s'était montré consciencieux et Plant n'allait pas laisser son protégé s'en tirer à meilleur compte. Alors qu'ils s'entassaient dans le minuscule ascenseur, Dalgliesh posa ses dernières questions. Plant répondit que ni lui ni aucun membre de son personnel n'avait posté de lettre pour Mr. Seton. Personne n'avait fait le ménage chez lui ou détruit un de ses papiers. Mis à part l'enlèvement par la police de la machine à écrire et des vêtements, la chambre était encore comme l'écrivain l'avait laissée le soir de sa disparition.

La bibliothèque, qui donnait au sud, sur la place, était probablement la pièce la plus agréable de la maison. A l'origine, cela avait été le salon. Mis à part l'ajout de rayonnages sur tout un mur, rien n'y avait changé depuis que le club s'était installé dans les lieux. Les rideaux étaient des copies des originaux; le papier peint était un dessin préraphaélite pâli; les bureaux placés entre les quatre hautes fenêtres dataient de la reine Victoria. La bibliothèque comprenait un choix réduit, mais assez exhaustif de livres sur le crime. Il y avait là les fameux *Procès de Grande-Bretagne* et *Affaires célèbres*, des manuels de médecine légale et de toxicologie, des mémoires de juges, d'avocats, de pathologistes et de policiers, une variété de livres plus ou moins sérieux sur les homicides les plus notables ou les plus controversés, des manuels de droit criminel et même quelques traités sur les aspects sociologiques et psychologiques du meurtre. Ces derniers n'avaient pas l'air d'avoir été souvent ouverts. Sur le rayon des romans, on trouvait une petite collection d'éditions originales d'œuvres d'Edgar Poe, Le Fanu et Conan Doyle; presque tous les auteurs de romans policiers anglais et américains étaient représentés. De toute évidence, les écrivains membres donnaient au club des exemplaires de leurs livres. Dalgliesh nota avec intérêt que Maurice Seton avait fait relier et monogrammer les siens. Il remarqua aussi que, malgré l'exclusion des femmes, les œuvres des auteurs du deuxième sexe figuraient en bonne place sur les étagères.

A l'autre bout de la pièce se dressaient deux vitrines. C'était un petit musée du crime. Cadeaux ou legs de membres du club, les objets exposés avaient été acceptés tout au long de ces années dans le même esprit bienveillant et peu critique qui avait présidé à leur donation. Ils étaient donc d'un intérêt inégal, sans même parler de leur authenticité. On n'avait pas essayé de les classer chronologiquement ni fait beaucoup d'efforts pour les étiqueter avec précision. La disposition des pièces dans la vitrine semblait répondre moins à une logique qu'à la recherche d'un certain effet. Il y avait là un pistolet de combat à silex, à crosse d'argent et au bassinet strié d'or. A en croire l'étiquette, le révérend James Hackman, exécuté à Tyburn en 1779, s'en était servi pour tuer Margaret Reay, la maîtresse du comte de Sandwich. C'était peu vraisemblable, pensa Dalgliesh. A son avis, cette arme avait été fabriquée quinze ans plus tard. Mais on pouvait imaginer sans peine que ce bel objet avait une vilaine histoire. Aucun doute, par contre, au sujet de la pièce voisine : une lettre jaunie et friable de Mary Blandy à son amant dans laquelle elle le remercie de « la poudre pour nettoyer les agates » : l'arsenic qui allait tuer son père et l'envoyer, elle, à l'échafaud. Dans la même vitrine, on voyait un lambeau de la veste de pyjama dans laquelle Crippen aurait enveloppé le cadavre de son épouse, un petit gant de fil supposé avoir appartenu à Madeline Smith et une fiole de poudre blanche, censée être de l'arsenic, qu'on avait trouvée sur le major Herbert Armstrong. Si c'était vrai, il y avait là assez de poison pour causer de sérieux ravages dans la salle à manger. De plus, les vitrines n'étaient pas fermées à clé. Mais lorsque Dalgliesh exprima son inquiétude, Plant sourit.

« Ce n'est pas de l'arsenic, monsieur. Sir Charles Winkworth m'a fait exactement la même remarque que vous, il y a neuf mois environ. " Plant, m'a-t-il dit, si cette poudre est de l'arsenic nous devons nous en débarrasser ou l'enfermer à clé. " Nous avons donc prélevé un échantillon de cette substance et l'avons fait analyser en douce. C'est du bicarbonate de soude, voilà ce que c'est. Je ne dis pas que ce produit n'a pas appartenu autrefois au major Armstrong, mais je reconnais que ce n'est pas avec du bicarbonate qu'il a assassiné sa femme. Quoi qu'il en soit, cette poudre est inoffensive. Nous l'avons laissée là sans souffler mot à personne de notre découverte. Cela a été de l'arsenic pendant les trente dernières années et ça continuera à en être. Comme l'a dit sir Charles, si on se mettait à examiner les objets exposés trop attentivement, il ne resterait pas grand-chose de notre musée. Et maintenant, monsieur, il va falloir que je vous quitte. On a besoin de moi dans la salle à manger. A moins, évidemment, que vous ne désiriez voir encore autre chose? »

Dalgliesh le remercia et le laissa partir. Une fois seul, il s'attarda encore un moment dans la bibliothèque. Il avait l'impression irrationnelle et obsédante que quelque part, et cela très récemment, il avait vu un indice concernant la mort de Seton, une indication fugitive que son inconscient avait enregistrée, mais qui maintenant l'éludait. Ce n'était pas la première fois qu'une pareille chose lui arrivait. Tout bon policier fait ce genre d'expérience. Parfois cela l'avait conduit à un de ces succès apparemment dus au flair et sur lesquels reposait en partie sa réputation. Mais le plus souvent, ce sentiment éphémère, une fois remémoré et analysé, s'était avéré sans fondement. Son inconscient, toutefois, refusa de se laisser violer. A cet instant, la pendule placée sur la cheminée sonna une heure. Max Gurney devait déjà l'attendre.

Un petit feu brûlait dans la salle à manger, ses flammes à peine visibles dans le rayon de soleil qui tombait à l'oblique sur les tables et le tapis. C'était une pièce simple, confortable, réservée à cette occupation sérieuse qu'est manger. Les tables en bois épais étaient bien espacées, dénuées de fleurs, couvertes d'une nappe étincelante de blancheur.

Au *Cadaver*, on ne sert qu'un plat unique au déjeuner comme au dîner. Mrs. Plant juge en effet que lorsqu'on dispose d'un personnel restreint, la perfection est incompatible avec la variété. Comme alternative, il y a toujours une salade et des viandes froides. Ceux que rien ne tente sont invités à aller voir s'ils trouvent mieux ailleurs. Aujourd'hui, comme l'avait annoncé le menu épinglé sur le panneau d'affichage de la bibliothèque, il y avait du melon, du *steak and kidney pudding*, qu'on apportait déjà dans la salle, enveloppés dans leurs serviettes, et du soufflé au citron.

Max Gurney l'attendait, assis à une table de coin. Il discutait vin avec Plant. A l'approche de Dalgliesh, il leva sa main en un geste épiscopal, comme s'il saluait son invité et, en même temps, bénissait tous les autres convives. Dalgliesh fut soudain tout heureux de le voir. Max ne manquait jamais de provoquer ce sentiment. On recherchait sa compagnie. Urbain, cultivé, généreux, il avait une joie de vivre et un amour des gens communicatifs et revigorants. Bien que grand et fort, il donnait une impression de légèreté quand il avançait de sa démarche sautillante sur ses petits pieds arqués, ses mains voltigeant en l'air, ses yeux noirs brillant derrière d'énormes lunettes à monture d'écaille. Il accueillit Dalgliesh avec un sourire radieux.

« Adam! Absolument ravi de vous voir! Plant et moi venons de décider que le Johannesberger Auslese 1959 serait très agréable, à moins que vous ne préfériez quelque chose de plus léger? Bien. Je déteste parler vins plus longtemps qu'il n'est nécessaire. J'ai alors l'impression de ressembler à l'honorable Martin Carruthers. »

Pour Dalgliesh, c'était là un aspect nouveau du personnage de détective créé par Seton. Il dit qu'il ne s'était jamais rendu compte que Seton était amateur de vins.

« Il n'y connaissait rien, bien sûr, le pauvre Maurice. De plus, il n'aimait pas tellement en boire. Il pensait que c'était mauvais pour son cœur. Non, toute sa science oenologique, il la tirait de livres. D'où les goûts conventionnels de Carruthers. Vous avez l'air en forme, Adam. Je craignais de vous retrouver légèrement perturbé. Cela doit être pénible de devoir assister à l'enquête d'un autre. »

Dalgliesh répliqua gravement que son amour-propre en souffrait plus que sa santé, mais que ce déjeuner avec Max lui serait, comme toujours, d'un grand réconfort.

Les deux hommes ne reparlèrent plus du défunt pendant

le hors-d'œuvre. Mais quand le pudding fut servi et le vin versé, Max déclara :

« Bon, en ce qui concerne l'affaire de Maurice Seton, je peux dire que sa mort m'a causé un véritable choc – il choisit un succulent morceau de bœuf et le piqua sur sa fourchette avec un champignon et un rognon – et provoqué mon indignation. Tous nos collaborateurs ont eu la même réaction. Nous n'aimons pas perdre nos auteurs d'une façon si spectaculaire.

– Ça doit pourtant augmenter les ventes!

– Pas vraiment, mon cher. C'est là une erreur assez répandue. Même si la mort de Seton était un truc publicitaire, ce qui, avouez-le, aurait été un excès de zèle de la part de Maurice, je doute que cela nous ferait vendre un seul exemplaire de plus. Quelques vieilles dames ajouteront *La Mort aux yeux de porcelaine*, le titre de son dernier roman, à la liste des livres qu'elles empruntent à la bibliothèque, mais ce n'est pas tout à fait pareil. Au fait, l'avez-vous lu? C'est une histoire d'empoisonnement à l'arsenic qui a pour cadre un atelier de potier. Avec sa conscience professionnelle habituelle, Seton a passé trois semaines en avril dernier à apprendre la céramique avant de se mettre au travail. Mais vous ne devez pas lire de polars...

– Si je ne le fais pas, ce n'est pas par dédain, mais parce qu'ils excitent ma jalousie. Je ne supporte pas ces policiers de fiction qui arrêtent leur homme et le font passer aux aveux complets sur la base de preuves qui ne me permettraient même pas de demander un mandat. Dommage que, dans la vie réelle, les assassins ne paniquent pas aussi facilement. Et puis, il y a un autre détail encore qui m'agace : tous ces commissaires n'ont pas l'air d'avoir jamais entendu parler des " Règles des juges ".

– Oh, l'honorable Martin était un parfait gentleman. Il pourrait sûrement vous en remontrer. Toujours prêt à vous sortir la citation adéquate et séducteur en diable. Toujours en restant dans les limites de la décence, bien sûr, mais on sent que les suspectes ne demanderaient qu'à sauter dans le lit du détective si seulement Seton les laissait faire. Pauvre Maurice! Cela donne une petite idée de ses fantasmes.

– Et que pensez-vous de son style? demanda Dalgliesh

qui commençait à se dire que ses lectures présentaient peut-être des lacunes.

– Ampoulé, mais grammaticalement correct, ce qui de nos jours, où n'importe quel débutant analphabète se prend pour un romancier, est appréciable. J'imagine qu'il écrivait avec un dictionnaire des synonymes à sa gauche, un dictionnaire anglais à sa droite. Mais dans l'ensemble c'est plat et malheureusement de plus en plus difficile à vendre. Je ne voulais pas le prendre chez nous quand il a quitté Maxwell Dawson il y a cinq ans, mais j'ai été mis en minorité par notre comité de lecture. Comme nous avons toujours eu un ou deux auteurs de romans policiers dans notre catalogue, nous l'avons publié. Les deux parties n'ont pas tardé à le regretter, mais nous n'en étions pas encore au point d'envisager une rupture.

– Quel genre d'homme était-ce?

– Oh, quelqu'un de difficile, de très difficile, même. Le pauvre diable! Je croyais que vous le connaissiez? Un petit homme têtu, méticuleux, nerveux, se tracassant sans cesse au sujet de ses ventes, de sa publicité ou des couvertures de ses livres. Il surestimait son talent et sous-estimait celui des autres ce qui, bien entendu, ne le rendait pas très populaire.

– Un écrivain typique, quoi?

– Oh, Adam! C'est méchant ce que vous dites là! Venant de la part d'un écrivain, cette remarque est une trahison. Vous savez très bien que nos auteurs sont aussi travailleurs, agréables et doués que tous ceux qu'on peut trouver à l'extérieur d'un asile d'aliénés. Non, Seton n'était pas un écrivain typique. Il était plus malheureux et doutait plus de lui que la plupart des autres. Parfois, il me faisait de la peine. Mais ces bonnes dispositions ne résistaient pas à dix minutes passées en sa compagnie. »

Dalgliesh demanda si Seton lui avait parlé de son projet de changer de genre.

« Oui, lors de notre dernière entrevue, il y a environ deux mois, il s'est lancé dans sa diatribe habituelle contre la baisse de niveau de la littérature contemporaine et contre l'exploitation du sexe et du sadisme pour m'annoncer ensuite qu'il envisageait d'écrire lui-même un roman à suspense. En principe, cette nouvelle aurait dû me réjouir. En fait, je ne voyais pas comment il allait se tirer de son entreprise. Il n'avait ni le vocabulaire ni le métier nécessaires. C'est un exercice hautement professionnel et Seton était perdu dès qu'il sortait de son expérience personnelle.

– Cela doit représenter un sérieux handicap pour un auteur de romans policiers.

– Pour autant que je le sache, il n'a jamais assassiné personne, du moins, pas pour les besoins de sa création littéraire. Mais il s'en tenait toujours aux personnages et aux lieux qu'il connaissait. Vous voyez ce que je veux dire. Jolis villages ou petites villes d'Angleterre. Personnages se déplaçant sur l'échiquier de l'intrigue strictement selon leur situation sociale. Les livres de Seton donnent l'illusion réconfortante que la violence est un phénomène rare, que tous les policiers sont honnêtes, que le système social anglais n'a pas changé depuis vingt ans et que les assassins ne sont pas des gentlemen. Il était toutefois un maniaque du détail. Il n'a jamais décrit un meurtre par balle, par exemple, parce qu'il n'arrivait pas à comprendre les armes à feu. Par contre, il était très calé en toxicologie et avait des connaissances considérables en médecine légale. Il veillait à ne pas se tromper sur la rigidité cadavérique ou des choses de ce genre. Il était ulcéré quand les critiques ne s'en rendaient pas compte et que les lecteurs s'en fichaient.

– Vous l'avez donc vu il y a deux mois. Comment cela s'est-il passé?

– Il m'avait écrit pour me demander un rendez-vous. Il est venu exprès à Londres et est arrivé à mon bureau à dix-huit heures quinze. A cette heure-là, la plupart des employés sont déjà partis. Ensuite, nous avons dîné ici. C'est de cette visite dont je voulais vous parler, Adam. Seton s'apprêtait à modifier son testament. Cette lettre explique pourquoi. »

Gurney sortit une feuille de papier pliée de son portefeuille et la tendit à Dalgliesh. Le papier portait l'en-tête « Seton House, Monksmere, Suffolk ». Datée du 30 juillet, la lettre était tapée à la machine. Bien que dénuée de fautes de frappe, quelque chose au sujet des espaces et de la coupure des mots en fin de ligne indiquait qu'il s'agissait de l'œuvre d'un amateur. Dalgliesh se rendit aussitôt compte qu'il avait vu un autre échantillon de cette dactylographie. Il lut :

« Cher Gurney,

« J'ai repensé à notre conversation de vendredi dernier – permettez-moi de vous remercier encore une fois pour cet agréable dîner – et je suis parvenu à la conclusion que ma première idée était la bonne. Il serait tout à fait absurde de faire les choses à moitié. Pour que le prix littéraire Maurice-Seton puisse jouer le rôle que j'ambitionne pour lui, la mise de fonds doit être suffisante, cela non seulement pour que sa valeur monétaire corresponde à son importance, mais aussi pour le financer à perpétuité. Je n'ai pas de charge de famille, personne qui puisse légalement prétendre à ma succession. Il y a bien sûr des gens qui croient y avoir droit, mais cela est une autre question. Mon seul parent vivant héritera d'une somme confortable. Il pourra le faire fructifier avec du travail et de la prudence, dût-il se décider à exercer ses deux vertus. J'ai cessé de vouloir en faire plus pour lui. Une fois déduits ce legs-là et quelques autres bien moindres, il devrait rester un capital d'environ cent vingt mille livres. Je vous communique tout ceci pour que vous ayez une idée de mes intentions. Comme vous le savez, je suis d'une santé fragile et, bien que j'aie peut-être encore de nombreuses années à vivre, je voudrais régler cette affaire au plus vite. Vous connaissez mes vues. Le prix sera décerné tous les deux ans à un livre de fiction important. Je ne tiens pas particulièrement à encourager les jeunes. Nous avons assez souffert ces dernières années de leurs épanchements complaisants. Je ne préconise pas non plus le couronnement d'une œuvre réaliste. Un roman est par définition une œuvre d'imagination qui n'a rien à voir avec les notes sèches d'un dossier d'assistant social. Je m'abstiens également de réserver le prix à un roman policier : ce que j'entends par là n'est plus écrit depuis longtemps...

« Auriez-vous la gentillesse de réfléchir à ces quelques suggestions, puis de me faire part de vos remarques? Naturellement, nous aurons besoin d'administrateurs et il faudra que je consulte un avocat pour rédiger mon nouveau testament. Pour l'instant, toutefois, je ne parle de ce projet à personne et je compte sur vous pour faire preuve de la même discrétion. En temps voulu, la création de ce prix recevra inévitablement une certaine publicité, mais je regretterais que la nouvelle soit divulguée prématurément. Comme d'habitude, je séjournerai au *Cadaver Club* pendant les deux dernières semaines d'octobre. Je vous propose de prendre contact avec moi à ce moment-là.

Bien à vous,
Maurice Seton »

Pendant qu'il lisait, Dalgliesh sentit que Gurney le regardait de ses petits yeux noirs. Quand il eut terminé, il rendit la lettre à son ami.

« Il vous en demandait beaucoup, non. Qu'est-ce que votre maison d'édition aurait retiré de ce prix?

– Rien, mon cher Adam, rien à part beaucoup de travail et de tracas, tout cela pour la seule gloire de Maurice Seton. Car cette distinction n'était même pas limitée aux livres de notre production. Cela n'aurait pas été raisonnable, bien sûr. Seton voulait attirer les auteurs vraiment connus. C'était justement un de ses plus gros soucis : ces écrivains-là se donneraient-ils la peine de poser leur candidature? Je lui ai dit que si la récompense était assez élevée, ils le feraient sûrement. Mais cent vingt mille livres! Je n'avais pas la moindre idée qu'il était aussi riche.

– Sa femme avait de l'argent... Seton a-t-il parlé à quelqu'un de son projet, à part vous?

– Il affirmait que non. On aurait dit un collégien : il m'a fallu jurer solennellement le secret. Il ne voulait même pas que j'en discute avec lui au téléphone. Mais vous voyez mon dilemme? Dois-je ou ne dois-je pas remettre ce document à la police?

– Bien sûr que oui. A l'inspecteur Reckless de la P.J. du Suffolk, pour être précis. Je vous donnerai son adresse. Et vous feriez bien de lui téléphoner pour lui annoncer que la lettre est en route.

– Je savais que vous me diriez ça. C'est évident, je suppose. Mais on a parfois des hésitations inexplicables. Je ne connais pas l'héritier actuel de Seton, mais j'imagine que cette lettre lui donne un sacré mobile.

– Le meilleur. Toutefois, nous n'avons pas la preuve que cet homme était au courant. Et, si cela peut vous consoler, ce suspect-là a aussi le meilleur alibi. Au moment de la mort de Maurice Seton, il était détenu dans un poste de police.

– Ça, c'est très malin de sa part. Ne pourrais-je pas simplement vous la remettre, cette lettre, Adam?

– Je regrette, Max. Je préfère que non. »

Gurney soupira, rangea le papier dans son portefeuille et reporta son attention sur le repas. Les deux hommes ne reparlèrent plus de Seton. Au moment du départ, Max s'enveloppa de l'immense cape noire qu'il mettait invariablement d'octobre à mai et qui lui donnait l'air d'un conspirateur ayant connu des jours meilleurs.

« Si je ne me dépêche pas, je serai en retard pour notre réunion. Nous sommes devenus très formels, Adam, et très efficaces. Toute décision doit être approuvée par le comité de lecture. Cela tient sans doute à l'immeuble moderne que nous occupons maintenant. Autrefois, chacun était enfermé dans son minuscule bureau poussiéreux et prenait ses décisions tout seul. Il en résultait évidemment une certaine ambiguïté dans la politique éditoriale de la maison, mais ce n'était peut-être pas une mauvaise chose... Je peux vous déposer quelque part? Qui allez-vous interroger à présent?

– Je vais marcher un peu, Max, merci. Je me rends à Soho pour bavarder avec un assassin.

– Pas celui de Seton, tout de même? Je croyais que la police du Suffolk et vous-même n'aviez pas le moindre indice. Ne me dites pas que j'ai lutté pour rien avec ma conscience.

– Non, cet assassin-là n'a pas tué Seton, quoiqu'il n'aurait sans doute eu que peu de scrupules à le faire. Toutefois, quelqu'un doit certainement espérer détourner les soupçons sur lui. C'est L.J. Luker. Vous souvenez-vous de lui?

– N'est-ce pas le gars qui a descendu son associé au beau milieu de Piccadilly et a réussi à se faire relâcher? En 1959, il me semble.

– Lui-même. La cour d'appel a cassé le verdict pour " renseignements inexacts donnés aux jurés ". Par je ne sais quelle aberration, le juge Brothwick a en effet suggéré au jury qu'un homme qui ne répondait pas à une accusation avait quelque chose à cacher. Il a dû comprendre les conséquences de ses paroles aussitôt après les avoir prononcées, mais c'était trop tard. Et Luker a été remis en liberté, comme il l'avait d'ailleurs prédit.

– Quel rapport a-t-il avec Maurice Seton? Je ne peux imaginer deux hommes plus différents.

– C'est bien ce que j'espère découvrir. »

2.

Traversant Soho, Dalgliesh se dirigea vers le *Cortez Club*. L'esprit plein du souvenir de l'espace et de l'air pur du Suffolk, il trouva ces rues étroites, pareilles à des gorges profondes, encore plus déprimantes que d'habitude, même à cette heure calme de l'après-midi. Il avait du mal à croire qu'il avait autrefois pris plaisir à se promener dans ces faux cañons. Maintenant, même un mois d'absence rendait le retour dans ces lieux intolérable. Indéniablement, c'était surtout une question d'humeur car ce quartier, où l'on pouvait obtenir tout ce qui s'achète, changeait selon l'état d'esprit de chacun. On pouvait le voir comme un endroit agréable pour dîner, un petit monde cosmopolite, caché derrière Piccadilly, doté de sa propre et mystérieuse vie de village, le meilleur centre de ravitaillement de Londres ou la plus vilaine et la plus sordide des pépinières de criminels. Même les chroniqueurs touristiques étaient incapables de trancher. Passant devant les boîtes de strip-tease, les escaliers de sous-sols sales, les silhouettes de filles désœuvrées derrière les stores des fenêtres des premiers étages, Dalgliesh se dit qu'une promenade quotidienne dans ces rues affreuses pouvait inciter un homme à entrer au monastère, moins par dégoût de la sexualité que par l'insupportable ennui qu'engendraient l'uniformité, la tristesse de la luxure.

Le *Cortez* n'était ni meilleur ni pire que les autres boîtes du quartier. A l'extérieur, on voyait les photographies habituelles devant lesquelles se tenait l'inévitable groupe d'hommes entre deux âges. L'air déprimé, ils regardaient les images avec un manque d'intérêt furtif. Le club était encore fermé, mais la porte céda sous sa poussée. Il n'y avait personne à la réception. Il descendit l'étroit escalier recouvert d'un tapis rouge miteux et écarta le rideau de perles qui séparait le restaurant du couloir.

La salle correspondait plus ou moins au souvenir qu'il en avait gardé. A l'instar de son propriétaire, le *Cortez* semblait avoir le don de survivre envers et contre tout. Il paraissait un tout petit peu plus élégant qu'autrefois, quoique la lumière de l'après-midi révélât le clinquant du décor pseudo-espagnol et la crasse des murs. La pièce était encombrée de petites tables placées beaucoup trop près les unes des autres. Mais les clients ne venaient pas là pour dîner en famille ni pour la nourriture.

Au fond du restaurant se dressait une petite scène. On y voyait une chaise et un grand paravent en bambou. A gauche de l'estrade, il y avait un piano sur lequel s'entassaient des papiers manuscrits. Un jeune homme maigre en pantalon sport et pull-over se courbait sur l'instrument. Il jouait une mélodie de la main gauche et la notait de la main droite. Malgré sa position relâchée et son air ennuyé, il était complètement absorbé par sa tâche. Il jeta un coup d'œil au nouveau venu, puis se replongea dans son jeu monotone.

A part lui, il n'y avait qu'une autre personne dans la salle : un Noir qui balayait nonchalamment le plancher.

« Ce n'est pas encore ouvert, monsieur, dit celui-ci d'une voix douce. On ne sert qu'à partir de six heures et demie.

– Je ne veux pas manger, merci. Est-ce que Mr. Luker est là?

– Je vais aller voir.

– Merci. J'aimerais voir également miss Coombs.

– Je ne sais pas si elle est là, monsieur.

– Moi, je pense que oui. Dites-lui, s'il vous plaît, qu'Adam Dalgliesh désire lui parler. »

L'homme disparut. Le pianiste continua à improviser sans lever la tête. Dalgliesh s'installa à la table placée près de la porte pour passer les dix minutes que Luker jugerait certainement bon de le faire attendre. Il se mit à penser à l'homme qui se trouvait à l'étage du dessus.

Luker avait menacé de tuer son associé, et il l'avait fait. Il avait dit qu'il ne serait pas pendu pour ce crime, et il avait eu raison. Comme il ne pouvait guère avoir compté sur la collaboration du juge Brothwick, sa prédiction témoignait soit d'une extraordinaire clairvoyance soit d'une remarquable confiance en sa bonne étoile. Quelques-unes des histoires qui circulaient depuis sur son compte étaient sûrement apocryphes, mais Luker n'était pas homme à les nier. Bien qu'il n'appartînt pas au Milieu, les criminels professionnels le connaissaient et l'acceptaient. Un homme qui avait frôlé l'échafaud de si près inspirait une crainte respectueuse. A l'agacement de Dalgliesh, même certains policiers n'étaient pas insensibles à cet aspect du personnage. Ils avaient du mal à croire que Luker, qui avait tué avec tant de désinvolture pour assouvir des griefs personnels, pût se contenter de diriger une série de boîtes de nuit de second ordre. On s'attendait à ce qu'il commît quelque délit plus spectaculaire que la transgression de lois sur les débits de boisson, la fraude fiscale ou la vente de spectacles légèrement érotiques à de mornes clients qui passaient leurs consommations dans leurs notes de frais. Mais si Luker avait d'autres entreprises, celles-ci restaient inconnues. Peut-être n'en avait-il pas. Peut-être ne désirait-il rien de plus que cette semi-respectabilité prospère, cette fausse réputation, cette liberté qu'il avait dans un no man's land situé entre deux mondes.

Dix minutes exactement s'écoulèrent avant que le Noir vînt lui dire que Luker l'attendait. Dalgliesh monta seul jusqu'à un bureau situé sur l'avant, au deuxième étage, d'où Luker dirigeait non seulement le *Cortez*, mais encore toutes ses autres boîtes. C'était une pièce surchauffée, encombrée de meubles et mal aérée. Il y avait un bureau au milieu, deux classeurs contre l'un des murs, un énorme coffre-fort à gauche du radiateur à gaz, un canapé et trois fauteuils groupés autour d'une télévision. Dans un coin, on voyait un petit lavabo. De toute évidence, cette pièce était censée servir à la fois de bureau et de salon, mais ne réussissait à être ni l'un ni l'autre. Trois personnes s'y tenaient : Luker, Sid Martelli, son factotum au *Cortez*, et Lily Coombs. Sid, en bras de chemise, se faisait chauffer une petite casserole de lait sur un réchaud placé près du radiateur. Il avait son expression coutumière de souffrance résignée. Déjà vêtue de sa robe du soir noire, miss Coombs était assise sur un pouf devant le poêle et se peignait les ongles. Elle salua Dalgliesh de la main et lui adressa un large sourire insouciant. Elle correspondait assez bien à la description qu'on trouvait d'elle dans le manuscrit, quel qu'en fût l'auteur. Personnellement, Dalgliesh ne pouvait détecter en elle la moindre goutte de sang aristocratique russe, mais cela n'avait rien d'étonnant : il savait parfaitement que Lil n'était pas née plus à l'est que Whitechapel Road. C'était une grande et saine femme blonde aux fortes dents et dotée d'une de ces peaux épaisses et plutôt pâles qui vieillissent bien. Elle devait avoir une quarantaine d'années. C'était difficile à dire. Elle n'avait absolument pas changé depuis que Dalgliesh l'avait vue pour la première fois, cinq ans plus tôt. Elle ne changerait sans doute pas pour cinq autres années.

Luker avait grossi depuis leur dernière rencontre. Son costume coûteux le serrait aux épaules, son cou débordait sur le col immaculé. Il avait un visage aux traits accentués, déplaisants, une peau si claire et si luisante qu'on l'aurait dite cirée. Le plus extraordinaire, c'étaient ses yeux. Placés exactement au milieu des blancs, ses iris, pareils à des cailloux gris, étaient si morts que tout le visage en paraissait déformé. Ses épais cheveux noirs formaient un V sur son front, ce qui donnait à sa physionomie une curieuse note de féminité. Coupés court, ils brillaient comme le poil rude d'un chien. L'aspect de Luker correspondait bien à son personnage, mais, quand il ouvrait la bouche, sa voix trahissait ses origines. Tout y était : le presbytère de village, une prétention à la distinction soigneusement cultivée, le collège privé de second ordre. Bien qu'ayant beaucoup changé, il n'avait pas pu la transformer.

« Ah, monsieur le superintendant! Quelle bonne surprise! Je crois que le *Cortez* est complet ce soir, mais Michael vous trouvera peut-être encore une petite table. Vous voulez voir notre show, je suppose?

– Ni dîner ni spectacle pour moi, merci. Votre cuisine n'a pas l'air d'avoir réussi à la dernière de mes connaissances qui a mangé ici. Et j'aime les femmes qui ont l'air de femmes et non d'hippopotames. Les photos à l'extérieur m'ont suffi. Où diable les dégottez-vous?

– Nous ne les cherchons même pas. Ces chères petites se

rendent compte qu'elles ont, disons, des appas, et viennent nous voir. Et puis, ne soyez pas si sévère, superintendant. Nous avons tous nos fantasmes. Ce n'est pas parce que les vôtres ne trouvent pas satisfaction ici que les autres n'existent pas. Quelle est déjà cette petite histoire au sujet de la paille et de la poutre? N'oubliez pas que je suis fils de pasteur, moi aussi. Mais cela n'a pas l'air de nous avoir fait le même effet. »

Luker se tut un instant comme s'il songeait à la différence de leurs réactions, puis poursuivit d'un ton léger :

« Le superintendant et moi avons connu le même malheur, Sid. Nous avons tous deux eu un papa pasteur. C'est un mauvais départ dans la vie pour un garçon. Si le paternel est sincère, on le prend pour un imbécile et on le méprise; s'il ne l'est pas, on l'accuse d'hypocrisie. Dans les deux cas, les rapports sont foutus. »

Sid, né d'un barman cypriote et d'une bonniche demeurée, acquiesça passionnément de la tête.

« J'aurais voulu vous poser quelques questions, ainsi qu'à miss Coombs, au sujet de Maurice Seton, dit Dalgliesh. Ce n'est pas moi qui suis chargé de l'enquête. Par conséquent, vous n'êtes pas obligés de me répondre, c'est là une chose que vous savez.

– Évidemment. Rien ne m'oblige à vous dire quoi que ce soit. Mais je pourrais être d'humeur serviable et accommodante. Essayez toujours.

– Vous connaissez Digby Seton, n'est-ce pas? »

Dalgliesh aurait pu jurer que cette question était inattendue. Une lueur passa dans les yeux morts de Luker.

« Digby a travaillé quelques mois ici l'année dernière, quand j'ai perdu mon pianiste. Après sa faillite avec sa boîte. Je lui avais prêté un peu d'argent pour l'aider à démarrer. En pure perte. Digby n'est pas doué pour ce métier. Mais ce n'est pas un mauvais pianiste.

– Quand est-il venu ici pour la dernière fois? »

Luker leva les mains en un geste d'ignorance et se tourna vers ses compagnons.

« C'est en mai qu'il nous avait dépannés pour une semaine, n'est-ce pas? Quand Ricki Carlis avait pris son overdose? Nous ne l'avons pas revu depuis.

– Il est venu une ou deux fois, L.J., dit Lil. Mais tu n'étais pas là. »

Les membres du personnel appelaient toujours Luker par ses initiales. Dalgliesh se demandait si c'était pour montrer le caractère décontracté de leurs relations avec lui ou bien pour donner à Luker l'illusion d'être un homme d'affaires très important.

« N'est-il pas venu cet été avec des amis, Sid? » poursuivit Lil, pleine de bonne volonté.

Martelli réfléchit d'un air lugubre.

« Pas cet été, Lil. Plutôt à la fin du printemps. Je crois me souvenir qu'il a débarqué chez nous avec Grace Manning et sa bande. C'était quand Grace s'est cassé les reins avec son show, en mai dernier.

– Ça, c'était Ricki, Sid. Tu confonds. Digby Seton n'a jamais fréquenté Grace. »

Ils sont aussi bien rodés, pensa Dalgliesh, que les duettistes d'un numéro de music-hall. Luker eut un sourire apaisant.

« Pourquoi vous en prendre à Digby? Il n'y a pas eu meurtre et, même dans le cas contraire, Digby n'a rien à craindre. Il avait un frère riche, ce qui devait être très agréable pour tous les deux. Le frère avait un cœur faible qui pouvait flancher d'un instant à l'autre. Dommage pour lui, mais, encore une fois, tant mieux pour Digby. Puis un jour la crise fatale est arrivée. C'est là une mort naturelle, superintendant, si ce terme veut dire quelque chose. D'accord, quelqu'un a emmené le cadavre dans le Suffolk et l'a envoyé au large après lui avoir fait subir une vilaine mutilation, à ce qu'on m'a dit. J'ai l'impression que ce pauvre Mr. Seton n'était pas très aimé de ses confrères et voisins. Je m'étonne d'ailleurs que votre tante vive parmi ces gens-là – sans parler du fait qu'elle laisse traîner son hachoir à la portée d'un charcuteur de morts.

– Vous m'avez l'air bien renseigné », fit Dalgliesh.

Et remarquablement vite aussi. Dalgliesh se demanda par qui. Luker haussa les épaules.

« Cela n'a rien d'illégal. Mes amis me racontent ce qui se passe. Ils savent que cela m'intéresse.

– Surtout s'ils héritent de deux cent mille livres.

– Écoutez, superintendant, si je voulais de l'argent, j'en ferais, et légalement qui plus est. Le premier imbécile venu peut s'enrichir en se livrant à des activités illicites. De nos jours, il faut être intelligent pour prospérer dans le cadre de la loi. S'il veut, Digby Seton peut me rembourser les mille cinq cents livres que je lui ai prêtées quand il essayait de sauver le *Golden Pheasant*. Mais rien ne presse. »

Sid tourna vers son patron ses yeux de lémurien. L'adoration qu'on y lisait était presque indécente.

« Maurice Seton a dîné ici la nuit de sa mort. Digby Seton a des liens avec votre club. Et il a des chances d'hériter de deux cent mille livres. Il est donc normal qu'on vienne vous poser des questions, d'autant plus que miss Coombs est la dernière personne à avoir vu Maurice Seton vivant. »

Luker se tourna vers Lil.

« Vous, vous feriez bien de la boucler, Lil. Ou, mieux encore, de prendre un avocat. Je vais téléphoner à Bernie.

– Pourquoi diable aurais-je besoin de lui? J'ai déjà tout raconté au type de la P.J. Je dis la vérité. Michael et les serveurs ont vu Mr. Seton m'appeler à sa table. Nous y sommes restés jusqu'à vingt et une heures trente, puis nous sommes partis ensemble. J'étais de retour une heure plus tard. Tu m'as vu, Sid, ainsi d'ailleurs que toutes les personnes présentes dans cette foutue boîte.

– Je confirme, superintendant. Lil était de retour à vingt-deux heures trente.

– Lil n'aurait jamais dû quitter le *Cortez*, fit Luker d'un ton doucereux. Mais ça, c'est mon problème, pas le vôtre. »

L'idée d'avoir contrarié Luker laissait miss Coombs superbement indifférente. Comme tous les autres employés de la boîte de nuit, elle savait jusqu'où elle pouvait aller. Les quelques règles à observer étaient simples et comprises par tous. S'absenter du club pour une heure un soir assez calme était une faute légère. Assassiner dans certaines circonstances précises n'était probablement pas beaucoup plus grave. Mais si quelqu'un à Monksmere espérait mettre ce meurtre sur le dos de Luker, il risquait d'être désappointé. Luker n'était pas le genre d'homme à commettre un crime au profit d'un autre ni à se donner la peine d'effacer ses traces. Quand Luker tuait, c'était tout juste s'il ne laissait pas sa carte de visite.

Dalgliesh demanda à Lil ce qui s'était passé. Il ne fut plus question d'appeler un avocat et la femme raconta son histoire sans faire de difficultés. Dalgliesh nota qu'avant de commencer son récit, Lil jeta un coup d'œil à son patron. Pour une raison connue de lui seul, Luker voulait bien la laisser parler.

« Mr. Seton est arrivé ici vers huit heures et s'est installé à la table la plus proche de la porte. Je l'ai remarqué tout de suite. C'était un drôle de petit bonhomme, à la mise soignée, à l'air anxieux. Je l'ai d'abord pris pour un fonctionnaire en goguette. Nous voyons passer de tout ici, vous savez. Les habitués viennent généralement avec des amis, mais parfois nous avons aussi des types seuls. La plupart du temps, ils cherchent une fille. Ce n'est pas ici qu'ils en trouvent et c'est moi qui suis chargée de le leur expliquer. »

Miss Coombs affecta une expression de pieuse sévérité qui ne trompait personne. Ce n'était d'ailleurs pas le but recherché. Dalgliesh la pria de poursuivre.

« Michael a noté sa commande : des scampi frits, de la salade verte, du pain, du beurre et une bouteille de Ruffino. Mr. Seton semblait savoir exactement ce qu'il voulait. Quand Michael l'a servi, il lui a demandé s'il pouvait me parler. Je me suis approchée de sa table et il m'a offert un verre. J'ai pris un gin-fizz que j'ai bu pendant qu'il picorait ses scampi. Ou bien il n'avait pas faim ou bien il voulait simplement avoir quelque chose à faire pendant notre conversation. Il a finalement réussi à absorber un peu de nourriture, mais on voyait qu'il se forçait. Il a bu le vin, par contre. Il l'a même bien descendu. Presque toute la bouteille. »

Dalgliesh demanda de quoi ils avaient parlé.

« De drogues, admit Lil. C'était cela qui l'intéressait. Pas pour en consommer lui-même. Je veux dire : on voyait bien que ce n'était pas un junkie. S'il en avait été un, il ne se serait pas adressé à moi. Ces mecs-là savent où ils peuvent se procurer leur dose. Ils ne viennent pas au *Cortez*. Mr. Seton m'a dit qu'il était un romancier connu, assez célèbre, même, et qu'il écrivait un livre sur le trafic de la drogue. Il ne m'a jamais dit son nom et je ne le lui ai pas demandé. En tout cas, quelqu'un, paraît-il, lui avait parlé de moi et dit que je pourrais lui donner des renseignements utiles moyennant une petite rétribution. C'était très gentil, en fait. Je ne me suis jamais considérée comme une spécialiste du trafic des stups, mais apparemment, quelqu'un avait voulu me faire une fleur. Il y avait là un peu de fric à gagner et ce mec n'était pas du genre à savoir reconnaître l'exactitude d'une information. Tout ce qu'il voulait, c'était un peu de couleur locale pour son bouquin, et ça, je pouvais le lui fournir. Si vous connaissez les bons endroits et avez le blé nécessaire, vous pouvez vous procurer n'importe quoi à Londres. Mais je ne vous apprends rien, pas vrai? J'aurais pu lui indiquer le nom de deux ou trois pubs où il paraît qu'on vend de la came. Mais à quoi cela lui aurait-il servi? Il cherchait quelque chose d'un peu fascinant, d'excitant. Or ni le trafic de drogue ni ces pauvres toxicos ne le sont. Je lui ai répondu que je pouvais lui filer quelques tuyaux. Combien était-il prêt à me les payer? Dix livres, m'a-t-il répondu, et j'ai dit O.K. Et ne venez pas me parler de moyens frauduleux. Je lui en ai donné pour son argent! »

Dalgliesh déclara que connaissant miss Coombs, il en était convaincu. Après un instant d'hésitation, Lil jugea plus prudent de ne pas relever cette remarque.

« Et l'avez-vous cru quand il vous a dit qu'il était écrivain?

– Non, du moins, pas au début. Je l'ai trop entendue, cette histoire. Si vous saviez le nombre de mecs qui veulent faire la connaissance d'une fille " juste pour obtenir quelques détails vrais pour mon prochain roman "! Ou alors, ils prétendent faire de la recherche sociologique. Tu parles! Ce Mr. Seton m'avait l'air d'être un type du même genre. Insignifiant, nerveux et à la fois très excité. Mais quand il a suggéré que nous allions chez lui en taxi pour que je puisse lui dicter mes renseignements – lui les taperait directement à la machine – j'ai commencé à me demander si je ne m'étais pas trompée sur son compte. J'ai dit que je n'avais pas le droit de m'absenter du *Cortez* plus d'une heure et que je préférais que nous allions chez moi. Quand vous ne savez pas à qui vous avez affaire, restez dans votre territoire. Telle est ma règle. Je lui ai donc proposé de prendre un taxi jusqu'à mon appartement. Il m'a dit d'accord et nous sommes partis peu après vingt et une heures. C'est bien ça, Sid?

– Exact, Lil. Vingt et une heures trente. »

Sid leva des yeux mélancoliques de son verre de lait. Il avait contemplé sans enthousiasme la peau plissée qui s'était formée à sa surface. L'odeur de lait chaud, écœurante et féconde, semblait imprégner le bureau étouffant.

« Bonté divine! Bois ton lait ou jette-le! s'impatienta Luker. Tu m'énerves.

– Bois, mon chou, dit miss Coombs. Pense à ton ulcère. Tu ne veux pas finir comme ce pauvre Solly Goldstein?

– Solly est mort d'un infarctus, rectifia Luker et, dans cette maladie, le lait est contre-indiqué, je crois. De toute façon, ce liquide est pratiquement radioactif. Plein de strontium 90. Très dangereux, Sid. »

Son factotum alla au lavabo où il vida le contenu de son verre. Résistant à l'envie d'ouvrir grand les fenêtres, Dalgliesh demanda :

« Quelle impression vous a faite Mr. Seton pendant que vous étiez assise avec lui?

– Il était super-énervé, dans le genre anxieux. Michael a voulu le faire changer de table – il y a beaucoup de courants d'air à l'endroit où nous étions – mais notre bonhomme n'a rien voulu savoir. Pendant notre conversation, il n'a pas arrêté de regarder la porte.

– Comme s'il attendait quelqu'un?

– Non. Plutôt comme s'il voulait s'assurer qu'elle était toujours là. J'avais l'impression qu'il allait mettre les bouts d'un moment à l'autre. C'était vraiment un drôle de zigoto, y a pas à dire. »

Dalgliesh lui demanda ce qui s'était passé après leur départ de la boîte de nuit.

« Comme je l'ai déjà dit à ce flic du Suffolk, nous avons pris un taxi au coin de Greek Street. J'étais sur le point de donner mon adresse au chauffeur quand Mr. Seton a déclaré qu'après tout il préférait qu'on roule un peu, si ça ne m'ennuyait pas. A mon avis, il a soudain eu la trouille. La trouille de ce qui risquait de lui arriver, pauvre con. Moi, ça m'arrangeait. Nous nous sommes donc baladés autour du West End, puis dans Hyde Park. Je lui ai raconté des histoires au sujet du trafic de stups et il prenait des notes dans un petit carnet. Je crois qu'il était un peu saoul. Soudain, il m'a attrapée et a essayé de m'embrasser. A ce moment, je commençais à en avoir marre de lui et n'avais aucune envie de me faire peloter par ce crétin. J'avais d'ailleurs l'impression qu'il cherchait à me caresser uniquement parce qu'il pensait que cela se faisait. Je lui ai dit que je devais retourner au *Cortez*. Il a demandé au chauffeur de le déposer devant la station Paddington. Il a dit qu'il prendrait le métro. On s'est quittés bons amis. Il m'a donné deux billets de cinq livres et une livre supplémentaire pour payer la course.

– Vous a-t-il dit où il allait?

– Non. Nous sommes revenus par Sussex Gardens – Praed Street est en sens unique maintenant – et l'avons laissé devant la District Line. Bien entendu, il peut avoir traversé la rue pour prendre la Bakerloo. Je n'ai pas regardé. Je lui ai dit au revoir, à vingt-deux heures quinze environ, devant la station Paddington et je ne l'ai plus revu depuis. C'est la vérité. »

Même si ça ne l'était pas, songea Dalgliesh, comment aurait-il pu le prouver? Cette version des faits comportait trop d'éléments corroborants et Lil n'était pas femme à en changer dans un moment de panique. En venant au *Cortez*, il avait perdu son temps. Luker s'était montré anormalement coopératif, mais Dalgliesh n'avait rien appris de plus que ce que Reckless aurait pu lui dire en deux fois moins de temps.

Soudain, il sentit de nouveau quelques-uns des doutes qui l'avaient tourmenté près de vingt ans plus tôt, quand il n'était encore qu'un jeune agent de police. Quand il sortit la photo de Bryce du pique-nique sur la plage et la fit passer, ce fut sans le moindre espoir d'aboutir à un résultat. Il avait l'impression d'être un représentant de commerce qui fait du porte à porte avec sa camelote. Les autres regardèrent poliment l'instantané. Peut-être que, à l'instar de ménagères compatissantes, ils le plaignaient un peu. S'obstinant, il leur demanda s'ils avaient jamais vu au *Cortez* une ou plusieurs des personnes figurant sur la photo. Tenant celle-ci au bout de son bras tendu, Lil l'examinait en plissant désespérément les yeux, ce qui en fait devait l'empêcher de distinguer quoi que ce soit. Lil était comme la plupart des femmes, se rappela Dalgliesh. Elle mentait le mieux quand elle pouvait se convaincre que, pour l'essentiel, elle disait la vérité.

« Non, je ne reconnais personne. A part Maurice Seton et Digby, naturellement. Cela ne veut pas dire que ces gens ne sont pas venus ici. Vous feriez mieux de le leur demander. »

Moins inhibés, Luker et Sid jetèrent un coup d'œil à la photo et déclarèrent qu'ils ne connaissaient ces personnes ni d'Ève ni d'Adam.

Dalgliesh regarda le trio. Sid avait l'expression peinée et légèrement angoissée d'un petit garçon sous-alimenté, perdu dans un monde de méchants adultes. Dalgliesh se dit que Luker riait peut-être sous cape, si cet homme avait été capable de rire. Quant à Lil, elle l'enveloppait d'un regard maternel, encourageant, presque compatissant, regard qu'elle réservait d'habitude à ses clients, se dit Dalgliesh avec amertume. Il n'y avait plus rien à apprendre de ces trois-là. Il les remercia de leur aide – sa froide ironie ne dut pas échapper à Luker – et partit.

3.

Après le départ de Dalgliesh, Luker se tourna vers Sid et lui montra la porte du menton. Le petit homme quitta la pièce sans dire un mot ni jeter un regard en arrière. Luker attendit que le bruit de ses pas décrût dans l'escalier. Restée seule avec son patron, Lil ne manifesta aucune nervosité. Elle se cala dans le fauteuil minable placé à gauche du radiateur et dévisagea son interlocuteur d'un œil aussi doux et incurieux que celui d'un chat. Luker alla à un coffre-fort mural. Lil examina son large dos tandis qu'il restait là, immobile, à manier la serrure à combinaison. Quand il se retourna, elle vit qu'il tenait un petit paquet, de la dimension d'un carton à chaussures, enveloppé de papier brun et noué d'une façon assez lâche d'une mince ficelle blanche. Il le posa sur le bureau.

« Avez-vous jamais vu ce paquet auparavant? demanda-t-il.

– Il est arrivé ce matin par la poste, n'est-ce pas? C'est Sid qui en a pris réception. Qu'est-ce qu'il a? Il ne vous plaît pas?

– Au contraire. Il est admirablement bien fait. Comme vous pouvez le constater, je l'ai déjà ouvert, mais il était parfait quand je l'ai reçu. Vous voyez l'adresse? L.J. Luker, Esq. The Cortez Club, W.L. Tracée au crayon à bille, en caractères d'imprimerie. Difficile de reconnaître l'écriture. J'aime le titre d'« esquire ». Ma famille ne porte pas écu de chevalier. L'expéditeur est donc un peu prétentieux, mais il partage ce défaut avec mon inspecteur des impôts et la moitié des commerçants de Soho. Cela ne peut donc pas nous servir d'indice. Ensuite, il y a le papier. D'une qualité tout à fait courante. On peut en acheter dans n'importe quelle papeterie. Et la ficelle, Lil, lui trouvez-vous quelque chose de remarquable? »

L'œil fixé sur l'objet en question, la femme répondit par la négative. Luker poursuivit :

« Ce qui est assez curieux, par contre, c'est l'affranchissement. L'expéditeur, ou l'expéditrice, a dû coller pour un shilling de timbres en trop, à mon avis. Je pense qu'il a timbré le paquet à l'extérieur de la poste, puis l'a remis à un employé au comptoir, à une heure de grande affluence. Il n'a pas attendu qu'on pèse son envoi. C'était le meilleur moyen pour éviter de se faire remarquer.

– D'où l'a-t-il expédié?

– D'Ipswich, samedi. Cela vous dit quelque chose?

– Seulement que ce paquet vient de sacrément loin d'ici. Ipswich? N'est-ce pas près du patelin où ils ont trouvé Maurice Seton?

– C'est la ville importante la plus proche de Monksmere. L'endroit le plus proche où notre bonhomme pouvait être certain de ne pas être reconnu. Il lui aurait été impossible d'expédier ce paquet de Walberwick, ou de Southwold, et d'espérer que personne ne s'en souviendrait.

– Bon sang, L.J.! Qu'est-ce qu'il contient?

– Ouvrez-le et vous verrez. »

Lil avança prudemment, mais en feignant le plus grand calme. Il y avait plus de couches de papier kraft qu'il n'y paraissait. La boîte elle-même se révéla être un carton à chaussures ordinaire de couleur blanche, mais dont les étiquettes avaient été déchirées. Elle semblait très vieille. C'était le genre de boîte qu'on aurait pu trouver rangée dans un tiroir ou une penderie, dans n'importe quelle maison. Les mains de Lil hésitèrent au-dessus du couvercle.

« Si c'est une sale bestiole qui sort de là et me saute dessus, je vous tue L.J. Vous pouvez me croire. Je déteste les plaisanteries stupides. Quelle est cette odeur épouvantable?

– Du formol. Allez-y. Ouvrez. »

De ses froids yeux gris, Luker scrutait la femme d'un air intéressé, presque amusé. Il lui avait fait peur maintenant. Pendant une seconde, leurs regards se croisèrent. Puis Lil recula de quelques pas et, tendant le bras, fit sauter le couvercle d'un brusque mouvement du poignet.

Une odeur douceâtre s'éleva du carton comme un anesthésique. Deux mains coupées reposaient sur un coussinet de coton hydrophile humide. Elles se recourbaient en une parodie de prière, les paumes se touchant en un seul point, le bout des doigts pressés l'un contre l'autre. La peau, ou du moins ce qu'il en restait, était d'une blancheur crayeuse, boursouflée et si fripée qu'on aurait dit une paire de vieux gants trop larges. Déjà la chair se retirait des poignets abîmés et l'ongle de l'index droit s'était détaché.

La femme regarda fixement les mains, à la fois fascinée et dégoûtée. Puis elle saisit le couvercle et l'abattit violemment sur la boîte. Le carton se gondola sous le choc.

« Ce n'était pas un meurtre, L.J. Je vous le jure! Digby n'a rien eu à voir là-dedans. Il n'a pas le courage de faire une chose pareille.

– C'est ce que j'aurais cru, moi aussi. Vous m'avez bien dit la vérité, Lil?

– Évidemment, L.J. Écoutez, comment aurait-il pu le tuer? Il a passé toute la nuit de mardi au violon.

– Je sais tout ça. Mais si ce n'est pas lui qui a envoyé ce paquet, qui d'autre l'aurait fait? Il avait des chances d'hériter de deux cent mille livres, vous vous souvenez?

– Il avait prédit que son frère mourrait. Il m'a dit ça un jour. »

Lil regarda la boîte d'un air horrifié.

« Il allait mourir, c'est entendu admit Luker, un jour ou l'autre. Il était cardiaque, pas vrai? Cela ne veut pas dire que Digby l'a liquidé. Son frère est mort de mort naturelle. »

Lil parut détecter une note d'incertitude dans la voix de son patron. Elle le regarda et dit vivement :

« Il a toujours voulu travailler avec vous, L.J., vous savez bien. Et il a deux cent mille livres.

– Pas encore. Et il ne les touchera peut-être jamais. Je ne veux pas m'associer avec un imbécile, qu'il ait du capital ou non.

– S'il a liquidé Maurice et réussi à faire passer ce meurtre pour une mort naturelle, il n'est pas si bête que ça.

– Peut-être. Attendons de voir s'il va se tirer de cette affaire.

– Et que faisons-nous de... ça? demanda Lil en désignant la boîte de la tête.

– Remettez-le dans le coffre. Demain, je demanderai à Sid de refaire le paquet et de l'expédier à Digby. La réaction de notre ami sera peut-être instructive. J'ai envie d'y joindre ma carte de visite. Il est temps que Digby Seton et moi ayons un petit entretien. »

4.

Dalgliesh ferma la porte du *Cortez* derrière lui et aspira l'air de Soho avec autant d'avidité que si ç'avait été la brise marine de Monksmere. Luker lui avait toujours donné l'impression de polluer l'atmosphère. Dieu merci, il était sorti de cet étouffant petit bureau et délivré du regard des yeux morts de cet homme. Pendant qu'il était dans la boîte de nuit, il devait avoir plu brièvement : les voitures bruissaient sur la chaussée et le trottoir collait sous ses pieds. Soho se réveillait. Un flot de piétons tourbillonnait maintenant dans l'étroite rue. Il soufflait une forte brise qui séchait l'asphalte à vue d'œil. Dalgliesh se demanda si elle soufflait aussi à Monksmere. A ce moment même, sa tante était peut-être déjà en train de fermer ses volets pour la nuit.

Se dirigeant lentement vers Shaftesbury Avenue, il réfléchit à ce qu'il allait faire. Jusqu'ici ce saut à Londres, décidé dans un moment de colère, ne lui avait pas rapporté plus de renseignements qu'il aurait obtenu en demeurant tranquillement dans le Suffolk. Même Max Gurney aurait pu lui parler de la lettre de Seton au téléphone, quoique Max, il est vrai, fût d'une prudence notoire. Dalgliesh ne regrettait pas d'avoir entrepris ce voyage, mais la journée avait été longue et il n'avait pas envie de la prolonger. Par conséquent, il se sentait d'autant plus irrité qu'il était tenaillé par la conviction qu'il lui restait des choses à faire.

Mais lesquelles? Aucune des possibilités existantes ne l'excitait beaucoup. Il pouvait aller voir l'immeuble chic et luxueux où Latham avait un appartement et essayer de tirer quelque information du gardien, mais n'étant pas l'enquêteur officiel, il avait peu de chance de réussir. De plus, Reckless et ses hommes avaient dû le précéder. S'ils avaient pu détruire l'alibi de Latham, ils l'auraient déjà fait. Dalgliesh pouvait aussi se rendre à l'hôtel éminemment respectable de Bloomsbury où Eliza Marley déclarait avoir passé la nuit du mardi précédent. Là aussi, il risquait d'être mal reçu et Reckless y avait déjà été avant lui. Dalgliesh commençait d'ailleurs à en avoir assez de marcher comme un chien docile sur les pas de l'inspecteur.

Il pouvait aller jeter un coup d'œil à l'appartement de Justin Bryce, dans la City, mais il n'en voyait pas l'intérêt. Comme son propriétaire était toujours dans le Suffolk, il lui serait impossible de le visiter et un simple examen de la façade ne lui apprendrait rien. Dalgliesh connaissait le bâtiment, un joyau architectural dont s'enorgueillissait le quartier. Bryce vivait au-dessus des bureaux de la *Monthly Critical Review*, dans une petite cour datant du dix-huitième siècle située derrière Fleet Street. Celle-ci était si bien préservée qu'elle en paraissait factice. On ne pouvait accéder à la rue que par Pie Crust Passage, une ruelle presque trop étroite pour livrer passage à un seul homme. Dalgliesh ignorait où Bryce garait sa voiture, mais ce n'était certainement pas là. En une vision fantastique, il imagina soudain le petit homme descendant cette venelle en chancelant, le corps de Seton couché sur ses épaules, puis rangeant le cadavre dans sa malle arrière sous l'œil curieux des contractuels et la moitié des policiers de la City.

Naturellement, il y avait encore une autre façon de passer la soirée. Il pouvait téléphoner à Deborah Riscoe à son bureau – elle devait être sur le point de partir – et lui demander de venir le rejoindre chez lui. Ces jours merveilleux, malgré leurs moments de souffrance, où il ne savait jamais si elle viendrait ou non, étaient terminés. Quels que fussent les projets que Deborah avait faits pour la soirée, elle les annulerait pour le rencontrer. Alors il trouverait au moins un soulagement physique à son ennui, ses doutes et son irritation. Mais demain, le problème serait encore là, jetant son ombre entre l'aube et lui.

Soudain, il prit une décision. Il se tourna vivement vers Greek Street, héla le premier taxi qu'il aperçut et demanda au chauffeur de le déposer à Paddington.

Il se rendrait à pied de la station de métro à l'adresse de Digby Seton. Si Maurice avait suivi cet itinéraire, il avait peut-être pris un bus ou même un autre taxi (Reckless s'était-il renseigné à ce sujet? se demanda Dalgliesh), mais il y avait des chances qu'il eût fait le trajet à pied. Dalgliesh se chronométra. En marchant vite, il mit exactement seize minutes pour atteindre la voûte de brique et de stuc à moitié effrité qui menait dans Carrington Mews. Maurice Seton avait peut-être mis plus longtemps.

L'entrée pavée était peu attrayante, sombre, et empestait l'urine. L'endroit étant manifestement désert, Dalgliesh franchit la voûte sans se faire remarquer et pénétra dans une vaste cour éclairée par une seule ampoule nue pendue au-dessus d'une double rangée de garages. De toute évidence, ces locaux avaient autrefois abrité une auto-école. Sur les portes on voyait encore quelques affiches déchirées – mais ils remplissaient maintenant un autre but : remédier à la pénurie chronique de logements que connaissait la capitale. En d'autres termes, on les transformait en cottages obscurs, exigus et surévalués que la publicité présenterait bientôt comme de « charmantes résidences urbaines » à des locataires prêts à payer n'importe quelle somme et à accepter n'importe quels inconvénients en échange du prestige d'une adresse londonienne et d'un décor à la mode. Les doubles garages existants avaient été divisés de manière à fournir une pièce au rez-de-chaussée tout en gardant assez d'espace pour y ranger une petite voiture; agrandis, les combles étaient aménagés en deux minuscules cellules : chambre à coucher et salle de bains.

Seul le cottage de Digby Seton était terminé. D'une déprimante banalité, il avait une porte orange pourvue d'un heurtoir en laiton représentant une sirène, deux petites fenêtres carrées agrémentées d'une caisse à fleurs et une lanterne en fer forgé au-dessus du linteau. La lampe n'était pas allumée, ce qui n'avait rien d'étonnant car, d'après ce que Dalgliesh pouvait voir, elle n'était pas encore raccordée. Elle lui parut mièvre sans être jolie et vulgaire sans être fonctionnelle. En cela, elle symbolisait l'ensemble de la maison. Les caisses à fleurs s'affaissaient sous le poids de la terre durcie. On y avait planté des chrysanthèmes. Fraîches, ces fleurs dorées avaient dû mettre une note de gaieté qui justifiait les deux guinées supplémentaires de loyer. Mais elles étaient desséchées maintenant; leurs feuilles mortes dégageaient une odeur de pourriture.

Dalgliesh rôda dans la cour, braquant sa lampe de poche dans les yeux sombres des fenêtres. On était en train de refaire les deux garages adjacents. L'intérieur avait été mis complètement à nu et la porte à double battant, enlevée. Pénétrant dans la carcasse, Dalgliesh nota avec intérêt qu'il allait y avoir une porte de communication entre le salon et le garage. Cela sentait partout le bois neuf, la peinture et la poussière de brique. Le quartier avait encore du chemin à parcourir avant de devenir acceptable d'un point de vue social, sans même parler de chic, mais il était sur la bonne voie. Digby avait simplement été le premier à flairer ce regain de mode.

Cela, bien entendu, soulevait une question intéressante : qu'était-il venu faire ici, exactement? Le choix de cette maison lui ressemblait assez. Par nombre de côtés, cette sordide marque de standing correspondait à sa personnalité. Mais n'était-ce pas une extraordinaire coïncidence, tout de même, qu'il eût loué une maison si propice au crime? Située à vingt minutes de marche de l'endroit où Maurice Seton s'était fait déposer, elle se trouvait dans une cour sombre, cachée, où une fois les ouvriers partis, il n'y aurait personne à part Digby. Le garage communiquait directement avec la maison. Et il y avait un autre fait encore, peut-être le plus significatif de tous. Digby Seton n'avait emménagé ici que récemment et il n'avait donné son adresse à aucun des habitants de Monksmere. Quand elle avait voulu se mettre en rapport avec lui, après la mort de Maurice, Sylvia Kedge n'avait pas su où le trouver. Et cela voulait dire que Maurice, si Lily Coombs l'avait effectivement dirigé sur Carrington Mews, ignorait que c'était Digby qui l'y attendait. Maurice avait certainement quitté le *Cortez Club* pour marcher à sa mort. Et Digby était le seul suspect à avoir un lien avec cette boîte de nuit.

Pour l'instant, il ne s'agissait là que de présomptions, se dit Dalgliesh. Il n'avait pas la preuve que Lil avait envoyé Maurice ici; et, même si elle l'avait fait, Lil était capable de maintenir ses déclarations avec une constance qui, appliquée à une autre cause, eût été tout à fait louable. Pour la faire parler, la police aurait besoin de moyens plus rigoureux que ceux actuellement admis en Angleterre. Il n'avait pas la preuve que Maurice était jamais venu ici. Il ne pouvait entrer dans le cottage, mais Reckless et ses hommes l'avaient sûrement fouillé. S'il y avait eu quelque chose à trouver, ils l'auraient fait. Il n'avait même pas la preuve que Maurice avait été assassiné. Reckless ne croyait pas à cette possibilité, le chef de la police du comté non plus, et probablement personne d'autre. Seul Adam Dalgliesh s'obstinait à suivre aveuglément une intuition qui allait à l'encontre des faits. Et, en admettant que Maurice avait été assassiné, le plus gros problème restait à résoudre : Seton était mort à minuit, heure pour laquelle Digby Seton et, en fait, la plupart des autres suspects avaient un alibi indestructible. Il était inutile de chercher le « qui » avant de pouvoir découvrir le « comment ».

Dalgliesh promena une dernière fois sa lampe de poche sur la cour déserte, le bois de construction recouvert d'une bâche, le tas de briques neuves, les portes des garages avec leurs affiches déchirées. Puis, aussi discrètement qu'il était venu, il repassa sous la voûte et se dirigea vers Lexington Street pour prendre sa voiture.

Quelques kilomètres avant Ipswich, la fatigue s'abattit soudain sur lui. Il comprit qu'il serait dangereux de continuer à conduire. Il avait besoin de se restaurer. Son copieux déjeuner avec Max était déjà loin et il n'avait rien pris depuis. S'il ne voyait aucun inconvénient à dormir dans sa voiture, sur une aire de stationnement, il redoutait de se réveiller à l'aube avec une faim torturante qu'il lui serait impossible de satisfaire de si bon matin. Mais les pubs étaient déjà fermés et il n'avait aucune envie de s'arrêter dans un club de campagne ou un petit hôtel et de lutter avec un patron déterminé à ne servir qu'à certaines heures un repas dont le prix et la qualité ne pouvaient convenir qu'à des affamés. Toutefois, trois ou quatre kilomètres plus loin, il trouva un routier ouvert toute la nuit. La salle était bondée, enfumée, pleine du vacarme des conversations et de la cacophonie du juke-boxe. Il dégotta une place confortable à une table de coin dénuée de nappe mais propre. On lui apporta des œufs au plat, des saucisses, des frites chaudes et croustillantes et une grande chope de thé brûlant et sucré.

Ensuite, il se mit en quête du téléphone. Celui-ci était malencontreusement placé dans un étroit couloir qui conduisait de la cuisine au parking. Il composa le numéro de Pentlands. Il n'avait pas besoin de téléphoner. Sa tante ne l'attendait pas à une heure précise. Mais il était soudain inquiet à son sujet. Si elle ne répondait pas, il poursuivrait sa route. Son anxiété n'avait rien de rationnel, se dit-il. Elle pouvait très bien dîner au prieuré ou même être en train de se promener sur la plage. Il n'avait pas découvert le moindre indice qui pût indiquer qu'elle courait un danger. Pourtant il avait le sentiment que quelque chose n'allait pas. C'était sans doute dû à la fatigue et à sa frustration, mais il voulait en avoir le cœur net.

Il eut l'impression qu'elle mettait très longtemps à décrocher. Puis il entendit sa voix calme et familière. Si cet appel la surprit, elle n'en laissa rien paraître. Ils échangèrent quelques mots sur un fond sonore de cliquetis de vaisselle et de vrombissements de moteurs de camion. Après avoir raccroché, Dalgliesh se sentit mieux, mais pas encore entièrement rassuré. Sa tante lui avait promis de verrouiller sa porte pour la nuit. Dieu merci, elle n'était pas le genre de femme à protester, à poser des questions ou à rire quand on la priait de faire quelque chose. Il était un peu irrité par cette sourde inquiétude. S'il ne l'avait sue sans fondement, il serait rentré à Monksmere, malgré sa fatigue.

Il allait sortir de la cabine quand une idée lui traversa l'esprit. Il fouilla dans ses poches pour trouver d'autres pièces de monnaie. Il eut plus de mal à obtenir sa communication et la ligne était mauvaise. Mais il entendit enfin la voix de Plant et posa sa question. Oui, Mr. Dalgliesh avait tout à fait raison. Plant avait téléphoné à Seton House le mercredi soir. Il s'excusait de ne pas avoir pensé à le lui dire. En fait, il avait appelé toutes les trois heures ce soir-là dans l'espoir de joindre Mr. Seton. Vers quelle heure? Pour autant qu'il s'en souvenait, vers six heures, neuf heures et minuit. Il n'y avait pas de quoi. Plant était très content d'avoir pu l'aider.

Cela l'aidait-il? se demanda Dalgliesh. Cela ne prouvait rien, sauf que le vain appel de Plant pouvait avoir été la sonnerie qu'Elizabeth Marley avait entendue quand elle avait déposé Digby à Seton House. L'heure collait à peu près et Reckless n'avait pas trouvé trace de l'autre coup de téléphone. Dalgliesh aurait besoin de meilleures preuves pour démontrer que Digby Seton avait menti.

Dix minutes plus tard, il se gara à l'abri d'une haie sur la première aire de stationnement qu'il rencontra. Il s'installa aussi confortablement que le lui permettait son mètre quatre-ving-quatre. Malgré le demi-litre de thé et le repas indigeste qu'il avait absorbés, il s'endormit presque aussitôt d'un sommeil profond, dénué de rêves. Au bout de quelques heures, il fut réveillé par un crépitement de gravier sur les portières et le sifflement du vent. Sa montre lui indiqua qu'il était trois heures un quart. Une forte brise soufflait et, même à l'abri de la haie, sa voiture oscillait doucement. Tels de noires furies, les nuages passaient à toute allure devant la lune, les hautes branches de la haie, dont les formes sombres se découpaient sur le ciel, dansaient et gémissaient comme des sorcières démentes. Dalgliesh s'extirpa de la Cooper et fit quelques pas sur la route déserte. S'adossant contre une barrière, il contempla les champs obscurs et plats. Le vent le frappait en plein visage, lui coupait presque la respiration. Il avait l'impression d'être revenu au temps de son enfance, quand, lors d'une de ses longues excursions à bicyclette, il sortait de sa petite tente et marchait dans la nuit. L'un de ses plus grands plaisirs avait été de se sentir complètement seul, non parce qu'il n'avait pas de compagnon, mais parce que personne au monde ne savait exactement où il était. C'était une solitude morale autant que physique. Fermant les yeux et respirant le parfum de terre et d'herbe humides, il pouvait s'imaginer redevenu petit garçon. L'odeur était la même, la nuit, familière, le plaisir, aussi vif.

Une demi-heure plus tard, il se réinstalla dans la voiture. Mais avant de sombrer de nouveau dans le sommeil, il sentit une sorte de déclic se produire dans sa tête. A moitié endormi, il avait pensé nonchalamment au meurtre de Seton. Ça n'avait guère été plus qu'une lente récapitulation des événements de la journée précédente. Et soudain, mystérieusement, il sut comment celui-ci pouvait avoir été commis.

Troisième partie

SUFFOLK

1.

Dalgliesh fut de retour à Pentlands peu avant neuf heures. Il n'y avait personne. Pendant un instant, l'inquiétude de la veille resurgit en lui, puis il vit le mot sur la table. Sa tante avait pris son petit déjeuner de bonne heure et était partie se promener sur la plage du côté de Sizewell. Elle lui avait laissé du café à réchauffer et la table était mise pour une personne. Dalgliesh sourit. Cela ressemblait bien à sa tante. Tous les jours elle allait marcher au bord de l'eau et il ne lui serait jamais venu à l'idée de changer ses habitudes parce que son neveu faisait la navette entre Londres et Monksmere pour attraper un assassin et qu'il aurait peut-être aimé qu'elle fût là pour l'écouter lui raconter les dernières nouvelles. Pas plus qu'elle n'aurait pu imaginer un homme en bonne santé incapable de préparer tout seul son petit déjeuner. Sinon Pentlands présentait ses agréments coutumiers. La cuisine était accueillante et bien chauffée, le café, fort. Il y avait un bol bleu plein d'œufs frais et des petits pains qui sortaient du four. Sa tante avait dû se lever très tôt. Dalgliesh mangea rapidement, puis, pour se dérouiller les jambes après son voyage, décida de marcher le long du rivage à la rencontre de sa parente.

Il dévala le raidillon de sable et de rochers qui menait de Pentlands à la plage. Couverte de moutons, dénuée de voiles, la mer était une masse d'eau mouvante d'un gris tirant sur le brun. Seuls les contours d'un caboteur se profilaient sur l'horizon. La marée montait très vite. Avançant péniblement sur les pierres de la haute plage, Dalgliesh trouva une étendue de petits galets située à mi-chemin entre le bord de l'eau et le plateau couvert d'oyat, en bordure du marais. Là, il marcha plus facilement quoique, pour retrouver son souffle, il fût obligé de temps à autre de tourner le dos au vent. Assailli par les rafales, aspergé d'embruns, il progressa lourdement sur les galets. Parfois, il tombait sur une reposante veine de sable ferme et s'arrêtait pour regarder les volutes lisses et vertes des vagues quand celles-ci se creusaient une dernière fois avant de s'écraser à ses pieds dans une pluie de galets et d'écume cuisante. C'était un rivage solitaire, vide et désolé comme pourrait l'être le bout du monde. Il ne suscitait aucune agréable nostalgie, n'évoquait aucun souvenir de vacances pleines d'enchantements enfantins. Il n'y avait pas de flaques entre les rochers à explorer, pas de digues festonnées d'algues ni de longues bandes de sable jaune hérissées de pelles. Ici, on ne voyait que la mer, le ciel et le marais. Rien ne marquait les kilomètres de galets de cette plage déserte à part, ici et là, un tas de morceaux de bois tachés de goudron ou les pointes de fer d'anciennes fortifications. Dalgliesh aimait ce vide, cette fusion du ciel et de la mer. Mais aujourd'hui, ce paysage lui sembla dénué de paix, hostile, sinistre. Il fut envahi par le même pressentiment funeste que la veille. A sa grande joie, il vit alors surgir du sable des dunes la silhouette familière de sa tante. Elle s'arc-boutait comme un mât de drapeau contre le vent, les bouts de son foulard rouge volant autour de sa tête.

Elle l'aperçut presque aussitôt et vint vers lui. Quand ils se rejoignirent et se tinrent debout face à face, le souffle coupé par une brusque rafale, ils entendirent un craquètement bruyant : battant lourdement des ailes, deux hérons passèrent assez bas au-dessus d'eux. Dalgliesh suivit leur vol du regard. Ils rentraient le cou, leurs délicates pattes brunes tendues derrière eux comme un sillage.

« Des hérons? » fit Dalgliesh d'un ton faussement triomphal.

Sa tante rit et lui donna ses jumelles.

« Et ceux-là, là-bas? »

Une petite bande d'échassiers gris-brun jacassait au bord de l'eau. Dalgliesh eut à peine le temps d'entrevoir leurs croupions blancs et leurs becs noirs recourbés qu'ils s'envolaient déjà et disparaissaient dans le vent comme une mince volute de fumée blanche.

« Des bécasseaux? hasarda-t-il.

– Je m'attendais à ce que tu dises ça. Ils se ressemblent beaucoup, mais ceux-ci étaient des courlis.

– Mais la dernière fois que tu m'en as montré, ils étaient roses!

– C'était en été. A l'automne, leur plumage prend la couleur beige des jeunes oiseaux... Ton voyage à Londres a-t-il été fructueux?

– J'ai passé la plus grande partie de la journée à marcher, assez inutilement, sur les pas de Reckless. Mais pendant un déjeuner pantagruélique avec Max Gurney au *Cadaver* j'ai appris quelque chose de nouveau. Seton envisageait d'employer presque tout son capital à la fondation d'un prix littéraire. Ayant renoncé à l'espoir de devenir célèbre lui-même, il voulait s'acheter l'immortalité par personne interposée. Et cela, sans lésiner, je peux te l'assurer! A propos, j'ai maintenant une idée sur la façon dont on l'a tué. Malheureusement, je ne vois pas comment je pourrais le prouver. Je doute que Reckless m'en sera reconnaissant. Je suppose que je devrais l'appeler dès notre retour à la maison. »

Il parlait mornement. Jane Dalgliesh lui jeta un coup d'œil, sans poser de questions. Elle détourna rapidement la tête pour éviter qu'il ne vît son expression soucieuse et s'en irritât.

« Digby savait-il qu'il risquait d'être privé de son héritage? demanda-t-elle.

– Il semble que à part Max, personne n'était au courant. Ce qui est curieux, c'est que Seton lui a écrit à ce sujet, en tapant la lettre lui-même, à en juger par la frappe. Pourtant, Reckless n'en a pas trouvé le double à Seton House. S'il l'avait fait, il me l'aurait sûrement dit. Et il aurait interrogé Sylvia Kedge et Digby pour découvrir s'ils étaient au courant.

– Si Maurice voulait garder ses intentions secrètes, n'aurait-il pas tapé sa lettre en un seul exemplaire?

– Non, il en fait une copie. Quand il a glissé le papier

dans la machine, le coin de son carbone s'est retourné et les derniers mots du texte apparaissent au dos du feuillet. Il y a aussi une trace noire de carbone sur le bord supérieur de la lettre. Il a peut-être décidé par la suite de détruire le double, mais vu son caractère méticuleux, cela paraît peu probable. Il y a d'ailleurs un autre mystère de même nature. Seton est censé avoir tapé le passage décrivant la visite de son héros au *Cortez Club* pendant qu'il séjournait à Londres. Or le domestique du *Cadaver* affirme qu'on n'a trouvé aucun manuscrit dans sa chambre. Que sont devenues les copies alors? »

Jane Dalgliesh réfléchit un moment. C'était la première fois que son neveu discutait d'une affaire avec elle, ce qui la surprit et la flatta un peu. Puis elle se rappela que ce n'était pas son enquête, mais celle de Reckless. Ce serait à l'inspecteur d'évaluer l'importance qu'il fallait attacher à la disparition des doubles du *Cadaver Club*. Elle s'étonna toutefois de l'intérêt qu'elle prenait à ce problème.

« Il y a sans doute plusieurs possibilités, dit-elle. Peut-être que Seton n'a pas fait de copie. Étant donné sa méticulosité, cela paraît invraisemblable. Ou bien lui, ou quelqu'un qui avait accès à sa chambre, les a détruites. Ou encore le manuscrit que Sylvia nous a montré n'était pas celui que Seton lui a envoyé. Reckless a dû demander au facteur s'il lui avait bien apporté une grande enveloppe en papier kraft, mais nous n'avons aucune preuve qu'elle contenait ce texte-là. Et même, quelqu'un qui savait que Seton séjournait à son club pouvait avoir substitué les feuillets se trouvant dans l'enveloppe pour d'autres, entre le moment où la lettre a été fermée et celui où elle a été postée. Savons-nous si Seton a placé l'enveloppe à un endroit où l'on met le courrier à expédier, de sorte que d'autres personnes auraient pu la voir? Ou bien s'est-il immédiatement rendu lui-même à la poste?

– C'est là une des choses que j'ai demandées à Plant. Personne au *Cadaver* n'a posté de lettre pour Seton. Mais l'enveloppe a peut-être traîné assez longtemps dans sa chambre pour que quelqu'un ait eu l'occasion de l'ouvrir. Ou peut-il avoir chargé quelqu'un de la poster pour lui? C'est là un impondérable et nous savons qu'il s'agit d'un meurtre prémédité. Du moins, moi je le sais. Il me reste à convaincre Reckless que c'est un meurtre tout court.

– N'y a-t-il pas une autre possibilité? Nous savons que Seton n'aurait pas pu poster le second manuscrit, celui qui décrit le cadavre dérivant sur la mer. Il était déjà mort à ce moment-là. Et nous n'avons même pas de raison de supposer que c'est son œuvre. A l'appui de cette hypothèse, nous n'avons que la parole de Sylvia.

– Je crois que c'est lui qui l'a écrit. Quand Max Gurney m'a montré la lettre de Seton, j'ai reconnu la frappe. C'est le même homme qui a tapé le second manuscrit. »

Pendant que Dalgliesh parlait, sa tante et lui avaient fui instinctivement la morsure du vent et s'étaient réfugiés à l'abri d'un chemin creux qui passait entre les dunes et la réserve. Une vingtaine de mètres plus loin se dressait la troisième d'une série de petits observatoires qui surplombaient le refuge d'oiseaux. Cette hutte était souvent un de leurs buts de promenade sur la plage, et Dalgliesh n'eût pas besoin de demander à sa tante s'ils devaient y entrer. Passer dix minutes à scruter les roseaux avec les jumelles, protégés de l'âpre vent de cette côte, faisait maintenant partie des rituels que comportait une visite à Monksmere à l'automne. L'observatoire était caractéristique de cette sorte de construction : une grossière cabane en bois au toit de roseau, pourvue d'un banc assez haut pour soutenir des cuisses fatiguées et une fente à la hauteur des yeux par laquelle on avait une vue presque panoramique des marais. En été, cet abri sentait le bois chauffé par le soleil, la terre humide et l'herbe. Même pendant les mois d'hiver, il continuait à y faire tiède comme si toute la chaleur et tous les parfums de l'été avaient été piégés entre ses murs de planches.

Ils avaient atteint la cabane. Miss Dalgliesh s'apprêtait à franchir la première l'étroite porte quand Dalgliesh s'écria soudain :

« Non! Attends! »

L'instant d'avant, il marchait comme dans un rêve. Maintenant, son cerveau comprit soudain les signes que ces sens exercés avaient inconsciemment notés : l'unique trace de pas masculins conduisant du sentier saupoudré de sable à l'entrée de l'observatoire, les douceâtres effluves apportés par le vent qui n'avaient rien à voir avec le parfum de la terre ou de l'herbe. Sa tante s'arrêta. Il se glissa devant elle et se tint sur le seuil de la hutte.

Bloquant presque toute la lumière de sa haute stature, il commença par sentir la mort avant même de la voir. Une puanteur de vomi sur, de sang et de diarrhée lui piqua les narines. On aurait dit que l'air de la petite hutte était saturé de mal et de corruption. C'était une odeur qu'il connaissait, mais, comme toujours, il dut lutter un bref instant contre une intolérable nausée. Puis il se pencha; la lumière entra à flots derrière lui et il aperçut clairement le cadavre.

Pour mourir, Digby Seton avait rampé comme un chien dans un coin de la cabane, et sa mort avait été difficile. Rigide et froid, son corps pitoyable était blotti contre le mur du fond, les genoux remontés presque jusqu'au menton, sa tête tordue levée comme si ses yeux vitreux avaient fait un dernier et désespéré effort pour voir la lumière. Dans sa souffrance, il s'était mordu la lèvre inférieure, la fendant presque en deux; un flot de sang, maintenant noirci, s'était mêlé à la vomissure qui formait une croûte sur son menton et sur les revers de son élégant bien que vieux manteau. S'écorchant les mains, il avait creusé la terre de la cabane, s'en barbouillant la figure et les cheveux; il en avait même fourré dans sa bouche comme pris d'un dernier et fou désir de fraîcheur et d'eau. Sa flasque gisait à une quinzaine de centimètres de son corps, le bouchon dévissé.

« Qui est-ce, Adam? demanda la voix calme de sa tante.

– Digby Seton. Non, n'entre pas. Nous ne pouvons plus rien faire pour lui. Il est mort depuis une bonne douzaine d'heures, le pauvre bougre. Empoisonné, selon toutes les apparences. »

Dalgliesh entendit sa tante soupirer, puis murmurer quelque chose qu'il ne comprit pas. Puis elle dit :

« Veux-tu que j'aille chercher l'inspecteur Reckless ou préfères-tu que je reste ici?

– Oui, vas-y toi, s'il te plaît. Moi, je surveillerai cet endroit. »

Peut-être pouvait-il gagner dix à quinze minutes en y allant lui-même, mais, de toute façon, Digby était au-delà de tout secours et pour rien au monde Dalgliesh n'aurait laissé sa tante seule dans ce lieu qui puait la mort.

Elle se mit aussitôt en route. Dalgliesh la suivit des yeux jusqu'à ce qu'elle disparût dans un tournant. Ensuite, il monta en haut des dunes où il trouva un creux abrité dans lequel il s'assit, le dos contre une touffe d'oyat. De son poste, il pouvait surveiller la cabane et voir, à sa droite, toute la courbe de la plage, à sa gauche, le chemin creux. De temps à autre, il entrapercevait la haute silhouette de sa tante en train de marcher. Elle semblait avancer très vite, mais trois quarts d'heure au moins s'écouleraient avant que Reckless et ses hommes arrivent, chargés de leur équipement et d'un brancard. L'endroit le plus proche de la plage où l'on pouvait amener une ambulance était Pentlands et le chemin le plus court pour parvenir à la cabane, celui qu'avait pris sa tante. Encombrés de leur attirail, les policiers auraient du mal à avancer contre le vent.

Dalgliesh n'avait passé que quelques minutes dans l'observatoire d'oiseaux, mais chaque détail de la scène qu'il y avait vue restait gravé dans son cerveau. Pour lui, il ne faisait aucun doute que Digby Seton avait été assassiné. Bien qu'il n'eût pas fouillé ses vêtements – il laissait ce travail à Reckless – ni même touché à son corps sauf pour voir s'il était froid et que la rigidité cadavérique s'était installée, il était persuadé qu'on ne trouverait pas de lettre d'adieu. Digby, ce jeune homme superficiel et plutôt stupide qui avait accueilli son héritage avec la joie d'un enfant recevant un nouveau jouet et qui débordait de projets pour la création de boîtes de nuit plus grandes et plus prestigieuses les unes que les autres, faisait un candidat au suicide improbable. Et même quelqu'un comme lui aurait eu assez de bon sens pour savoir qu'il y avait des façons moins pénibles de se tuer qu'avec un poison qui vous brûlait l'estomac et les boyaux. Dalgliesh était à peu près certain que c'était la flasque qui avait contenu le poison. Il n'y avait pas d'autre bouteille près du cadavre. La dose avait dû être assez forte. Dalgliesh passa en revue les possibilités. Arsenic? Antimoine? Mercure? Plomb? Toutes ces substances pouvaient produire les symptômes qu'il avait constatés. Mais ce n'étaient que des conjectures. Un peu plus tard, le médecin légiste donnerait toutes les réponses; le nom du poison, la dose, le temps que Seton avait mis à mourir. Quant au reste, ce serait à Reckless de le découvrir.

Mais en supposant que le poison avait été mis dans le flacon, qui pouvait être un suspect plausible? Quelqu'un qui avait accès au poison comme à la bouteille. C'était évident. Quelqu'un qui connaissait bien la victime, savait que Digby, seul et s'ennuyant, ne résisterait pas à la tentation de boire une gorgée d'alcool avant d'affronter le vent et d'entamer le long trajet du retour. Et cela impliquait quelqu'un capable de l'avoir persuadé de venir à un rendez-vous dans la cabane. Sinon, pourquoi s'y serait-il rendu? Personne à Monksmere n'avait jamais vu Digby observer les oiseaux ou se promener. De plus, il n'était pas vêtu pour se livrer à ces activités, ni muni de jumelles. C'était bien un meurtre. Même Reckless ne pourrait avancer que Digby Seton était mort de mort naturelle ou qu'une personne dotée d'un sens de l'humour vraiment pervers avait porté le cadavre dans la hutte pour créer des ennuis à Adam Dalgliesh et à sa tante.

Dalgliesh était certain que les deux meurtres étaient liés. Ce qui le frappait, toutefois, c'était leur dissemblance, comme s'ils avaient été conçus par deux cerveaux différents. Celui de Maurice Seton avait été d'une complication presque inutile. Malgré le rapport du médecin légiste concluant à une mort naturelle, ce crime-là n'avait rien eu de naturel. On continuerait néanmoins à avoir du mal à prouver qu'il s'était bien agi d'un homicide. Le problème, ce n'était pas un manque, mais une surabondance d'indices. On aurait dit que l'assassin avait éprouvé le besoin de montrer son habileté autant que celui de tuer Maurice Seton. Le nouveau meurtre, par contre, était plus simple, plus direct. Il ne pouvait être question ici d'attribuer la mort à des causes naturelles. Cet assassin-ci n'essayait pas de donner le change. Il n'avait même pas tenté de camoufler le décès en suicide, de suggérer que Digby s'était tué dans un accès de repentir lié à la mort de son demi-frère. Certes, cela aurait été difficile, mais Dalgliesh trouvait significatif qu'il n'avait pas eu recours à cette ruse. Et il commençait à comprendre pourquoi. Il y avait une raison capitale pour laquelle l'assassin avait voulu éviter tout ce qui aurait pu indiquer que Digby s'était tué par remords ou avait été mêlé d'une façon quelconque à la mort de Maurice.

Dalgliesh constata avec surprise que l'oyat lui offrait un abri remarquablement chaud et confortable. Il pouvait entendre le sifflement du vent dans les dunes et le grondement persistant de la marée. Cependant, les hautes touffes d'herbe le protégeaient si efficacement qu'il avait la curieuse impression d'être derrière des parois : le bruit du vent et celui de la mer semblaient lui parvenir de très loin. A travers le mince écran de graminées, il voyait l'observatoire, hutte familière et primitive, dont l'apparence extérieure ne différait en rien de la demi-douzaine d'autres qui bordaient la réserve. Il pouvait presque se convaincre qu'elle était en tous points pareille. L'impression d'isolement et d'irréalité était si forte qu'il dut résister à une envie absurde d'aller vérifier si le cadavre de Seton gisait vraiment là-bas, à l'intérieur.

Jane Dalgliesh devait s'être dépêchée. Moins de quarante-cinq minutes plus tard, il aperçut pour la première fois des silhouettes qui avançaient sur le sentier. Elles apparurent brièvement, puis disparurent de nouveau derrière les dunes. La deuxième fois qu'il les entrevit, elles ne paraissaient pas plus proches. Puis elles s'engagèrent dans le dernier tournant et débouchèrent brusquement devant lui : un petit groupe bizarre secoué par le vent et chargé de matériel. On aurait dit les membres légèrement démoralisés d'une expédition mal organisée. Reckless était là, bien sûr, la mine sévère, furieux, son éternel imperméable boutonné jusqu'au menton. Il était accompagné de son brigadier, du médecin de la police, d'un photographe et de deux jeunes agents. Ces derniers portaient un brancard et un écran de toile roulé. Il n'y eut qu'un bref échange de paroles. Dalgliesh cria son rapport à l'oreille de l'inspecteur, puis regagna son trou dans les dunes. Qu'ils fassent leur boulot. Il n'avait pas à s'en mêler. De plus, on n'avait pas besoin d'une paire de pieds supplémentaires qui retournerait encore davantage le sable humide autour de la hutte. Hurlant et gesticulant, les hommes se mirent au travail. Comme pour les ennuyer, le vent était allé crescendo depuis leur arrivée; même à l'abri relatif du chemin creux, ils avaient du mal à se faire entendre. Reckless et le médecin disparurent dans la cabane. Là au moins, ils seraient protégés, pensa Dalgliesh. En revanche, cet endroit manquait d'air et empestait la mort. Dalgliesh ne les enviait pas. Au bout de cinq minutes, ils réapparurent. Le photographe, qui était le plus grand de tous, se plia en deux et fit passer son équipement par l'étroite ouverture. Entre-temps, les agents faisaient de vains efforts pour dresser un écran autour de la cabane. A chaque rafale, la toile sautait et tournoyait dans leurs mains, fouettait leurs chevilles. Dalgliesh se demanda pourquoi ils se donnaient tant de peine. Il était peu probable qu'il y aurait beaucoup de promeneurs sur ce rivage solitaire ni que les abords de l'observatoire fourniraient d'autres indices. Il n'y avait que trois paires d'empreintes conduisant à la porte : les siennes, celles de sa tante et celles attribuées à Digby Seton. Elles avaient déjà été mesurées, photographiées et, bientôt, le sable volant les effacerait complètement.

Une demi-heure plus tard, ils sortirent le cadavre et le couchèrent sur le brancard. Pendant que les agents luttaient pour maintenir la bâche imperméabilisée et la fixer avec des courroies, Reckless s'approcha de Dalgliesh.

« Un de vos amis m'a téléphoné hier après-midi, dit-il. Un certain Mr. Max Gurney. Il paraît qu'il avait gardé pour lui certains renseignements intéressants au sujet du testament de Maurice Seton. »

C'était là une ouverture inattendue.

« J'ai déjeuné avec lui, répondit Dalgliesh et il m'a demandé s'il devait se mettre en rapport avec vous.

– C'est ce qu'il m'a dit. Ce qui m'étonne, c'est qu'il n'ait pas été capable de comprendre ça tout seul. Le cadavre de Seton portait des traces de violence. Il coulait de source que l'aspect financier nous intéressait.

– Peut-être pense-t-il comme vous que c'était une mort naturelle.

– Possible. Mais, en fait, cela ne le regarde pas. Quoi qu'il en soit, il a fini par nous prévenir. Pour moi, c'était du nouveau. Il n'y avait pas trace de cette lettre dans les dossiers de Seton House.

– Seton en avait fait un double. Gurney vous postera l'original. Vous verrez qu'il porte la marque du carbone au dos. Quelqu'un a dû détruire la copie, je suppose.

– Quelqu'un, répéta Reckless, l'air sombre. Peut-être Seton lui-même. Vous savez, je n'ai pas encore changé d'avis au sujet de cette mort, Mr. Dalgliesh. Mais vous pourriez avoir raison. Surtout quand on la regarde à la lumière de celle-ci. » Il fit un mouvement de tête en direction des deux policiers qui, accroupis de chaque côté du brancard, s'apprêtaient à le soulever. « Dans ce cas, il n'y a aucun doute. C'est bien un meurtre. Nous avons donc le choix entre plusieurs hypothèses. Un assassin et un très mauvais plaisant. Un assassin et deux crimes. Ou deux assassins. »

Dalgliesh suggéra que, dans une communauté aussi petite, cette dernière éventualité était improbable.

« Improbable, mais non impossible, Mr. Dalgliesh. Les deux morts n'ont pas grand-chose en commun. Le meurtre auquel nous avons affaire ici n'a rien de subtil ni d'ingénieux. L'assassin a mis une énorme dose de poison dans la flasque de Seton en sachant que, tôt ou tard, il y boirait une gorgée. La seule précaution qu'il avait à prendre, c'est que sa victime ne fût pas trop près d'un médecin au moment où le poison commencerait à agir. Quoique, à en juger par les apparences, je doute qu'on eût pu la sauver. »

Dalgliesh se demanda comment le meurtrier avait réussi à attirer Seton dans la cabane. Par la persuasion ou par la menace? Seton s'attendait-il à trouver un ami ou un ennemi? Dans ce dernier cas, était-il du genre à se rendre seul et non armé au rendez-vous? Et si la convocation avait été d'une autre nature? Pour combien de personnes, à Monksmere, Digby aurait-il accepté de parcourir trois kilomètres d'une plage de galets par une froide journée d'automne, en luttant contre un vent grandissant?

Le brancard se mit en branle. L'un des policiers avait dû recevoir l'ordre de rester là pour surveiller la cabane. Pareils à un cortège de parents à l'aspect hétéroclite et miteux, les autres se rangèrent derrière le cadavre. Dalgliesh et Reckless marchaient ensemble en silence. Devant eux, la forme couchée sous la bâche oscillait doucement tandis que les porteurs avançaient avec précaution sur le sentier raboteux. Les pans de la toile claquaient rythmiquement comme une voile au vent. Un oiseau de mer plana un instant au-dessus de la civière, criant comme une âme en peine, puis s'éleva en décrivant une large courbe et disparut du côté des marais.

2.

Dalgliesh ne revit Reckless en tête-à-tête qu'au début de la soirée. L'inspecteur avait passé l'après-midi à interroger ses suspects et à essayer de découvrir ce que Digby Seton avait fait durant les derniers jours. Il arriva à Pentlands peu avant six heures. Manifestement, il voulait redemander à miss Dalgliesh si, la veille, elle avait vu quelqu'un marcher sur la plage dans la direction de Sizewell et si elle avait la moindre idée de ce qui pouvait avoir amené Digby Seton à aller à l'observatoire d'oiseaux. Elle avait déjà répondu à ces deux questions plus tôt dans la journée, quand Dalgliesh et elle avaient rejoint Reckless au *Green Man* pour déposer officiellement sur les circonstances dans lesquelles ils avaient trouvé le cadavre. Jane Dalgliesh avait déclaré qu'elle était restée toute la soirée du lundi chez elle et n'avait vu personne. Mais, évidemment, avait-elle fait remarquer, Digby, ou n'importe qui d'autre, d'ailleurs, pouvait se rendre à la cabane par le chemin creux qui traversait les dunes ou par la plage; or, sur la plus grande partie de sa longueur, ce chemin n'était pas visible de Pentlands.

« Pour l'atteindre, il doit malgré tout passer devant chez vous, s'obstina Reckless. Aurait-il pu le faire sans que vous l'aperceviez?

– Absolument. Il lui suffisait de raser le pied de la falaise. Entre mon accès à la plage et le début du chemin, il y a bien une vingtaine de mètres où il aurait marché à découvert, mais je ne l'ai pas vu. Peut-être ne voulait-il pas se faire remarquer et a-t-il choisi une heure propice pour se faufiler en bas.

– Cela impliquerait un rendez-vous secret, marmonna Reckless comme s'il réfléchissait à haute voix. De toute façon, c'est ce que nous soupçonnons. Digby Seton n'était pas le genre d'homme à aller observer les oiseaux tout seul. De plus, il a dû se mettre en route après le crépuscule. Miss Kedge dit qu'il s'était préparé un thé à Seton House hier. De la vaisselle sale l'attendait ce matin dans l'évier.

– Mais pas de dîner? s'enquit miss Dalgliesh.

– Non, pas de dîner. Il semble qu'il soit mort avant son repas du soir. Mais l'autopsie nous en apprendra plus là-dessus, évidemment. »

Jane Dalgliesh s'excusa et partit à la cuisine préparer le dîner. Dalgliesh se dit que c'était probablement pour le laisser seul avec Reckless. Dès que la porte se fut refermée sur elle, il demanda :

« Qui l'a vu en dernier?

– Latham et Bryce. Mais presque tous admettent avoir passé quelque temps avec lui hier. Miss Kedge l'a vu peu après le petit déjeuner, quand elle est arrivée à la maison pour faire le ménage. Digby l'avait gardée comme une sorte de secrétaire-bonne à tout faire. Il devait l'exploiter de la même manière que son frère. Puis il a déjeuné avec miss Calthrop et sa nièce à Rosemary's Cottage qu'il a quitté peu après trois heures pour rentrer chez lui. En chemin, il s'est arrêté chez Bryce pour parler de la réapparition du hachoir de votre tante et essayer de découvrir ce que vous faisiez à Londres. Votre petit voyage semble avoir suscité une curiosité générale. Latham était justement chez Bryce à ce moment-là. Les trois hommes sont restés ensemble jusqu'au départ de Seton, vers quatre heures.

– Que portait-il?

– Les mêmes vêtements que lorsque nous l'avons trouvé. Il aurait pu cacher sa flasque dans sa veste, son pantalon ou la poche de son pardessus. Bien entendu, il a enlevé celui-ci à Rosemary's Cottage et miss Calthrop l'a pendu dans le placard. Chez Bryce, il l'a posé sur le dos d'une chaise. Personne n'admet avoir vu le flacon. Selon moi, n'importe lequel d'entre eux aurait pu y mettre le poison : Kedge, Calthrop, Marley, Bryce ou Latham. N'importe lequel. Et pas nécessairement hier. »

Reckless n'avait pas ajouté le nom de miss Dalgliesh, nota Dalgliesh, mais cela ne voulait pas dire qu'elle ne figurait pas sur sa liste. L'inspecteur poursuivit :

« Je ne peux pas faire grand-chose avant d'avoir le résultat de l'autopsie et de connaître le poison employé. A ce moment-là, nous pourrons commencer à bouger. Il ne devrait pas être trop difficile de découvrir qui en possédait. Ce n'est pas le genre de substance que vous prescrit le médecin ou qu'on achète librement dans une pharmacie. »

Dalgliesh croyait pouvoir deviner la nature du poison ainsi que sa provenance. Mais il ne dit rien. Préjugeant des faits, on avait déjà élaboré assez de théories dans cette affaire. Mieux valait attendre les conclusions du médecin légiste. Toutefois, si Dalgliesh avait raison, Reckless aurait plus de mal qu'il n'escomptait à trouver qui avait été en possession du poison. Presque tous les habitants de Monksmere avaient accès à la source de ce produit. L'inspecteur commençait à lui faire de la peine.

Les deux hommes restèrent assis une minute sans parler. Ce n'était pas un silence amical. Dalgliesh percevait la tension qui planait entre eux. Il ignorait ce que pouvait ressentir Reckless, mais il reconnaissait en lui-même, avec une sorte de désespérante irritation, sa propre maladresse et sa propre antipathie. Il dévisagea l'inspecteur avec un intérêt détaché, reconstituant ses traits dans son esprit comme il l'aurait fait d'un portrait-robot : les grandes pommettes plates, les étendues de peau blanche, d'aspect lisse, qui encadraient la bouche, le pli tombant au coin des yeux et le petit tressaillement régulier de la paupière supérieure, seule preuve que cet homme avait des nerfs. On n'aurait pu imaginer figure plus banale. Et pourtant, assis là, dans son imperméable crasseux, le teint gris de fatigue, il donnait l'impression d'avoir de la force et de la personnalité. On pouvait trouver celle-ci déplaisante, mais elle n'en existait pas moins.

Soudain, comme s'il venait de prendre une résolution, Reckless dit d'un ton brusque :

« Le chef de la police veut faire appel à Scotland Yard. Il y réfléchit, mais je crois qu'il a déjà arrêté sa décision. Certains diront que ce n'est pas trop tôt. »

Dalgliesh ne trouva aucune réponse appropriée. Toujours sans le regarder, Reckless ajouta :

« Il semble penser, comme vous, que les deux crimes sont liés. »

Dalgliesh se demanda s'il l'accusait d'essayer d'influencer le chef de la police. Il ne se souvenait pas d'avoir jamais exprimé cette opinion-là devant Reckless, mais, de toute évidence, il l'avait fait. C'est ce qu'il dit, puis il ajouta :

« Hier, quand j'étais à Londres, j'ai soudain compris comment Maurice Seton pouvait avoir été tué. Pour l'instant, ce n'est qu'une hypothèse. Dieu sait comment vous pourrez le prouver. Mais je crois savoir comment le crime a été commis. »

Il exposa brièvement sa théorie, évitant avec un soin maniaque toute inflexion que l'inspecteur aurait pu prendre pour une critique ou pour de l'autosatisfaction. Reckless l'écouta en silence. Puis il demanda :

« Qu'est-ce qui vous a donné cette idée?

– Je ne sais pas trop. Toute une série de détails, je suppose. Les termes du testament, le comportement de Seton, le soir où il était assis à cette table du *Cortez Club*, le fait qu'il insistait toujours pour avoir une certaine chambre au *Cadaver*, et même l'architecture de sa maison.

– C'est possible, mais je ne pourrai jamais le prouver. A moins, évidemment, que quelqu'un ne panique et passe aux aveux.

– Vous pourriez chercher l'arme.

– Une drôle d'arme, Mr. Dalgliesh!

– Mais une arme quand même. Et mortelle, qui plus est. »

Reckless sortit une carte d'état-major de sa poche et l'étendit sur la table. Les deux hommes se penchèrent sur elle. Planant au-dessus du papier, la pointe du crayon de l'inspecteur décrivit autour de Monksmere un cercle représentant un rayon de trente kilomètres.

« Par ici? fit Reckless.

– Ou ici. Si j'avais été l'assassin, j'aurais cherché de l'eau profonde.

– Pas la mer, toutefois. L'objet aurait pu être rejeté dans un état où il aurait encore été identifiable, quoique je doute

que quelqu'un aurait eu l'idée de le rapprocher du crime.
– Mais vous, vous l'auriez peut-être fait. Et l'assassin ne pouvait pas courir ce risque. Pour lui, mieux valait s'en débarrasser dans un endroit où on ne le retrouverait sans doute jamais, ou alors trop tard. Comme il n'y a pas de vieux puits de mine dans la région, j'aurais cherché une écluse ou une rivière. »

Le crayon s'abaissa. Reckless traça trois petites croix sur la carte.

« Nous essaierons d'abord ici, Mr. Dalgliesh. Pourvu que vous ayez raison! Sinon, avec cette seconde mort sur les bras, tout cela représenterait une perte de temps. »

Il plia sa carte sans ajouter un mot et partit.

3.

Après le dîner, il y eut d'autres visites. Celia Calthrop, sa nièce, Latham et Bryce arrivèrent à quelques minutes d'intervalle. En voiture ou à pied, ils avaient lutté contre la tempête naissante pour chercher une sécurité précaire devant la cheminée de Jane Dalgliesh. Peut-être, songea Dalgliesh, ne pouvaient-ils supporter leur propre compagnie ni se sentir à l'aise les uns avec les autres. Pentlands, au moins, était un terrain neutre. Il leur offrait le réconfort illusoire de la normalité, la protection traditionnelle que la lumière et le feu assurent contre les ténèbres et l'hostilité de la nuit. Pour des gens nerveux ou trop imaginatifs, ce n'était certainement pas le moment d'être seul. Le vent tour à tour hurlait et gémissait sur le promontoire et une marée très rapide montait en grondant sur la plage, poussant des amas de galets devant elle. Même de la salle de séjour, Dalgliesh pouvait entendre les longs soupirs chuintants qu'elle produisait en se retirant. Parfois, quand la lune sortait des nuages, sa lumière morte faisait apparaître la tourmente. Des fenêtres du cottage, Dalgliesh voyait les arbres rabougris se tordre comme sous l'effet d'une douleur et la mer déserte s'étendre, blanche et tumultueuse, sous le ciel.

Tête baissée, les visiteurs inattendus montèrent l'allée qui conduisait à la porte de miss Dalgliesh avec l'obstination farouche d'une bande de fugitifs.

A huit heures et demie, ils étaient tous là. Personne ne s'était donné la peine d'aller chercher Sylvia Kedge, mais, à part elle, tous ceux qui étaient venus cinq nuits plus tôt se trouvaient de nouveau réunis. Dalgliesh fut frappé par le changement qui s'était opéré en eux. L'analysant, il se rendit compte qu'ils avaient l'air d'avoir vieilli de dix ans. La dernière fois, ils n'étaient que vaguement inquiets et un peu intrigués par la disparition de Maurice Seton. Maintenant, ils étaient anxieux, bouleversés, obsédés par des images tenaces de sang et de mort. Malgré leurs courageux efforts pour paraître à l'aise et faire comme si de rien n'était, on sentait qu'ils avaient peur.

Maurice Seton était décédé à Londres. Théoriquement, il était encore possible de croire que ç'avait été de causes naturelles ou qu'un Londonien était coupable de son meurtre, sinon de sa mutilation. Mais Digby, lui, était mort sur leur territoire et personne ne pouvait soutenir que sa fin avait eu quoi que ce soit de normal. Celia Calthrop, cependant, était prête, malgré tout, à essayer. Elle était assise dans le fauteuil devant la cheminée, les genoux écartés d'une manière disgracieuse, les mains sur ses cuisses épaisses.

« Quelle terrible tragédie! soupira-t-elle. Le pauvre garçon! Sans doute ne connaîtrons-nous jamais les raisons qui l'ont poussé à commettre cet acte de désespoir. Et dire qu'il avait tout ce qu'on peut désirer dans la vie : jeunesse, argent, talent, charme et beauté. »

Ce jugement étonnamment irréaliste porté sur Digby fut accueilli en silence.

« Il était riche, ça je vous l'accorde, Celia, ou, du moins, il allait sans doute le devenir, dit finalement Bryce. Mais, à part ça, je tiendrais plutôt Digby pour un être terne, incapable, prétentieux, bête et vulgaire. Non pas que je lui en veuille le moins du monde. De plus, soit dit en passant, je ne crois pas une seconde qu'il s'est tué.

– Bien sûr que non! explosa Latham. Et Celia ne le croit

pas plus que nous! Allons, ne pouvez-vous pas être honnête pour une fois, Celia? Pourquoi ne pas admettre que vous avez aussi peur que nous tous.

– Je n'ai pas peur du tout! affirma miss Calthrop avec dignité.

– Eh bien, vous avez tort! »

Son visage de gnome tout plissé de malice, Bryce leva vers elle des yeux brillants. Soudain, il paraissait moins abattu, moins semblable à un petit vieux fatigué.

« Après tout, c'est à vous que profite cette mort, poursuivit-il. Une fois payés les doubles droits de succession, il devrait vous rester une coquette petite somme. Et Digby est venu souvent chez vous ces derniers temps, n'est-ce pas? N'a-t-il pas déjeuné avec vous, hier? Vous devez avoir eu plein d'occasions de verser un peu de poudre dans sa flasque. C'est d'ailleurs vous qui nous avez dit qu'il en portait toujours une sur lui. Ici même. Vous vous en souvenez?

– Et où aurais-je pris de l'arsenic?

– Personne ne sait s'il s'agit d'arsenic. Voilà exactement le genre de réflexion que vous ne devriez pas faire, Celia! Passe encore devant Oliver et moi, mais l'inspecteur, lui, pourrait devenir soupçonneux. J'espère que vous ne lui avez pas parlé d'arsenic!

– Je ne lui ai parlé de rien. J'ai simplement répondu aussi complètement et aussi honnêtement que possible à ses questions. Je vous conseille, à Oliver et à vous, d'en faire autant. Je me demande d'ailleurs pourquoi vous voulez à tout prix prouver que Digby a été assassiné. Vous avez tous deux une tendance morbide à voir les choses sur leur jour le plus sombre.

– Une tendance morbide à voir les choses en face, c'est tout », rectifia sèchement Latham.

Celia ne se laissa pas démontrer.

« Eh bien, si c'était un meurtre, tout ce que je peux dire c'est que Jane Dalgliesh a eu de la chance d'être en compagnie d'Adam quand elle a trouvé le cadavre. Sinon, on pourrait commencer à s'interroger. Mais, naturellement, un superintendant de Scotland Yard sait qu'il est important de ne toucher à rien. »

Trop impressionné par l'énormité de cette remarque et l'aveuglement volontaire de Celia, Dalgliesh ne protesta pas. Il se demanda si elle avait oublié sa présence. Les autres semblaient l'avoir oubliée aussi.

« Quel genre de questions? » demanda tranquillement Latham.

Bryce éclata de rire.

« Vous ne pouvez pas soupçonner sérieusement miss Dalgliesh, Celia! Sinon vous aurez bientôt un délicat problème d'étiquette à résoudre. Votre hôtesse est en train de vous préparer du café. Allez-vous le boire poliment ou le verser subrepticement dans une plante verte? »

Soudain, Eliza Marley pivota vers eux.

« Pour l'amour du ciel, taisez-vous donc, vous deux! Digby Seton est mort, d'une mort horrible, en plus. Même si vous ne l'aimiez pas, c'était un être humain. Il savait jouir de la vie, peut-être pas à votre manière, mais qu'est-ce que cela peut bien faire? De penser à ces affreuses boîtes de nuit qu'il allait ouvrir et à la façon dont il allait dépenser son argent le rendait tout heureux. Maintenant, il est mort. Et c'est l'un d'entre nous qui l'a assassiné. Je ne trouve pas ça drôle.

– Il ne faut pas te mettre dans cet état, mon petit, dit Celia Calthrop de cette voix vibrante, émue, qu'elle prenait presque machinalement maintenant chaque fois qu'elle dictait un passage de roman particulièrement sentimental. Nous connaissons Justin. Ni lui ni Oliver n'ont jamais éprouvé la moindre sympathie pour Maurice ou pour Digby. On ne peut donc pas attendre d'eux un minimum de décence, sans même parler de respect. Ils ne s'intéressent qu'à eux-mêmes. Par pur égoïsme, bien sûr. Et par jalousie. Aucun d'eux n'a jamais pardonné à Maurice d'être un créateur alors qu'eux ne sont capables que de critiquer le travail des autres et de s'engraisser aux dépens du talent d'autrui. C'est la jalousie que le parasite littéraire éprouve pour le véritable artiste. Un phénomène très courant. Souvenez-vous du sort qu'a connu la pièce de Maurice : Oliver l'a éreintée parce qu'il ne supportait pas de la voir remporter du succès.

– Parlons-en! railla Latham. Ma chère Celia, si Maurice cherchait une catharsis émotionnelle, il aurait dû aller consulter un psychiatre et non l'infliger au public sous la forme d'une pièce de théâtre. Maurice n'avait aucune des trois qualités essentielles de tout bon dramaturge : savoir écrire un dialogue, comprendre ce qu'on entend par " situation dramatique " et avoir quelques connaissances du métier de metteur en scène. »

Comme il s'agissait là du leitmotiv professionnel de Latham, Celia ne se montra nullement impressionnée.

« Ne venez pas nous parler de connaissance du métier, Oliver, je vous prie. Quand vous aurez produit une œuvre qui témoigne du moindre véritable talent créateur, nous pourrons peut-être en rediscuter. Et ceci s'adresse également à vous, Justin.

– Que faites-vous de mon roman, alors? » s'indigna Bryce.

Celia lui lança un regard douloureux et poussa un profond soupir. De toute évidence, elle n'avait aucune envie de parler du roman de son confrère. Dalgliesh se rappela l'ouvrage en question : un exercice littéraire plein de sentiments délicats qui avait été bien accueilli mais que Bryce, apparemment, n'avait jamais eu l'énergie de répéter. Il entendit le rire d'Elizabeth Marley.

« N'est-ce pas ce livre dont les critiques ont dit qu'il avait l'intensité et la sensibilité d'une nouvelle? C'est normal : le roman se réduit à peu près à ça. Même moi je serais capable de me montrer sensible sur cent cinquante pages. »

Dès que Bryce commenca à protester, Dalgliesh se leva. Cette discussion littéraire avait toutes les chances de dégénérer en un échange d'insultes. Comme ce n'était pas la première fois qu'il assistait à ce genre de dispute entre ses amis écrivains, Dalgliesh n'en fut pas surpris. Il n'avait cependant aucune envie d'y être mêlé. D'un instant à l'autre, ils allaient solliciter son avis et sa propre poésie serait sûrement en butte, elle aussi, à la franchise destructrice de la jeunesse. Certes, cette querelle semblait leur faire oublier le meurtre, mais, se dit Dalgliesh, il y avait des moyens plus agréables de passer le temps.

Ouvrant la porte à sa tante qui entrait avec un plateau chargé de tasses à café, il en profita pour s'éclipser. Ce n'était peut-être pas très gentil d'abandonner sa parente juste au moment où ses invités se chamaillaient mais elle était tout à fait capable de se tirer d'affaire. En ce qui le concernait, c'était beaucoup moins certain.

Séparée par un solide plancher de chêne des voix querelleuses du rez-de-chaussée, sa chambre était calme et silencieuse. Il souleva le loquet de la fenêtre et ouvrit les battants à deux mains, luttant contre le vent. L'air s'engouffra dans la pièce et, comme une main géante, plissa le couvre-lit, balaya les papiers posés sur le bureau, feuilleta les pages du roman de Jane Austen qui se trouvait sur la table de chevet. Dalgliesh en eut le souffle coupé. Il s'appuya, haletant, contre le rebord et jouit du picotement des embruns sur sa peau, du goût de sel sur ses lèvres. Quand il referma la fenêtre, le silence lui parut absolu. Le ressac décrut et s'évanouit comme s'il mugissait sur une rive lointaine.

Il faisait froid dans la chambre. Dalgliesh posa sa robe de chambre sur ses épaules et alluma une rampe du radiateur électrique. Puis il ramassa les feuilles de papier dispersées et les replaça une à une, avec un soin maniaque, sur le petit secrétaire. Les pages blanches semblaient lui faire des reproches. Il se rappela qu'il n'avait pas écrit à Deborah. Ce n'était pas par paresse ni parce qu'il avait été trop préoccupé par le mystère du meurtre de Seton. Il connaissait parfaitement la raison de son silence : une lâche répugnance à s'engager davantage vis-à-vis de Deborah, ne fût-ce que par un seul mot, avant d'avoir pris une décision concernant leur avenir. Or, sur ce point, il n'était pas plus avancé que le premier jour de ses vacances. Il avait senti, quand il lui avait fait ses adieux, la veille de son départ, qu'elle comprenait, et admettait la nécessité de cette courte séparation. Elle savait que s'il se rendait seul à Monksmere, ce n'était pas uniquement pour fuir Londres ou se remettre de la tension nerveuse qu'avait entraînée sa dernière enquête. Sinon, rien ne l'aurait empêchée de l'accompagner. Elle aurait pu prendre quelques jours de congé. Mais il ne le lui avait pas proposé et elle n'avait rien dit, sauf, au dernier moment, ces paroles : « Quand tu passeras à Blythburg, pense à moi. » Elle était allée à l'école près de Southwold, connaissait et adorait le Suffolk. Il avait donc pensé à elle, et cela, pas seulement à Blythburg. Soudain, elle lui manqua terriblement. Sa nostalgie était si forte qu'il ne se préoccupait plus de savoir s'il serait sage d'écrire. Face à cet intense désir de la voir, d'entendre sa voix, tous ses doutes lui parurent aussi insignifiants et ridiculement irréels que les résidus morbides d'un cauchemar qui s'évanouissent à la lumière du jour. Il avait une envie folle de parler à Deborah, mais avec le salon plein de monde, il lui serait impossible de l'appeler cette nuit. Allumant la lampe de bureau, il s'assit à la table et décapuchonna son stylo. Les mots, comme cela arrive parfois, lui vinrent facilement. Il les inscrivit sans trop y réfléchir ou même se demander s'ils étaient sincères.

« A Blythburg, pense à moi, m'as-tu dit
Comme si tu n'étais pas toujours présente à mon esprit
Et qu'on pouvait attacher davantage
Un cœur tout à toi enchaîné.
Ensorcelé, mon esprit est privé de toi
Pour mieux évoquer ton image
Et en ce lieu solitaire et sacré
Me souvenir de grâces inoubliables.
Obsédé par elles, je ne peux que penser à toi, amour,
A Blythburg, ou partout ailleurs. »

« Cette petite œuvre " métaphysique " * t'est envoyée avec une arrière-pensée. Je crois inutile de te préciser laquelle. Je ne te dirai pas : " J'aimerais que tu sois ici. " Mais j'aimerais être avec toi. Ici, il y a la mort et plein de choses désagréables. Je me demande ce qui est pire. Mais Dieu et la P.J. du Suffolk aidant, je serai de retour à Londres vendredi soir. Je serais très heureux de savoir que tu m'attendras peut-être à Queenhithe. »

Écrire cette lettre avait dû lui prendre plus de temps qu'il ne pensait : il fut tout surpris quand sa tante frappa à la porte.

« Ils s'en vont, Adam. Je me demandais si tu voulais leur dire au revoir. »

Il descendit avec elle. Les visiteurs étaient, en effet, sur le point de partir. Étonné, il constata que la pendule indiquait onze heures vingt. Personne ne lui adressa la parole. Son retour dans la pièce semblait susciter aussi peu d'intérêt que l'avait fait sa disparition. On avait laissé mourir le feu. Bryce

* Référence au poète anglais John Donne (1573-1631). *(N.d.T.)*

aidait Celia Calthrop à mettre son manteau. Dalgliesh entendit celle-ci dire :

« C'est vraiment très impoli de notre part d'être restés si longtemps. De plus, il faut que je me lève de bonne heure demain. Sylvia m'a téléphoné de Seton House aujourd'hui en fin d'après-midi pour me demander de l'emmener au *Green Man* demain matin. Elle veut parler d'urgence à Reckless. »

Latham, qui avait déjà gagné la porte, se retourna brusquement.

« Pour quoi faire? »

Miss Calthrop haussa les épaules.

« Ça, je l'ignore, mon cher Oliver. Elle m'a plus ou moins laissé entendre qu'elle savait quelque chose sur Digby. Mais j'imagine qu'elle cherche seulement à se rendre intéressante. Vous la connaissez. Toutefois, je peux difficilement lui refuser ce service.

– Ne vous a-t-elle pas donné la moindre idée de ce dont il pouvait s'agir? insista Latham.

– Non. De toute façon, je n'allais pas lui faire le plaisir de le lui demander. Et je n'ai pas non plus l'intention de me précipiter chez elle dès l'aube. Si ce vent continue, je ne fermerai probablement pas l'œil de la nuit. »

A en juger par son expression, Latham aurait voulu poser d'autres questions, mais, passant devant lui, Celia sortit. Murmurant un dernier et distrait « bonsoir » à l'intention de son hôtesse, il rejoignit les autres dans la tempête. Quelques minutes plus tard, tendant l'oreille, Dalgliesh perçut, derrière les hurlements du vent, des claquements de portière et le faible ronflement des moteurs qui démarraient.

4.

Le vent réveilla Dalgliesh peu avant trois heures. Alors qu'il reprenait lentement conscience, il perçut les trois coups de la pendule dans la salle de séjour. Comment un son si doux et ténu pouvait-il percer si clairement le vacarme de la nuit? se demanda-t-il, encore à moitié endormi. Il demeura couché, l'oreille tendue. La somnolence fit place au plaisir, puis à une légère excitation. Il avait toujours aimé la tempête à Monksmere. C'était un plaisir familier et prévisible; il comportait le frisson dû à la présence d'un danger, l'impression d'être en équilibre au bord même du chaos, le contraste entre le confort de son lit et la violence de la nuit. Il n'était pas inquiet. Pentlands Cottage affrontait les flots déchaînés depuis quatre siècles. Il tiendrait bien encore cette nuit. Les bruits qu'il entendait maintenant n'avaient pas changé au cours des années. Cela faisait quatre cents ans que des êtres humains, couchés dans cette pièce, écoutaient la mer. Toutes les tempêtes se ressemblaient; on ne pouvait les décrire qu'en usant de clichés. Immobile, il écoutait les sons familiers : le vent qui s'élançait à l'assaut des murs tel un animal dément, le fracas ininterrompu des vagues à l'arrière-plan, le sifflement de la pluie entre deux rafales et le tintement des morceaux d'ardoise arrachés au toit et aux rebords des fenêtres. Vers quatre heures, l'ouragan parut se calmer. Il y eut un instant de répit total pendant lequel Dalgliesh perçut le bruit de sa propre respiration. Peu après, il replongea dans le sommeil.

Soudain, il fut de nouveau réveillé par un coup de vent si violent que les fondations de la maison semblèrent bouger tandis que la mer rugissait comme si elle allait déferler sur le toit. Jamais il n'avait connu une telle tempête, même pas à Monksmere. Impossible de dormir dans ce vacarme. Il éprouva un besoin inconfortable de se lever et de s'habiller.

Alors qu'il allumait sa lampe de chevet, il distingua, dans l'embrasure de la porte, la silhouette de sa tante serrée dans sa vieille robe de chambre en tartan, les cheveux réunis en une lourde tresse sur l'épaule.

« Justin est ici, dit-elle. Il pense que nous devrions aller voir si Sylvia Kedge est en sécurité. Il faut peut-être la sortir de sa maison. Il dit que la marée monte très vite. »

Dalgliesh tendit la main vers ses vêtements.

« Comment est-il arrivé ici? Je ne l'ai pas entendu.

– Ce n'est pas étonnant. Tu devais dormir. Il est venu à pied. Il dit qu'on ne peut pas atteindre la route en voiture à cause des inondations. J'ai l'impression que nous serons obligés d'y aller par le promontoire. Bryce a essayé de téléphoner à la garde maritime, mais la ligne est coupée. »

Elle disparut. Dalgliesh enfila rapidement ses vêtements tout en jurant tout bas.

Une chose était d'être couché bien au chaud à analyser les divers bruits de la tempête, une autre d'affronter les éléments en traversant le promontoire en son point le plus élevé. C'était là une aventure pour les jeunes, les sportifs ou pour les romantiques inconditionnels.

Sans aucune logique, il se sentait irrité contre Sylvia Kedge comme si elle avait été responsable du danger qu'elle courait. Bon Dieu! Elle devait bien savoir si sa maison pouvait résister à une tempête! Bryce se tracassait peut-être inutilement. Tanner's Cottage avait survécu à l'inondation catastrophique de 1953, il tiendrait bien cette nuit. Mais la jeune femme était handicapée. Cela justifiait l'effort d'aller s'assurer de la situation. Quoi qu'il en fût, l'entreprise n'avait rien de tentant. Au mieux, ce serait désagréable, épuisant et embarrassant. Au pire, surtout si Bryce y participait, l'expédition tournerait à la farce. Quand Dalgliesh descendit, sa tante se trouvait déjà dans la salle de séjour. Toute habillée, elle était occupée à mettre une Thermos et des gobelets dans un sac à dos. Sans doute portait-elle déjà la plupart de ses vêtements sous sa robe de chambre quand elle était venue le chercher. Il se dit aussi que la visite de Bryce n'était pas tout à fait inattendue et que Sylvia Kedge courait probablement un danger plus grand qu'il ne pensait. Vêtu d'un pesant ciré qui lui descendait aux chevilles et coiffé d'un large suroît, Bryce était planté là, au milieu de la pièce, tout dégoulinant et luisant comme une publicité animée pour une marque de sardines. Dans ses mains, il serrait un rouleau de grosse corde avec l'air de savoir s'en servir. Toute son apparence disait l'homme d'action.

« S'il faut nager, mon cher Adam, dit-il, il faudra que vous vous en chargiez. Asthme oblige, malheureusement. » Il regarda Dalgliesh par en dessous et ajouta avec humilité : « De plus, je ne sais pas nager.

– D'accord », répondit mollement Dalgliesh.

Bryce pensait-il sérieusement qu'il était possible de nager par une nuit pareille? Mais cela ne servirait à rien de discuter. Dalgliesh avait l'impression d'être engagé dans une entreprise qu'il savait extravagante mais à laquelle il n'avait pas l'énergie de se soustraire.

« Je n'ai pas téléphoné à Celia et à Liz. Inutile de rassembler des foules. D'ailleurs le chemin est submergé. Elles ne pourraient pas passer. Mais j'ai voulu emmener Latham. Il n'était pas chez lui. Il faudra donc que nous nous débrouillions seuls. »

L'absence de Latham ne semblait guère le troubler. Dalgliesh retint les questions qui se pressaient sur ses lèvres. Il y avait déjà assez à faire sans soulever de nouveaux problèmes. Que diable pouvait fabriquer Latham par une nuit pareille? Tout Monksmere était-il devenu fou?

Une fois sortis de l'abri qu'offrait le chemin et montés sur le promontoire, ils durent consacrer toute leur énergie à progresser et Dalgliesh abandonna le problème de Latham. Incapables de marcher droit, ils avançaient pied à pied ramassés sur eux-mêmes jusqu'au moment où les muscles ankylosés de leurs jambes et abdomens les forcèrent à s'agenouiller, les mains agrippées aux touffes d'herbe, pour reprendre haleine et récupérer des forces. Cependant, la nuit était moins froide que ne l'avait pensé Dalgliesh et la pluie, plus fine à présent, séchait doucement sur leurs visages. A certains moments, protégés par des arbustes et des buissons, et soudain libérés de la pression du vent, ils avançaient plus légèrement, tels des fantômes, dans l'obscurité tiède et chargée d'effluves végétaux.

Quand ils émergèrent du dernier de ces refuges, ils aperçurent le prieuré. Avec toutes ses fenêtres éclairées, la maison ressemblait à un grand navire affrontant la tempête. Bryce fit reculer ses compagnons à l'abri des buissons et cria :

« Je suggère que miss Dalgliesh aille demander à Sinclair et à sa gouvernante de venir nous aider. Ils m'ont tout l'air d'être levés. Il nous faudrait aussi une longue échelle très solide. La meilleure façon de procéder sera que vous, Adam, vous traversiez Tanner's Lane, si l'eau n'est pas trop haute, et rejoigniez la maison le plus vite possible. Pendant ce temps, nous suivrons le chemin vers l'intérieur jusqu'à ce que nous puissions nous aussi le traverser et approcher du cottage par le talus côté nord. De là, nous devrions pouvoir vous atteindre avec l'échelle. »

Avant même qu'il eût fini d'exposer ce plan, d'ailleurs pratique et d'une lucidité dont on n'aurait pas cru Bryce capable, miss Dalgliesh partit sans un mot en direction du prieuré. Mis en demeure de jouer le rôle d'héros, Dalgliesh s'étonna du changement survenu en Bryce. Manifestement, le petit homme nourrissait une passion secrète pour l'action. Même son affectation avait disparu. Dalgliesh avait l'impression, nouvelle pour lui, mais non désagréable, d'être commandé. Il n'était toujours pas convaincu qu'il y eût un réel danger. Mais, si c'était le cas, le plan de Bryce en valait bien un autre.

Toutefois, quand ils atteignirent Tanner's Lane et se regroupèrent à l'abri du talus situé au sud, d'où ils pouvaient voir le cottage en contrebas, le danger leur sauta aux yeux. A la clarté de la lune, qui paraissait bondir dans le ciel, ils virent le chemin recouvert d'une nappe d'écume étincelante. Celle-ci avait déjà envahi l'allée du jardin et atteignait la porte d'entrée. Les lumières du rez-de-chaussée étaient allumées. De l'endroit où ils se tenaient, cette vilaine maison de poupée carrée leur parut étrangement solitaire et menacée. Cependant, Bryce sembla trouver la situation moins désespérée qu'il ne l'avait craint. Il cria à l'oreille de Dalgliesh :

« Ce n'est pas très profond. Vous devriez pouvoir traverser avec la corde. C'est bizarre. Je croyais qu'il y aurait plus d'eau. Il est même possible que le niveau ne monte plus. Il n'y a pas vraiment de grand danger. Mais je pense que vous feriez quand même bien d'aller vérifier. »

Il semblait presque déçu.

L'eau était incroyablement froide. Bien qu'il s'y attendît, Dalgliesh en eut le souffle coupé. Il avait enlevé son ciré et sa veste et n'avait gardé que son pantalon et son chandail. Un des bouts de la corde était fixé à sa taille. L'autre, passé autour du tronc d'un jeune arbre, était dévidé au fur et à mesure par les soins de Bryce. Déjà l'eau mouvante lui arrivait aux aisselles et il devait lutter pour garder son équilibre. Parfois, quand il s'enfonçait dans une ornière du chemin, il perdait pied et devait alors faire de désespérés efforts pour maintenir la tête hors de l'eau, accroché par la corde comme un poisson ferré. Il était inutile d'essayer de nager contre le courant. Les lumières du cottage brûlaient encore quand il parvint à la porte et s'appuya contre elle. L'eau battait ses chevilles, montant un peu plus haut à chaque vague. Pendant qu'il reprenait son souffle, il fit signe à Bryce de lâcher la corde. En réponse, la petite silhouette trapue perchée sur le talus agita les bras avec enthousiasme, mais sans obtempérer. Par ses mouvements exubérants il ne voulait sans doute que le féliciter d'avoir atteint son but. Dalgliesh se maudit de ne pas s'être mis d'accord avec lui, sur la question de savoir qui garderait la corde, avant de se jeter dans l'action avec une ferveur aussi spectaculaire. Il leur était impossible de s'entendre. S'il ne voulait pas rester indéfiniment amarré à son arbre – et sa situation frôlait déjà le burlesque – il ferait bien d'abandonner la corde à Bryce. Quand il la détacha, celle-ci fila brutalement. Aussitôt, Bryce se mit à l'enrouler avec de grands gestes des bras.

Bien que le vent se fût un peu calmé, Dalgliesh n'entendait aucun bruit dans la maison et personne ne répondit à ses appels. Il poussa contre la porte, mais elle était coincée de l'intérieur. Il poussa plus fort et sentit que l'obstacle se déplaçait comme un sac très lourd glissant sur le sol. Quand il put se faufiler par l'ouverture, il s'aperçut que le sac était en fait le corps d'Oliver Latham.

Celui-ci était tombé en travers de l'étroit vestibule, bloquant l'entrée de la salle de séjour. Sa tête reposait sur la première marche de l'escalier, le visage tourné vers le haut. Il semblait avoir heurté la rampe. Il portait une entaille encore saignante derrière l'oreille gauche et une autre au-dessus de l'œil droit. Dalgliesh s'agenouilla près de lui. Il vivait encore et était en train de reprendre connaissance. Au contact de la main de Dalgliesh, il gémit, tourna la tête de côté et vomit. Ses yeux gris s'ouvrirent, essayèrent de se fixer, puis se refermèrent.

Dalgliesh porta son regard à l'autre bout de la salle de séjour violemment éclairée, sur la silhouette silencieuse assise toute droite sur le divan-lit. Le visage ovale se détachait, mortellement pâle, sur la lourde masse des cheveux. Les yeux noirs paraissaient immenses. Ils le dévisageaient, vigilants et interrogateurs. La fille ne semblait pas se rendre compte que des vagues d'eau tourbillonnantes se répandaient maintenant sur le plancher.

« Qu'est-il arrivé? demande Dalgliesh.

– Il est venu ici pour me tuer, répondit-elle calmement. J'ai attrapé la seule arme que j'avais sous la main, un presse-papiers, et la lui ai lancée. En plus, il a dû se cogner la tête en tombant. Je crois que je l'ai tué.

– Il n'est pas mort. En fait, il n'a rien de grave. Mais il faut que je le monte au premier. Restez où vous êtes. N'essayez pas de bouger. Je reviendrai vous chercher. »

Sylvia Kedge haussa les épaules.

« Pourquoi ne pouvons-nous pas traverser le chemin? Vous êtes bien venu par là?

– Parce que l'eau m'arrivait déjà aux épaules et que le courant est très fort, répondit Dalgliesh brutalement. Je ne peux pas le traverser à la nage en emmenant une personne handicapée et une autre à demi inconsciente. Nous monterons à l'étage et, s'il le faut, nous grimperons sur le toit. »

Il glissa son épaule sous le corps de Latham et s'arc-bouta pour le soulever. L'escalier était raide, mal éclairé et étroit, mais cette étroitesse était plutôt un avantage. Quand il eut chargé Latham sur ses épaules, il put gravir les marches en se tirant vers le haut, une main sur chaque rampe. Heureusement, l'escalier était droit. Parvenu en haut, Dalgliesh chercha l'interrupteur et le palier fut inondé de lumière. Il s'immobilisa un instant, essayant de se rappeler l'emplacement de la lucarne. Puis il poussa la porte sur sa gauche et tâtonna à nouveau pour trouver l'interrupteur. Cela lui prit quelques secondes. Pendant qu'il passait la main droite sur le mur, tout en maintenant de la gauche le corps de Latham, il perçut l'odeur de la pièce, un mélange de moisissure, de renfermé et de pourriture. Quand il eut trouvé le bouton, la pièce lui apparut, éclairée par une seule ampoule nue qui pendait au milieu du plafond. De toute évidence, c'était l'ancienne chambre de Mrs. Kedge. Elle ne devait pas avoir changé depuis que la défunte y avait dormi pour la dernière fois. Le mobilier était lourd et laid. Le grand lit, encore fait, occupait presque tout le fond de la pièce. Dalgliesh y déposa doucement Latham et examina le plafond incliné. Il ne s'était pas trompé pour la lucarne, mais il n'y avait qu'une seule petite fenêtre carrée et elle donnait sur le chemin. S'ils étaient obligés de quitter la maison, ils devraient passer par le toit.

Il retourna dans la salle de séjour chercher Sylvia. L'eau maintenant lui arrivait à la ceinture. Se tenant à la tablette de la cheminée, la jeune fille était debout sur le divan-lit. Dalgliesh remarqua qu'elle portait un petit sac de toilette en plastique attaché autour du cou. Il devait contenir les quelques objets de valeur qu'elle possédait. Quand il entra, elle parcourut la pièce du regard comme pour s'assurer qu'il n'y avait rien d'autre qu'elle voulait emmener. Il s'approcha d'elle avec difficulté. Même dans cet espace réduit, on sentait la force de la marée. Il se demanda combien de temps les fondations tiendraient. On pouvait facilement se rassurer en pensant que Tanner's Cottage avait survécu à d'autres inondations. Mais si l'eau était peut-être montée plus haut dans le passé, elle ne pouvait guère être entrée dans la maison avec plus de violence. Alors qu'il avançait péniblement vers l'infirme, il crut entendre les murs trembler.

En arrivant près d'elle, il la prit dans ses bras sans dire un mot. Elle lui parut étonnamment légère, malgré le poids des appareils orthopédiques. Le haut de son corps semblait dénué de pesanteur, sans ossature, asexué même. Il fut presque surpris de sentir ses côtes et la fermeté de ses seins haut placés. Elle s'abandonna dans ses bras tandis qu'il la portait jusqu'à la chambre de sa mère par l'étroit escalier où il ne pouvait avancer que de biais. Ce n'est qu'une fois là qu'il se rappela les béquilles. Il éprouva une brusque gêne à en parler. Comme si elle avait lu dans sa pensée, elle dit :

« Je suis désolée. J'aurais dû y penser. Elles sont restées accrochées à côté de la cheminée. »

Cela signifiait un autre voyage au rez-de-chaussée, mais il n'y avait pas d'autre solution. Il lui aurait été difficile de monter à la fois la fille et les béquilles par l'étroit escalier. Il allait la porter sur le lit quand elle aperçut le corps agité de Latham.

« Non! Pas là! s'écria-t-elle avec véhémence. Laissez-moi ici! »

Il la déposa doucement à terre. Sylvia s'adossa contre le mur. Un bref instant, ils se dévisagèrent en silence. Dalgliesh crut lire un message dans les yeux sombres de la fille, mais était-ce un avertissement ou bien un appel? Il ne devait jamais le savoir.

Il n'eut aucun mal à récupérer les béquilles. A présent, l'eau dans la salle de séjour avait atteint le manteau de la cheminée qu'elle recouvrait. Il vit les cannes passer en flottant par la porte de la pièce. Il les attrapa par les poignées en caoutchouc et les tira à lui par-dessus la rampe. Alors qu'il s'apprêtait à remonter, une grosse vague s'engouffra par la porte d'entrée. Le socle de la rampe se brisa, tournoya sur lui-même et alla se fracasser contre le mur. Cette fois-ci, il sentit nettement la maison trembler.

La tabatière se trouvait à trois mètres au-dessus du sol; on ne pouvait l'atteindre sans grimper sur un meuble. Le lit était trop lourd à déplacer. Par contre, il y avait une commode qui paraissait solide. Dalgliesh la traîna au-dessous de l'ouverture.

« Si vous pouvez me faire passer en premier, dit Sylvia, je vous aiderai après pour... lui. »

Elle regarda Latham qui s'était péniblement mis sur son séant au bord du lit et se tenait la tête en gémissant.

« J'ai les mains et les épaules très fortes », ajouta-t-elle.

Et elle tendit ses vilaines mains en un geste de suppliante. C'était exactement ce qu'avait projeté Dalgliesh. Amener Latham sur le toit serait la partie la plus difficile de l'entreprise. Sans l'aide de Sylvia, il n'y parviendrait peut-être pas.

La tabatière était encrassée et envahie de toiles d'araignées. Elle paraissait difficile à ouvrir. Mais quand Dalgliesh se mit à donner des coups sur le cadre, il entendit un bruit de bois vermoulu qui éclatait. Soudain, le carreau fut soulevé et emporté par la tempête. Un grand souffle d'air pur et frais s'engouffra dans la petite pièce étouffante. A ce moment, les lumières s'éteignirent et ils virent, comme du fond d'un puits, l'étroit rectangle gris de ciel tourmenté où naviguait la lune folle.

Latham se précipita vers eux de l'autre extrémité de la chambre.

« Que diable se passe-t-il? Quelqu'un a coupé l'électricité. »

Dalgliesh le ramena vers le lit.

« Restez ici et économisez vos forces. Vous en aurez besoin. Il va falloir que nous grimpions sur le toit.

– Vous pouvez y aller. Moi je reste ici. Allez me chercher un médecin. Je veux un médecin. Oh mon Dieu, ma tête! »

Dalgliesh l'abandonna à son apitoiement larmoyant sur lui-même et revint vers Sylvia.

Après avoir grimpé sur la commode, il sauta et agrippa l'encadrement de la lucarne. Il se souleva avec les bras. Comme il se le rappelait, le faîte du toit d'ardoise était tout proche. Mais la pente était plus forte qu'il n'avait cru et la cheminée, qui pouvait leur offrir un abri et un appui, à plus d'un mètre cinquante vers la gauche. Il se laissa retomber et dit à Sylvia :

« Voyons si vous pouvez vous mettre à califourchon sur le faîte et vous déplacer à reculons vers la cheminée. Si vous avez des problèmes, ne bougez plus et attendez-moi. Une fois installé sur le toit, je pourrai m'occuper de Latham, mais j'aurai besoin de votre aide pour le hisser là-haut. Je ne le pousserai par la lucarne que lorsque vous aurez assuré votre équilibre. Criez quand vous serez prête. Voulez-vous vos béquilles?

– Oui, répondit l'infirme calmement. Je les accrocherai à l'arête du toit. Elles pourraient éventuellement servir. »

Dalgliesh la fit passer par la lucarne, la soulevant par les appareils orthopédiques en acier qui lui enserraient les jambes des cuisses aux chevilles. Cette armature rigide lui permit de pousser la fille sans difficulté vers le haut du toit. Sylvia agrippa le faîte, s'assit dessus à califourchon, puis les cheveux flottant au vent, s'arc-bouta contre la tempête. Il la vit faire un grand signe de la tête pour le prévenir qu'elle était prête. Ensuite, elle se pencha vers lui, les mains tendues.

A ce moment précis, il eut l'impression très nette qu'un danger menaçait. Son aptitude à flairer la mort violente faisait autant partie de son bagage de détective que sa science des armes à feu. Cette intuition l'avait maintes fois sauvé ; il la suivait instinctivement. De toute façon, il n'avait guère le temps de réfléchir ou d'analyser son pressentiment. Si tous trois voulaient survivre, il fallait qu'ils sortent sur le toit. Cependant, il savait aussi que Latham et Sylvia ne devaient pas rester seuls ensemble.

Il eut du mal à faire passer Latham par la tabatière. Le critique était à peine conscient. Malgré l'eau qui tourbillonnait maintenant sur le plancher, il ne se rendait toujours pas compte du danger. Tout ce qu'il désirait, c'était qu'on le laissât s'enfoncer dans les oreillers pour qu'il pût lutter contre sa nausée plus confortablement. Capable toutefois de coopérer un peu, il n'était pas encore un poids totalement mort. Dalgliesh retira ses chaussures et celles de Latham, puis il fit grimper le blessé sur la commode et le hissa à travers la lucarne. Cependant, même quand Sylvia l'eût saisi sous les aisselles, Dalgliesh continua à le maintenir. Il grimpa prestement à travers l'ouverture et, s'arc-boutant contre les rafales, s'assit au bord de la lucarne, le dos tourné au chemin, les jambes pendant dans la chambre. Sylvia et lui tirèrent et poussèrent l'homme à demi conscient ; enfin, celui-ci agrippa le faîte, se hissa à cheval dessus et demeura affalé là. La fille dégagea ses mains, ramassa ses béquilles et recula lentement jusqu'à la cheminée contre laquelle elle s'adossa. Dalgliesh sortit ses jambes de la lucarne pour rejoindre Latham.

C'est alors que le drame se produisit. A l'instant même où Dalgliesh desserra son étreinte sur les chevilles de Latham, la fille frappa. Elle fut si rapide qu'il eut à peine le temps de voir s'abattre ses jambes métalliques. Les armatures d'acier touchèrent les mains de Latham qui lâcha immédiatement prise et se mit à glisser. Lançant ses mains en avant, Dalgliesh l'attrapa par les poignets. Il sentit une secousse brutale, insupportable : écartelé sur le toit, le corps de Latham pendait de tout son poids au bout de ses bras. Sylvia frappa de nouveau, à plusieurs reprises. A présent, elle visait les mains de Dalgliesh. Celles-ci étaient trop ankylosées pour qu'il sentît les coups, mais il se rendit soudain compte qu'elles saignaient ; bientôt ses poignets seraient fracturés et incapables de retenir Latham. Puis il tomberait à son tour. Sylvia s'appuyait solidement contre la cheminée, armée de ses béquilles et de ses redoutables appareils orthopédiques. Leur trio était invisible du talus. Ils étaient sur le versant opposé du toit et il faisait sombre. Même si les autres, en supposant qu'ils fussent là, les avaient cherchés des yeux, ils n'auraient vu que de vagues silhouettes accroupies se détachant contre le ciel. Et, quand on retrouverait leurs deux corps, toutes les blessures qu'ils porteraient pourraient être attribuées à l'action des rochers et de la mer. Il lui restait une unique chance de s'en tirer : lâcher Latham. Seul, il réussirait probablement à arracher les béquilles à la fille. Seul, il serait plus qu'à égalité avec elle. Mais elle savait qu'il ne lâcherait pas Latham. Elle avait toujours su comment réagirait son adversaire. Il s'accrocha désespérément pendant que continuaient à pleuvoir les coups.

Cependant, Sylvia et lui n'avaient pas tenu compte de Latham. La fille le croyait peut-être évanoui. Mais, soudain, une ardoise, que sa chute avait délogée, glissa du toit, lui procurant à cet endroit un appui pour les pieds. Une farouche envie de survivre sembla s'éveiller en lui. Il se projeta vers le haut, dégagea sa main gauche de l'étreinte faiblissante de Dalgliesh et agrippa avec une énergie inattendue les appareils orthopédiques. Surprise, l'infirme perdit l'équilibre. A ce moment, une rafale balaya le toit. Latham tira de nouveau. La fille tomba. Dalgliesh tendit la main vers elle et attrapa le cordon du petit sac qu'elle portait autour du cou. Le lien se rompit et le corps de la fille passa devant lui en roulant sur lui-même. Ses grosses chaussures orthopédiques ne trouvèrent pas de prise et ses jambes rigides, alourdies par leur armature d'acier, l'entraînèrent inexorablement vers le rebord du toit. Elle heurta la gouttière et rebondit dans le vide, tournoyant, jambes écartées, comme une poupée mécanique. Ils entendirent un hurlement, puis plus rien. Dalgliesh fourra la petite trousse dans sa poche et demeura immobile, la tête appuyée sur ses mains ensanglantées. C'est alors qu'il sentit les montants de l'échelle le pousser dans le dos.

S'ils n'avaient été blessés, le passage sur l'autre berge

aurait été relativement facile. Mais Dalgliesh pouvait à peine se servir de ses mains. Il commençait à avoir mal et plier les doigts lui causait une douleur presque insupportable. Quant à Latham, il semblait épuisé par l'effort qu'il venait de fournir. Il paraissait sur le point de reperdre connaissance. Dalgliesh dut crier pendant plusieurs minutes à son oreille avant qu'il se décidât à monter sur l'échelle.

Dalgliesh passa le premier. Il progressait à reculons tout en soutenant Latham du mieux qu'il pouvait de ses bras repliés. La figure couverte de sueur de son compagnon se trouvait à quelques centimètres de la sienne. Dalgliesh pouvait sentir son haleine : elle avait une désagréable odeur aigre-douce, conséquence de trop d'alcool et d'excès de table. Il se demanda avec amertume si cette découverte serait la dernière qu'il ferait avant que Latham et lui tombent dans les flots tourbillonnants. Il y avait pourtant des choses plus intéressantes à découvrir et des façons plus plaisantes de mourir. Ce maudit Latham pouvait bien faire un effort! Pourquoi avait-il tant négligé sa condition physique? Grommelant entre ses dents, Dalgliesh fit alterner jurons et encouragements. Comme s'il comprenait, Latham réunit ses dernières forces, saisit le degré suivant et progressa péniblement de quelques centimètres. Soudain, le barreau ploya et cassa. S'échappant de la main de Latham, il décrivit un arc de cercle et disparut silencieusement dans les vagues. Pendant un terrible moment, les deux hommes restèrent figés, leur tête pendant à travers le trou, les yeux fixés sur l'eau qui bouillonnait à six mètres seulement au-dessous d'eux. Latham releva la tête, l'appuya sur l'un des montants de l'échelle et grogna :

« Continuez sans moi. Cette échelle ne supporte pas le poids de deux personnes. C'est inutile que nous prenions un bain tous les deux.

– Taisez-vous et avancez. »

Dalgliesh coinça ses coudes sous les aisselles de Latham et le traîna par-dessus quelques traverses. L'échelle craqua et ploya. Les hommes s'arrêtèrent encore une fois, puis reprirent leurs efforts. Cette fois, Latham réussit à accrocher ses pieds à un des barreaux; il se lança en avant avec une force si inattendue que Dalgliesh faillit en perdre l'équilibre.

Poussée par une rafale, l'échelle glissa de côté. Ils la sentirent se déplacer sur le toit. Aucun d'eux n'osa bouger jusqu'à ce qu'elle se fût stabilisée. Ils approchaient du talus à présent. Au-dessous d'eux, ils pouvaient distinguer les formes sombres d'arbres enchevêtrés. Dalgliesh se dit qu'ils devaient être à portée de voix du promontoire, mais il n'entendit aucun bruit à part les hurlements de la tempête. Dalgliesh devina que leurs amis attendaient en silence, terrifiés à l'idée qu'ils pouvaient briser l'effrayante concentration des deux grimpeurs, ne fût-ce qu'en poussant des cris d'encouragement. Soudain, leur épreuve fut terminée. Dalgliesh sentit qu'on le saisissait par les chevilles, que quelqu'un le tirait vers la terre ferme.

Au lieu de soulagement, Dalgliesh n'éprouva tout d'abord qu'une intense fatigue et du dégoût de soi. Bien que physiquement épuisé, il restait lucide et son esprit ruminait d'amères pensées. Il avait sous-estimé les difficultés; avec un mépris du danger, il s'était laissé entraîner par Bryce dans une entreprise ridicule et mal organisée; il s'était conduit comme un écervelé. Bryce et lui étaient partis comme une paire de boy-scouts pour sauver Sylvia de la noyade. Résultat? La fille s'était noyée. Or, tout ce qu'ils auraient eu à faire, ç'aurait été d'attendre tranquillement dans la chambre du haut que le niveau de l'eau commençât à descendre. Déjà la tempête diminuait d'intensité. Ils auraient pu être récupérés sans problème le lendemain matin, gelés peut-être, mais sains et saufs.

A ce moment, comme en réponse à ses pensées, il entendit un grondement qui s'amplifia. Sous le regard fasciné du petit groupe qui se tenait sur le talus, la maison s'écroula en esquissant une sorte de révérence maladroite. Le fracas se réverbéra sur le promontoire et les vagues se jetèrent en rugissant à l'assaut de l'obstacle de briques. Projetée vers le ciel nocturne, l'écume emplit les yeux des spectateurs. Puis le grondement s'éteignit. Le dernier des Tanner's Cottages avait disparu sous les flots.

De nombreuses silhouettes se mouvaient sur le promontoire. Elles entourèrent Dalgliesh, l'isolant de la tempête. Leurs bouches s'ouvraient et se fermaient, mais il n'entendait rien. Un moment il vit très clairement les cheveux blancs de R.B. Sinclair flotter au vent et entendit Latham réclamer un médecin avec l'insistance plaintive d'un enfant. Dalgliesh n'avait qu'un désir : s'affaler sur l'herbe douce et rester là, tranquillement, jusqu'à ce que la douleur dans ses mains et les terribles courbatures de tout son corps se fussent apaisées. Mais quelqu'un le soutenait. Il supposa que c'était Reckless. Les mains passées sous ses bras étaient étonnamment vigoureuses et il pouvait sentir l'âcre odeur de la gabardine mouillée, la rugosité du tissu contre son visage. Puis les bouches qui s'ouvraient et se fermaient comme celles de marionnettes commencèrent à émettre des sons. On lui demandait s'il allait bien et quelqu'un – probablement Alice Kerrison – suggéra qu'ils se rendent tous au prieuré. Quelqu'un d'autre mentionna une Land Rover. Celle-ci pourrait sans doute atteindre Pentlands par le chemin, au cas où miss Dalgliesh préférerait emmener Adam à la maison. Pour la première fois, Dalgliesh aperçut la voiture en question : un forme sombre qui se dressait juste derrière le groupe. Elle devait appartenir à Ben Coles. Et cette silhouette trapue en ciré jaune, n'était-ce pas Coles en personne? Comment diable avait-il pu parvenir jusqu'ici? Tous ces visages blancs et flous semblaient attendre de lui une sorte de décision.

« Je veux rentrer chez moi », dit-il.

Il se dégagea de leurs mains secourables et, s'aidant des coudes, se hissa à l'arrière de la Land Rover. Sur le sol du véhicule, quelques lampes tempête éclairaient par en dessous les formes assises. Il reconnut sa tante. Elle entourait d'un bras les épaules de Latham qui s'appuyait contre elle. Il ressemblait, se dit Dalgliesh, au héros romantique d'un mélodrame victorien avec sa longue figure pâle, ses yeux clos et le mouchoir blanc qu'on lui avait noué autour du front et qui, déjà, se tachait de sang. Reckless monta le dernier et s'assit à côté de Dalgliesh. Alors que la Land Rover s'élançait à travers le promontoire, Dalgliesh tendit ses mains blessées vers son collègue, comme un chirurgien attendant d'être ganté.

« Si vous parvenez à fouiller dans ma poche, dit-il à Reckless, vous y trouverez un sac en plastique qui pourrait vous intéresser. Je l'ai arraché du cou de Sylvia Kedge. Il m'est impossible de toucher quoi que ce soit moi-même. »

Il se pencha un peu de côté pour que Reckless, qui rebondissait violemment à chaque cahot, pût insérer sa main dans sa poche. L'inspecteur sortit la petite trousse de toilette, en défit le cordon et élargit l'ouverture du pouce. Il en vida le contenu sur ses genoux. Il y avait une photographie pâlie d'une femme dans un cadre ovale en argent, une cassette de magnétophone, un certificat de mariage plié et une bague en or très simple.

5.

La lumière rendait douloureux ses globes oculaires. Dalgliesh nagea dans un kaléidoscope de rouges et de bleus tournoyants. Au prix d'un effort, il ouvrit ses paupières collantes de sommeil et cligna des yeux à la vive clarté du jour. Il devait être beaucoup plus tard que l'heure à laquelle il se réveillait d'habitude : des rayons d'un chaud soleil reposaient déjà sur sa figure. Il resta un moment couché à étirer précautionneusement ses jambes. D'une manière presque agréable, il sentit la douleur revenir dans son corps courbaturé. Ses mains pesaient des tonnes. Les sortant de dessous les couvertures, il les fit tourner lentement devant lui, examinant ces deux cocons blancs avec l'attention d'un enfant. Ces bandages d'aspect tout à fait professionnels devaient avoir été faits par sa tante, pourtant il n'avait aucun souvenir bien clair de cette opération. Elle devait lui avoir mis aussi de la pommade. Il sentait une substance désagréablement visqueuse poisser l'intérieur de la gaze protectrice. Il prit conscience que ses mains lui faisaient encore mal, mais il pouvait plier ses articulations et le bout des trois doigts du milieu, seule partie visible, avaient l'air en bon état. Selon toutes les apparences, il n'avait rien de cassé.

En tortillant les bras, il enfila une robe de chambre et s'approcha de la fenêtre. Dehors, il faisait calme et beau, ce qui lui rappela aussitôt sa première journée de vacances.

Pour un instant, la fureur de l'ouragan lui parut aussi lointaine et légendaire que n'importe quelle grande tempête du passé. Il en restait pourtant des traces. Couvertes de branches cassées et d'ajoncs déracinés, la pointe du cap, visible de la fenêtre qui donnait à l'est, semblait aussi ravagée par une armée de campagne. Et, bien qu'il ne soufflât plus qu'une faible brise qui remuait à peine les débris éparpillés sur le promontoire, la mer restait forte, agitée jusqu'à l'horizon de houles lourdes et molles, comme chargées de sable. Elle était d'une couleur boueuse, trop turbide et violente pour refléter la transparence bleue du ciel.

Dalgliesh se détourna de la fenêtre et promena son regard autour de la pièce comme s'il la voyait pour la première fois. Sur le fauteuil placé près de la fenêtre, il aperçut une couverture pliée, ainsi qu'un oreiller. Sa tante devait avoir dormi là cette nuit. Sans doute pas parce que l'état de son neveu lui avait inspiré de l'inquiétude. Soudain, il se rappela. Ils avaient ramené Latham à Pentlands. Jane Dalgliesh devait lui avoir cédé sa chambre. Cette pensée l'irrita. Était-il vraiment assez mesquin pour regretter que sa tante s'occupât d'un homme qu'il n'avait jamais aimé? Et quand bien même il le serait? L'antipathie était réciproque, si cela pouvait servir d'excuse, et la journée menaçait d'être déjà assez pénible sans qu'il la commençât en plus dans un esprit d'autocritique morbide. Toutefois, il se serait bien passé de Latham. Les événements de la nuit précédente étaient encore trop présents à sa mémoire pour qu'il eût envie de voir celui qui avait partagé sa folie et de lui faire la conversation au petit déjeuner.

Alors qu'il descendait l'escalier, il entendit un murmure de voix sortir de la cuisine. L'habituelle odeur matinale de café et de bacon frit flottait dans l'air, mais la salle de séjour était vide. Sa tante et Latham devaient manger à la cuisine. La voix haute et arrogante de Latham lui parvenait plus clairement à présent; les réponses de sa tante étaient inaudibles. Dalgliesh se surprit en train de traverser le séjour sur la pointe des pieds. Bientôt, il lui faudrait faire face aux excuses et aux explications de Latham et, pensée affreuse, à sa gratitude. Bientôt tout Monksmere arriverait pour poser des questions, raisonner, discuter, s'exclamer. On ne lui apprendrait pas grand-chose de nouveau et il y avait belle lurette que le fait d'avoir eu raison ne lui procurait plus la moindre satisfaction. Cela faisait longtemps qu'il connaissait l'identité du meurtrier et, depuis la nuit du lundi, il savait comment le meurtre avait été commis. Pour les suspects, par contre, cette journée serait celle de leur disculpation et ils exploiteraient certainement leur triomphe au maximum. On les avait effrayés, dérangés, humiliés. Il aurait été malvenu de leur refuser ce plaisir. Mais, pour l'instant, il avançait à pas de loup, comme s'il hésitait à réveiller le jour.

Un petit feu brûlait dans le séjour, ses flammes vacillantes à peine visibles dans la clarté du soleil. Dalgliesh vit qu'il était onze heures passées et que le courrier était déjà arrivé. Il y avait une lettre pour lui posée debout sur le manteau de la cheminée. Déjà de loin, il reconnut la grande écriture penchée de Deborah. De la poche de sa robe de chambre, il sortit la lettre qu'il lui avait lui-même écrite et la plaça avec difficulté près de la sienne. A côté du griffonnage généreux de la jeune femme, sa propre écriture, petite et droite, paraissait d'une précision maniaque. L'enveloppe de Deborah était mince. Elle devait contenir une page tout au plus. Soudain, il sut ce que Deborah pouvait lui avoir écrit sur une seule feuille in-quarto. La lettre prit la funeste couleur du jour, l'ouvrir devint une corvée qui pouvait être repoussée à plus tard. Pendant qu'il se tenait là, s'en voulant de son indécision et essayant de se forcer à accomplir ce simple geste, il entendit le bruit d'une voiture. Avides de nouvelles et de sensations, les autres arriveraient-ils donc déjà? Mais quand le véhicule approcha, son oreille reconnut la Ford de Reckless. Allant à la fenêtre, il vit que l'inspecteur était seul. Un instant plus tard, la portière claqua et Reckless s'immobilisa une seconde, comme s'il s'armait de courage. Sous son bras, il portait le magnétophone de Celia Calthrop. La journée avait commencé.

Cinq minutes plus tard, les quatre personnes qui se trouvaient dans la maison écoutèrent la confession de la meurtrière. Assis à côté du magnétophone, Reckless regardait constamment l'appareil d'un air inquiet et légèrement agacé comme s'il s'attendait à ce que l'appareil tombât en panne d'un moment à l'autre. Jane Dalgliesh était installée dans son fauteuil habituel, immobile, les mains sur les genoux. Latham avait pris position devant le mur, son avant-bras tombant de la tablette de cheminée, sa tête bandée appuyée contre les pierres grises. On aurait dit un acteur un peu passé de mode posant pour un magazine, se dit Dalgliesh. Lui-même était assis en face de sa tante, un plateau en équilibre sur les genoux, piquant de sa fourchette des petits cubes de toasts beurrés que sa parente lui avait préparés. Ses mains confortablement isolées de la chaleur pouvaient saisir le gobelet de café fumant.

La voix de la morte s'éleva. Elle n'était plus empreinte d'une irritante humilité, mais claire, calme, assurée. Parfois, mais c'était rare, on y décelait une excitation vite réprimée. Cet enregistrement était le chant de victoire de Sylvia Kedge. La défunte raconta toutefois son horrible histoire avec l'aplomb et le détachement d'un présentateur de radio qui vous lit un livre à l'heure du coucher.

> « C'est la quatrième fois que je dicte cette confession, et ça ne sera pas la dernière. Cette cassette peut resservir indéfiniment. On peut toujours améliorer son œuvre. Rien n'est nécessairement définitif. C'est ce que disait toujours Maurice Seton quand il travaillait à ses minables petits bouquins comme s'ils valaient la peine d'être écrits, comme si les lecteurs s'intéressaient au choix particulier de ses mots. Et, aussi incroyable que cela puisse paraître, le mot qu'il finissait par employer était celui que je lui avais soufflé, mais cela si doucement et si discrètement qu'il ne se rendait même pas compte que c'était un être humain qui avait parlé. De toute façon, moi, il ne m'a jamais considérée comme tel. Pour lui, je n'étais qu'une machine qui savait prendre un texte en sténo, taper à la machine, raccommoder ses vêtements, faire la vaisselle, parfois même un peu de cuisine. Une machine à peine efficace : je n'ai pas l'usage de mes jambes. Mais, dans une certaine mesure, mon infirmité l'arrangeait. Cela lui permettait de n'avoir pas à me voir comme un être sexué. Il ne m'a jamais tenue pour une femme, bien sûr. Au bout d'un certain temps, je n'ai plus eu de sexe du tout. Il pouvait me demander de travailler tard le soir, de partager sa salle de bains. Personne ne s'en offusquerait. Personne ne cancane-

rait. En effet, qui aurait pu avoir envie de me toucher? Oh non, Maurice ne courait aucun risque en m'ayant dans sa maison. Et Dieu sait si moi j'étais en sécurité avec lui!

« Si je lui avais dit que je pouvais faire une bonne épouse, il aurait bien ri. Non, pas ri. Il aurait été dégoûté. Pour lui, ç'aurait été comme s'accoupler avec une demeurée ou un animal. Pourquoi l'infirmité est-elle considérée comme une chose repoussante? Et Maurice n'était certainement pas le seul à penser ainsi. J'ai lu de la répulsion sur d'autres visages encore. Sur celui d'Adam Dalgliesh, entre autres. Il lui est presque impossible de me regarder. C'est comme s'il disait : " J'aime que les femmes soient belles, gracieuses. J'en suis désolé pour vous, mais vous choquez ma vue. " Je me choque moi-même, superintendant. Mais ne gaspillons pas cette cassette en préliminaires. Mes premières confessions étaient trop longues, mal construites. Finalement, je les trouvais ennuyeuses. Mais j'aurai le temps de raconter mon histoire d'une façon parfaite pour que, plus tard, je puisse passer et repasser cette cassette et pourtant continuer à éprouver le même plaisir que la première fois. Puis, un jour peut-être, j'effacerai tout. Mais pas encore. Peut-être jamais. Ce serait amusant de laisser ce texte à la postérité. Le seul désavantage d'un meurtre parfait, c'est que personne d'autre ne peut apprécier votre habileté. Donc, autant me procurer la satisfaction, aussi puérile soit-elle, de savoir que mon nom paraîtra à la une des journaux après ma mort.

« C'était un scénario très compliqué, je le reconnais, mais cela rendait le crime d'autant plus intéressant à élaborer. Après tout, ce n'est pas très difficile de tuer un homme. Des centaines de gens le font tous les jours. Ils connaissent un bref instant de notoriété avant de tomber dans l'oubli. J'aurais pu tuer Maurice Seton n'importe quel jour de mon choix, surtout après que j'eus mis la main sur les cinq grains d'arsenic. A l'époque où il écrivait *La Mort aux yeux de porcelaine*, mon patron les avait fauchés au musée du *Cadaver Club*, y substituant un flacon de levure chimique. Pauvre Maurice! Il était obnibulé par la vraisemblance. Il ne pouvait même pas écrire un polar comprenant un empoisonnement à l'arsenic sans tripoter cette substance, la renifler, voir à quelle vitesse elle se dissolvait. Jouer ainsi avec la mort devait lui donner de délicieux frissons. Cette manie du détail, ce désir d'expérience indirecte a constitué la base de ma machination. Cette particularité a conduit Maurice, victime prédestinée, au

Cortez Club et à Lily Coombs. Elle l'a conduite à son assassin. Maurice était un expert en mort par procuration. J'aurais voulu être là pour voir comment il réagissait à la mort pour de bon. Bien entendu, il avait l'intention de remettre le poison à sa place; ce n'était qu'un emprunt. Mais, avant qu'il n'en ait eu l'occasion, j'ai procédé à ma propre substitution : Maurice a remplacé la levure chimique de la vitrine par... de la levure chimique. Je me disais que l'arsenic pourrait m'être utile un jour. Et il le sera. Je n'aurai aucun mal à en mettre dans cette flasque que Digby porte toujours sur lui. Et ensuite? Attendre le moment où, inévitablement, il sera seul et ne pourra résister à la tentation de boire une gorgée d'alcool? Ou lui dire que Eliza Marley a découvert quelque chose sur la mort de Maurice et veut le rencontrer en secret, en un point éloigné de la plage? Toutes les méthodes seront bonnes. La fin sera la même. Et, une fois Digby mort, qui pourra prouver quoi que ce soit? Peu de temps après, j'irai voir l'inspecteur Reckless et lui dirai que Digby se plaignait récemment d'indigestion et que je l'avais vu en train de fouiller dans l'armoire à pharmacie de Maurice. J'expliquerai que Maurice avait un jour emprunté de l'arsenic au *Cadaver Club*, mais m'avait assuré qu'il le restituerait. Et s'il ne l'avait pas fait? S'il n'avait pas pu se résoudre à s'en séparer? " C'est bien de lui ", voilà ce que tout le monde dira. Tous les habitants de Monksmere ont dû lire *La Mort aux yeux de porcelaine*. On analysera la poudre qui se trouve dans le musée du crime du Cadaver et l'on constatera qu'elle est inoffensive. Ainsi Digby Seton sera mort d'un tragique accident, mais d'un accident provoqué involontairement par son frère. Je considère que c'est extrêmement satisfaisant. Je n'ai qu'un seul regret : Digby, malgré sa stupidité, a toujours apprécié grand nombre de mes idées, or il ignorera cette dernière partie de mon plan.

« J'aurais tout aussi bien pu employer l'arsenic pour Maurice et le voir mourir dans d'atroces souffrances. Ç'aurait été trop facile. Et bête. Un empoisonnement n'aurait rempli aucune des conditions nécessaires au meurtre de Maurice. C'étaient ces conditions qui rendaient ce crime si fascinant à concevoir et à mettre à exécution. Tout d'abord, son décès devait être dû à des causes naturelles. Comme légataire, Digby serait le suspect numéro un et je tenais à ce que rien ne vint compromettre son héritage. Ensuite, il devait mourir loin de Monksmere : je ne voulais pas prendre le risque que quelqu'un pût me soupçonner. Par ailleurs, je désirais que le meurtre fût relié aux gens d'ici : plus on les tracasserait, les effraierait, mieux ce serait. J'avais pas mal de comptes à régler avec eux. De plus, je voulais pouvoir suivre l'enquête. Si cette affaire avait été traitée comme un crime commis à Londres, j'aurais été bien ennuyée. A part le plaisir de pouvoir observer les réactions des suspects, je pensais qu'il serait important que la police travaillât sous mes yeux. Je devais être là pour surveiller les choses et, au besoin, les diriger. Dans ce dernier domaine, les événements ne se sont pas déroulés tout à fait comme je l'avais imaginé, mais, dans l'ensemble, j'ai toujours été au courant de ce qui se passait. Par une sorte d'ironie du sort, j'ai été moins habile à maîtriser mes propres émotions, mais les autres ont réagi exactement comme je l'avais prévu.

« Et puis, je devais tenir compte des désirs de Digby. Il voulait que le meurtre fût associé à L.J. Luker et au *Cortez Club*. Ses motifs différaient évidemment des miens. Ce n'était pas tellement qu'il voulût qu'on suspectât Luker : simplement, il souhaitait montrer à cet homme qu'il y avait plus d'une façon de commettre un crime et de s'en tirer sans châtiment. Il voulait une mort que la police serait obligée de considérer comme naturelle – parce qu'elle le serait effectivement – mais dont Luker saurait qu'elle avait été provoquée. C'est pourquoi il a absolument tenu à envoyer à Luker les mains coupées. J'ai d'abord ôté la plus grande partie de la chair avec de l'acide – j'ai un laboratoire de photo à la maison : ça tombait bien! L'idée, toutefois, me déplaisait. C'était prendre bêtement un risque inutile. Mais j'ai cédé. On essaie toujours de satisfaire les derniers désirs innocents d'un condamné.

« Avant de décrire la façon dont Maurice est mort, il faut d'abord que j'explique deux autres faits. Ils ne sont importants ni l'un ni l'autre. Pourtant, je dois les mentionner parce qu'ils ont joué un rôle indirect dans le meurtre de Maurice et ont servi à faire soupçonner Latham et Bryce. La mort de Dorothy Seton n'est pas à porter à mon crédit. J'en étais responsable, bien sûr, mais je n'avais pas l'intention de la tuer. Ç'aurait d'ailleurs été une perte d'énergie que de projeter d'assassiner une femme si déterminée à se détruire. Elle allait mourir de toute façon : soit en prenant une trop forte dose de médicaments, soit en tombant d'une falaise lors d'une de ses promenades nocturnes où elle était à moitié abrutie par ses somnifères, soit d'un accident de voiture pendant une de ces folles virées qu'elle faisait avec son amant dans la région. Ce n'était qu'une question de temps. A vrai dire, cela ne m'intéressait même pas. Puis, peu après son départ pour le Touquet en compagnie de Alice Kerrison, j'ai trouvé le manuscrit. C'était un remarquable morceau de prose. Dommage que les gens qui prétendent que Maurice Seton ne savait pas écrire n'auront jamais l'occasion de le lire. Quand Maurice s'en donnait la peine, son style pouvait être mordant et vigoureux. Et là, il s'en était donné la peine. On y retrouvait tout : la souffrance, la frustration sexuelle, la jalousie, la méchanceté, l'envie de punir. Qui mieux que moi pouvait comprendre ces sentiments? Maurice a dû éprouver une très grande satisfaction à coucher tout cela par écrit, avec son stylo. Il ne pouvait y avoir de machine à écrire, de touches mécaniques entre sa douleur et l'expression de celle-ci. Il avait besoin de voir les mots apparaître sous sa main. Bien entendu, il n'avait pas l'intention de se servir de son texte. C'est moi qui l'ai fait. Il m'a suffi d'ouvrir à la vapeur une de ses lettres hebdomadaires et d'y joindre ce texte. Quand j'y repense, je ne sais trop ce que j'attendais de ce geste. L'occasion devait simplement être trop belle pour la laisser passer. Même si Dorothy ne détruisait pas la lettre et la lui mettait sous le nez, Maurice ne serait jamais tout à fait sûr qu'il ne l'avait pas expédiée lui-même par inadvertance. Je le connaissais bien, voyez-vous. Il s'était toujours méfié de son inconscient, persuadé que celui-ci finirait par le trahir. Le lendemain, j'ai éprouvé un grand plaisir à observer sa panique, sa recherche désespérée, les regards anxieux qu'il me jetait pour voir si j'étais au courant. Quand il m'a demandé si j'avais jeté des papiers à lui, je lui ai calmement répondu que j'avais simplement brûlé quelques pages de brouillon. Alors, son visage s'est éclairé. Il a choisi de croire que j'avais détruit la lettre sans la lire. Toute autre pensée lui aurait été intolérable. On n'a jamais retrouvé ce papier. J'ai ma petite idée quant à ce qu'il est devenu. Mais tout Monksmere pense que Maurice Seton porte la plus grande part de responsabilité dans le suicide de sa femme. Et qui pouvait avoir un meilleur motif de venger Dorothy que l'amant de celle-ci : Oliver Latham?

« Je suppose qu'il est inutile d'expliquer que c'est moi qui ai tué Arabella. Bryce s'en serait rendu compte tout de suite s'il n'avait pas été aussi pressé de détacher le corps de la chatte, de sorte qu'il n'a pas remarqué le nœud coulant. S'il avait eu assez de sang-froid pour examiner la corde, il se serait aperçu que j'aurais très bien pu prendre Arabella sans me soulever de plus de deux à cinq centimètres de mon fauteuil. Mais, comme je l'avais prévu, il a réagi de façon tout à fait irrationnelle. Pour lui, il ne faisait aucun doute que Maurice Seton était le coupable. Il peut sembler étrange que je passe tant de temps à parler du meurtre d'une chatte, mais la mort d'Arabella jouait un rôle dans mon projet. Elle avait pour conséquence de transformer la vague antipathie que Maurice et Bryce éprouvaient l'un pour l'autre en une haine active. Et ainsi, Bryce, tout comme Latham, avait une rancune à assouvir. La mort d'un chat est un médiocre mobile pour tuer un homme et je ne m'attendais pas à ce que la police soupçonne sérieusement Bryce. La mutilation, par contre, était une autre affaire. Une fois que l'autopsie aurait révélé que le décès de Maurice était dû à des causes naturelles, la police chercherait la raison pour laquelle on lui avait coupé les mains. Il était évidemment de la plus haute importance qu'on ne soupçonnât jamais les motifs réels de cette amputation et cela m'arrangeait qu'il y eut au moins deux personnes à Monksmere, aussi méchantes et blessées l'une que l'autre, qui avaient un mobile évident. Mais il y avait deux autres raisons pour lesquelles j'ai tué Arabella. D'abord, parce que j'en avais envie. Elle ne servait à rien. Comme Dorothy Seton, elle était gâtée et cajolée par un homme qui croyait que la beauté a droit à l'existence, quelle que soit sa stupidité, son inutilité, simplement parce que c'est de la beauté. Deux secondes de soubresauts, et j'ai été débarrassée de cette parasite. Et puis, dans une certaine mesure, ce meurtre était une répétition générale : je voulais connaître mes réactions dans un moment de tension. Je ne vais pas perdre mon temps à décrire ce que j'ai découvert sur moi-même. Je n'oublierai jamais cette impression de puissance, ce mélange enivrant de peur et d'excitation. Par la suite, je l'ai senti de nouveau à plusieurs reprises. Je le sens maintenant. Bryce a fort bien décrit mon bouleversement, ma lamentable perte de sang-froid après qu'on eut décroché le corps de la chatte, et tout cela n'était pas que du cinéma.

« Mais, pour en revenir à Maurice, c'est par un heureux hasard que j'ai découvert celle de ses particularités qui a été l'élément fondamental de mon entreprise : il souffrait de claustrophobie. Dorothy devait le savoir, naturellement.

Après tout, il y avait des nuits où elle daignait partager son lit. Il a parfois dû la réveiller avec son rêve récurrent, tout comme il m'a réveillée moi. Je me suis souvent demandé jusqu'à quel point elle était au courant et si elle en avait parlé à Oliver Latham. C'était là un risque que je devais prendre. Et même si elle l'avait fait? Personne ne pouvait prouver que je savais que mon patron avait cette sorte d'angoisse. Rien ne pourrait changer le fait que le décès de Maurice Seton serait dû à des causes naturelles.

« Je me souviens très bien de cette nuit, il y a plus de deux ans. C'était une journée pluvieuse et venteuse de la mi-septembre et la tempête augmenta d'intensité vers le soir. Nous avions travaillé ensemble depuis dix heures du matin et cela ne marchait pas trop bien. Maurice essayait de terminer une série de nouvelles pour un journal du soir. Ce n'était pas son fort et il le savait. De plus, il devait écrire vite, ce qu'il détestait. Je ne m'étais arrêtée que deux fois : à une heure trente pour faire un déjeuner léger, puis de nouveau à huit heures pour préparer un potage et des sandwiches. A neuf heures, quand nous eûmes terminé notre repas, le vent hurlait dehors et j'entendais la marée gronder sur la plage. Même Maurice ne pouvait pas me laisser rentrer seule dans mon fauteuil roulant une fois la nuit tombée, et il ne m'a pas offert de me raccompagner en voiture. Cela l'aurait obligé de venir me chercher le lendemain matin. Il m'a donc suggéré de passer la nuit chez lui. Il ne m'a même pas demandé si cela me convenait. Il n'a pas pensé un seul instant que je pouvais refuser ou préférer utiliser mes propres affaires de toilette, coucher dans mon propre lit. Les simples règles de la politesse ne s'appliquaient pas à moi. Il m'a dit de mettre des draps sur le lit qui se trouvait dans l'ancienne chambre à coucher de sa femme et il est venu lui-même me chercher une chemise de nuit. Je ne sais pas pourquoi. Je pense que c'était la première fois depuis la mort de Dorothy qu'il avait le courage d'ouvrir ses tiroirs et ses armoires : ma présence devait lui donner à la fois un prétexte pour briser le tabou et une sorte de soutien moral. Maintenant que je peux porter n'importe lequel des sous-vêtements de Dorothy ou les lacérer si l'envie m'en prenait, le souvenir de cette nuit parvient à me faire sourire. Pauvre Maurice! Il ne se rappelait pas que ces chiffons arachnéens, ces dessous brillants et transparents en nylon ou en soie étaient si jolis, si peu faits pour mon corps difforme. Je revois l'expression de son visage alors que ses mains hésitaient au-dessus de ces affaires. Il ne supportait pas l'idée que les vêtements de Dorothy pussent couvrir ma chair. Enfin il a trouvé ce qu'il voulait : une vieille chemise de nuit qui avait appartenu à Alice Kerrison. Dorothy l'avait portée une fois sur les instances d'Alice un jour qu'elle avait la grippe et transpirait abondamment. Et c'est ce vêtement qu'il m'a tendu. Son destin aurait-il été différent s'il avait agi autrement? Je me le demande. Je ne le crois pas. Mais j'aime me raconter que ses mains arrêtées un instant au-dessus des piles de lingerie choisissaient entre la vie et la mort.

« Peu après trois heures du matin, j'ai été réveillée par ses cris. J'ai d'abord cru que c'était un oiseau de mer. Puis les cris se sont répétés. J'ai cherché mes béquilles à tâtons et me suis rendue dans sa chambre. A moitié hébété, Maurice s'adossait contre la fenêtre. Il avait le regard déconcerté d'un somnambule qu'on vient de réveiller. J'ai réussi à le convaincre de retourner au lit. Ça n'a pas été difficile. Il a pris ma main comme un enfant. Alors que je remontais ses couvertures, il m'a saisi par le bras. " Ne partez pas tout de suite! a-t-il dit. J'ai de nouveau eu mon cauchemar. C'est toujours le même. Je rêve qu'on m'enterre vivant. Restez avec moi jusqu'à ce que je me rendorme. " Je suis donc restée assise auprès de lui, sa main dans la mienne. Mes doigts sont devenus raides et froids et tout mon corps me faisait mal. Dans l'obscurité, il m'a raconté beaucoup de choses sur lui-même et sur cette terrible obsession qu'il avait. Puis ses doigts ont fini par se détendre, il a cessé de marmonner et a sombré dans un paisible sommeil. Sa mâchoire est tombée, ce qui lui donnait un air stupide et vulnérable. C'était la première fois que je le voyais dormir. J'étais contente de voir sa laideur, son impuissance. Ce spectacle m'a procuré un sentiment de puissance tellement agréable que j'en ai presque été effrayée. Assise là, à côté de lui, en écoutant sa respiration calme, je me suis demandé comment je pourrais utiliser à mon profit la faiblesse que Maurice venait de me révéler. Et je me suis mise à réfléchir à la façon dont je pourrais le tuer.

« Le lendemain matin, Maurice n'a pas soufflé mot des événements de la nuit. Je n'ai jamais su avec certitude s'il avait complètement oublié son cauchemar et ma visite dans sa chambre. Mais je ne le crois pas. Il devait se les rappeler, mais essayer de ne pas y penser. Après tout, il n'avait pas à s'excuser auprès de moi ni à m'expliquer quoi que ce fût. On ne se justifie pas aux yeux d'un domestique ou d'un animal. C'est pour cela qu'il est si agréable et si pratique d'avoir une bête apprivoisée chez soi.

« Je n'étais pas pressée. Maurice Seton n'avait pas à mourir à une date déterminée. Cela rendait mon entreprise plus intéressante et me permettait d'élaborer un meurtre plus compliqué et plus subtil que si j'avais été obligée de travailler contre la montre. Sur ce point, je partage l'opinion de Maurice : il est impossible de donner le meilleur de soi-même quand on est pressé. Vers la fin, bien sûr, j'ai dû me dépêcher un peu. C'était après avoir trouvé, et détruit, la copie de la lettre à Max Gurney dans laquelle Maurice parlait de son intention de modifier son testament. Mais, à cette date, mon plan final était déjà prêt depuis plus d'un mois.

« Dès le début, je savais que j'aurais besoin d'un complice et quel serait celui-ci. L'idée de me servir de Digby Seton pour éliminer d'abord son demi-frère, puis sa propre personne était d'une telle hardiesse que, parfois, elle m'effrayait moi-même. Au fond, elle n'était pas si téméraire que cela. Je connaissais bien Digby, ses faiblesses et ses qualités. Il est moins bête et beaucoup plus cupide que les gens le pensent. Il a l'esprit pratique et peu d'imagination. Il n'est pas très courageux, mais obstiné et persévérant. Et, par-dessus tout, il est faible et vaniteux. J'ai commis peu d'erreurs dans ma façon de le manipuler et, même si je l'ai sous-estimé sur certains points importants, les conséquences en ont été moins graves que je ne l'avais craint. Naturellement, il est en train de devenir un véritable boulet maintenant, mais il ne m'ennuiera plus très longtemps. S'il m'avait moins irritée et s'était montré plus sûr, je l'aurais peut-être laissé vivre encore un an environ. J'aurais préféré éviter d'avoir à payer des droits de succession sur l'héritage de Maurice. Mais il ne faut pas que l'avidité me rende imprudente.

« Bien entendu, au début, je n'ai pas présenté bêtement à Digby un plan pour tuer Maurice. Je lui ai simplement suggéré l'idée sous forme d'une plaisanterie assez tarabiscotée. Évidemment, il n'a pas été dupe bien longtemps. Pendant toute la préparation de l'assassinat, jamais le mot " meurtre " n'a été prononcé. Nous faisions semblant de croire que nous allions tenter une expérience, peut-être un peu risquée, mais dénuée de méchanceté, pour prouver à Maurice qu'il était possible de transporter secrètement un homme de Londres à

Monksmere sans que celui-ci participe ou soit au courant. Cette version-là des faits devait nous servir d'alibi. Si notre machination échouait, nous sortirions cette histoire et personne ne pourrait prouver qu'elle n'était pas vraie. Mr. Seton nous avait mis au défi, disant que nous ne pourrions l'enlever et le ramener à Monksmere sans nous faire prendre. Il voulait introduire ce thème dans l'un de ses nouveaux livres. Il y aurait suffisamment de témoins pour certifier que Maurice adorait faire des expériences, qu'il était très pointilleux sur la vraisemblance des détails. S'il mourait à l'improviste d'une crise cardiaque pendant le voyage, comment pouvait-on nous en rendre responsables? Homicide involontaire? Peut-être. Mais assassinat, jamais.

« Je pense que Digby a réellement cru à cette fable pendant un certain temps. J'ai fait tout ce que j'ai pu pour entretenir l'illusion. Peu d'hommes ont le courage ou la force d'organiser un meurtre de sang-froid. Et Digby ne compte certainement pas parmi eux. Il aime qu'on lui dore la pilule. Il préfère fermer les yeux sur les aspects déplaisants de la réalité. Il l'a toujours fait en ce qui concerne ma personne.

« Une fois persuadé que tout cela n'était qu'un petit jeu facile comportant peu de risques et doté d'un prix de deux cent mille livres, il a même pris un certain plaisir à fignoler notre plan. Je ne lui ai jamais demandé de faire des choses qui n'étaient pas dans ses cordes. De plus, il avait tout le temps. Il fallait d'abord qu'il trouvât une moto d'occasion et un long side-car en forme de torpille. Il devait les acheter séparément, les payant en liquide, dans un quartier de Londres où personne ne le connaissait. Il devait également louer ou acheter un appartement relativement isolé avec un garage. Il ne devait pas donner sa nouvelle adresse à Maurice. Tout cela était relativement simple et, dans l'ensemble, j'étais satisfaite de la façon dont ma créature accomplissait sa mission. Cette période a été l'une des plus dures pour moi. Il y avait si peu de choses que je pouvais contrôler personnellement! Une fois le cadavre à Monksmere, j'étais sur place pour organiser et diriger, mais, auparavant, je devais compter sur Digby et espérer qu'il suive mes instructions. C'était lui qui devait monter le " coup " du *Cortez Club*. Pour ma part, je n'ai jamais beaucoup aimé l'idée d'attirer Maurice aux Mews Cottages. Ce stratagème me paraissait inutilement compliqué et dangereux. Je pouvais imaginer des moyens plus sûrs et plus faciles. Mais Digby voulait absolument que le *Cortez Club* jouât un rôle dans le scénario. Il avait besoin d'impliquer et d'impressionner Luker. J'ai donc cédé. De toute façon, cette machination ne pouvait pas me compromettre et j'admets qu'elle a admirablement bien marché. Digby a parlé à Lilly Coombs de l'" expérience ", lui disant que Maurice avait parié deux mille livres qu'elle n'était pas réalisable. Pour son aide, Lily a reçu cent livres en liquide. Tout ce qu'elle avait à faire, c'était guetter l'arrivée de Maurice, lui raconter je ne sais quels bobards au sujet du trafic de drogue, puis l'envoyer à Carrington Mews pour tout renseignement complémentaire qu'il aurait désiré obtenir. S'il ne mordait pas à cet appât, rien ne serait perdu. J'avais des plans de rechange pour l'attirer à Carrington Mews. Mais, bien entendu, il est tombé dans le panneau. Puisqu'il s'agissait de son art, il devait y aller. A chacune de ses visites, Digby avait fait d'habiles allusions à Lily Coombs et au *Cortez Club*. Maurice avait, bien entendu, fiché ces informations. Une fois Maurice arrivé à Londres pour sa visite automnale, on pouvait être sûr qu'il se montrerait un soir au *Cortez* et qu'il résiderait dans sa chambre habituelle au *Cadaver* – celle qu'il pouvait atteindre sans avoir à utiliser le petit ascenseur qui le rendait claustrophobe. Digby a même pu prédire à Lily Coombs la date à laquelle elle verrait apparaître son demi-frère. Pour servir son art, Maurice serait allé jusqu'en enfer. Et c'est bien ce qu'il a fait.

« Quand il est parvenu à la porte de la maisonnette de Carrington Mews, la tâche de Digby a été relativement facile. Il s'agissait de frapper rapidement Maurice d'un coup de poing qui serait trop léger pour laisser une marque, mais assez fort pour lui faire perdre connaissance. Cela n'a pas posé de problème à un homme, ex-champion de boxe. Les travaux à effectuer sur le side-car pour le transformer en cercueil de voyage n'ont présenté aucune difficulté, eux non plus. N'oublions pas que Digby a construit tout seul son canot à voile. Le side-car était prêt et l'on pouvait accéder au garage depuis la salle de séjour. Digby a couché le corps inconscient dans le side-car – Maurice avait une respiration stertoreuse : grâce à Lily, il avait bu beaucoup plus de vin qu'il n'aurait dû – et a cloué le couvercle du cercueil. Bien entendu, la boîte comportait des trous pour l'aération. Je n'avais pas l'intention de faire mourir Maurice d'asphyxie. Ensuite, Digby a bu une demi-bouteille de whisky et est sorti pour se procurer son alibi. Nous ne savions pas très bien pour quelle heure celui-ci serait nécessaire, évidemment, et ce point-là nous inquiétait un peu. Il eût été dommage que Maurice mourût trop tôt. Qu'il mourrait, et cela dans de grandes souffrances, était certain. La question qui se posait était simplement combien de temps durerait cette torture et quand elle commencerait. J'ai demandé à Digby de se faire arrêter dès qu'il serait à bonne distance de Carrington Mews.

« Le lendemain matin, aussitôt après avoir été relâché, Digby est parti avec la moto et le side-car à Monksmere. Il n'a pas regardé le corps. Je lui avais interdit d'ouvrir le cercueil. De toute façon, je ne pense pas qu'il aurait été tenté de le faire. Il continuait à vivre dans le monde confortable, imaginaire, du scénario que j'avais inventé pour lui. Je ne me doutais pas qu'il réagirait si remarquablement bien le jour où il cesserait de faire semblant d'y croire. Mais je suis persuadée qu'au moment où il quittait discrètement Carrington Mews il n'éprouvait que l'excitation d'un collégien qui voit que sa blague va marcher. Son voyage se déroula sans incident. Sa tenue de motocycliste en plastique noir, le casque et les lunettes constituaient un déguisement parfait. Digby avait un aller simple Londres Liverpool Street – Saxmundham dans sa poche. Avant de sortir du West End, il a expédié à Seton House ma description du *Cortez Club*. Il va sans dire qu'on peut facilement maquiller un style de frappe, mais pas la machine employée. J'avais tapé ce texte quelques semaines plus tôt sur la machine de Maurice, ma main droite gantée et les doigts de ma main gauche bandés. Le passage concernant le cadavre mutilé flottant au large avait été tapé par Maurice. Je l'avais pris dans ses papiers. Son utilisation représentait l'un des petits mais agréables raffinements que j'avais incorporés dans mon plan après avoir appris que miss Calthrop avait donné cette idée à Maurice pour un début de roman. Ce cadeau était une aubaine non seulement pour Maurice, mais aussi pour moi. Dans une large mesure, il a déterminé mon intrigue. Je crois m'en être servi assez brillamment.

« Mais il me reste à parler d'une partie fondamentale de ma machination. Contrairement à mes craintes, elle fut d'une manière étrange la plus facile à réaliser. Je devais convaincre Digby de m'épouser. Je pensais que cela demanderait des semaines d'habiles discussions. Or, ces semaines, je ne les avais pas. Nous devions mettre au point notre opération pendant les quelques rares week-ends où Digby était à

Monksmere. Ayant l'assurance que sa lettre serait brûlée, je lui permis de m'écrire; par contre, je ne lui ai jamais écrit et nous ne nous sommes jamais téléphoné. De toute façon, ce n'était pas par écrit que je pouvais le persuader de la nécessité de cette désagréable formalité. Je me suis même demandé si ce problème ne serait pas l'écueil sur lequel tout mon projet viendrait s'échouer. Mais je m'étais trompée. Digby n'était pas complètement idiot. S'il l'avait été, je n'aurais jamais pris le risque de le faire participer à sa propre destruction. Il était capable de reconnaître l'inéluctabilité de cette union. Et, après tout, c'était dans son intérêt. Il devait se marier pour mettre la main sur le magot. Il n'avait pas d'autre femme en vue. Et il ne voulait certainement pas s'encombrer d'une épouse qui aurait des exigences, se mêlerait de ses affaires et voudrait peut-être même coucher avec lui. Il savait qu'il devait m'épouser moi, et cela pour une raison primordiale : personne ne pourrait prouver que nous avions tué Maurice à moins que l'un de nous deux ne parlât. Or une femme ne peut témoigner contre son mari. Il était évidemment entendu que nous divorcerions au bout d'un certain temps et je me suis montrée très généreuse sur les conditions de ce mariage. Pas trop, cependant, pour ne pas éveiller ses soupçons. Simplement, très très raisonnable. Je pouvais me le permettre. Lui, il devait m'épouser pour s'assurer de mon silence et toucher l'héritage. Moi je devais l'épouser pour avoir la totalité de sa fortune. En tant que veuve.

« Nous nous sommes mariés civilement le quinze mars à Londres. Digby était venu me chercher chez moi de bonne heure dans une voiture de location. Personne ne nous a vus quitter la maison. Celia Calthrop était en voyage : elle ne risquait donc pas de me rendre visite. Oliver Latham et Justin Bryce étaient à Londres. J'ignore si Jane Dalgliesh était là, mais, de toute façon, cela m'était égal. J'ai téléphoné à Maurice pour lui dire que j'étais souffrante et ne pouvais venir travailler. Cela l'a agacé, c'est tout. Il ne s'est pas inquiété pour moi. Je ne craignais d'ailleurs pas qu'il passerait voir comment j'allais : Maurice avait horreur de la maladie. Il aurait soigné son chien si celui-ci avait été malade. Mais son chien, il l'aimait. Je trouve très satisfaisante l'idée qu'il serait peut-être encore en vie si seulement il m'avait accordé un peu plus d'importance, s'il s'était donné la peine de venir à Tanner's Cottage ce jour-là pour se demander alors où j'étais allée, pourquoi j'avais menti.

« Mais le temps presse et cette cassette va bientôt se terminer. J'ai réglé mes comptes avec Maurice Seton. J'enregistre ces aveux pour célébrer mon triomphe, non pour me justifier, et il me reste encore beaucoup de choses à dire.

« Conduisant la moto et le side-car, Digby est arrivé à Tanner's Cottage le mercredi, peu avant six heures du soir. Il faisait déjà nuit et comme toujours ici, après le crépuscule, il n'y avait personne dehors. Maurice était mort bien sûr. Très pâle sous son casque, Digby a forcé le couvercle du side-car. Je crois qu'il s'était attendu à voir la figure de sa victime tordue en une horrible grimace, les yeux morts fixés sur lui d'un air accusateur. Il n'avait pas lu comme moi les manuels de médecine légale de Maurice. Il ne savait pas que les muscles se relâchent après la mort. Ce visage calme, vide, si dénué du pouvoir d'effrayer comme d'émouvoir, sembla le rassurer. Mais j'avais oublié de lui parler de la rigidité cadavérique. Digby n'avait pas prévu que nous serions obligés de rompre celle-ci pour asseoir le cadavre dans mon fauteuil roulant et le descendre sur la plage. Il n'a guère aimé cette partie-là de l'opération. J'entends encore son rire nerveux à la vue des maigres jambes de Maurice, couvertes de son ridicule pantalon, raides et droites comme les manches à balai qui servent de membres inférieurs aux effigies de Guy Fawkes. Quand il les frappa à hauteur des genoux, elles se mirent à pendre et à osciller comme celles d'un enfant au-dessus du repose-pied. Ce petit acte de violence sembla avoir fait quelque chose à Digby. J'étais tout à fait prête à couper les mains moi-même. J'avais envie d'abattre cet hachoir, mais Digby me l'a enlevé. Il a attendu en silence que je dispose les mains de Maurice sur le banc de nage. J'aurais certainement fait du meilleur travail que lui, mais je doute que j'y aurais pris plus de plaisir. Ensuite, j'ai ramassé les mains et les ai mises dans ma trousse de toilette. Digby tenait absolument à les envoyer à Luker, mais je devais d'abord leur faire subir une légère transformation dans le secret de ma chambre noire. Entre-temps, j'ai attaché le sac autour de mon cou. Sentir ces mains mortes contre ma chair m'était extrêmement agréable.

« Enfin Digby a poussé le canot à la mer. La marée était basse et il a dû entrer assez profondément dans l'eau. Je ne me faisais aucun souci au sujet des taches de sang. Les morts ne saignent que très lentement ou même pas du tout. S'il y avait des éclaboussures sur la combinaison de motocycliste, la mer les laverait. Quand, pataugeant dans l'eau, Digby est revenu vers moi, il luisait dans l'obscurité. Il avait posé ses mains sur sa tête comme quelqu'un qui vient d'accomplir un rite de purification. Puis il m'a ramenée à la maison sans prononcer un seul mot. Comme je l'ai déjà dit, sous certains aspects, je l'avais sous-estimé et c'est seulement pendant ce trajet effectué en silence que je me suis soudain rendu compte qu'il pouvait être dangereux.

« Le travail qui restait à faire cette nuit-là n'aurait dû poser aucun problème. Digby devait foncer à Ipswich. En chemin, il s'arrêterait à un endroit isolé près de l'écluse Sizewell, détacherait le side-car et le jetterait dans l'eau. Une fois à Ipswich, il ôterait les plaques minéralogiques de la moto et abandonnerait celle-ci dans une petite rue. Comme c'était une vieille machine, il était peu probable qu'on se donnerait la peine de rechercher son propriétaire. Et même dans le cas contraire, même si on retrouvait Digby et le side-car, nous avions une deuxième ligne de défense : l'histoire de l'enlèvement de Maurice, cet innocent pari qui s'était si mal terminé. Et nous aurions Lily Coombs pour corroborer cette version des faits.

« J'avais donné à Digby des instructions très précises. Après avoir abandonné la moto, il posterait d'abord le manuscrit de Maurice qui décrivait le cadavre aux mains coupées dérivant sur la mer. Puis il se rendrait à la gare, toujours vêtu de sa combinaison, et achèterait un ticket de quai. Je voulais éviter que le contrôleur de l'entrée ne remarque ce voyageur qui prenait son train à Ipswich avec un billet délivré à Londres. Digby franchirait la barrière de contrôle en même temps que d'autres personnes, monterait dans le train de Saxmundham, se changerait dans les toilettes, mettrait la combinaison dans un petit fourre-tout et arriverait à destination à huit heures trente. Il prendrait alors un taxi jusqu'à Seton House où je l'attendrais dans le noir pour vérifier si tout s'était déroulé conformément à notre plan et lui donner d'autres instructions. Je le répète : c'était la partie la plus facile des opérations de cette nuit et je ne prévoyais aucun ennui. Mais Digby commençait à prendre conscience de son pouvoir. Il a fait deux choses vraiment stupides. Il n'a pas pu résister à la tentation de détacher le side-car, puis de rouler comme un fou dans le village, allant jusqu'à se montrer à Bryce. Et il a demandé à Liz Marley de venir le chercher à Saxmundham.

La première bêtise n'était guère plus qu'un acte d'exhibitionnisme infantile; la deuxième aurait pu être fatale. Très fatiguée, après une journée fertile en émotions, je ne savais trop comment réagir face à cette insubordination. Au moment où j'ai entendu arriver la voiture de miss Marley et les ai vus descendre, cachée à l'ombre des rideaux, le téléphone s'est mis à sonner. Je sais maintenant que ce n'était que Plant qui cherchait à joindre Mr. Seton. Mais, sur le moment, cela m'a secouée. Deux événements imprévus se produisaient en même temps et me prenaient complètement au dépourvu. Si j'avais eu le temps de me ressaisir, j'aurais été capable de mieux affronter la situation. Mais, vu les circonstances, je me suis violemment disputée avec Digby. Ce serait une perte de temps que de rapporter ce que nous nous sommes dit, mais, pour finir, Digby est parti comme un fou avec la voiture, dans l'intention, m'a-t-il dit, de retourner à Londres. Je ne le croyais pas. Il avait trop à perdre pour abandonner maintenant. Il s'agissait d'un autre acte d'indépendance puérile provoqué par notre querelle et destiné à me faire peur. Mais, pendant toute une partie de la nuit, j'ai attendu le retour de la Vauxhall, assise dans le noir parce que je n'osais pas allumer, me demandant si un instant de colère allait détruire tous mes plans si soigneusement élaborés et cherchant à voir comment la situation pourrait encore être sauvée. Je ne suis rentrée chez moi qu'à deux heures du matin. Le lendemain, je suis revenue très tôt à Seton House. Toujours pas de voiture. Ce n'est que le jeudi soir, par ce coup de fil que l'inspecteur a reçu à Pentlands, que j'ai appris ce qui s'était passé. A ce moment-là, je n'avais plus besoin de feindre le bouleversement. Je suis contente de savoir que Digby paiera bientôt pour ce qu'il m'a fait endurer pendant ces vingt-quatre heures. Il s'est montré étonnamment débrouillard. Son histoire de faux message téléphonique était géniale. Elle expliquait toute parole imprudente au sujet de la mort de Maurice qu'il avait pu lâcher pendant sa demi-inconscience. Elle renforçait son alibi. Et elle rendait la situation des habitants de Monksmere encore plus inconfortable. Je n'ai pu m'empêcher d'admirer son ingéniosité, son esprit inventif. Et je me suis demandé dans combien de temps il se mettrait à songer à se débarrasser de moi.

« Il ne reste plus grand-chose à dire. Retourner le hachoir de Jane Dalgliesh a été aussi facile que le voler. La combinaison de motocycliste en plastique a été coupée en morceaux et jetée à la mer à marée descendante. Avec un acide que j'avais dans mon laboratoire, j'ai ôté la chair qui recouvrait les articulations des mains de Maurice, puis Digby a pu expédier son paquet. Tout cela n'a posé aucun problème. Tout s'est déroulé selon mon plan. Et maintenant, il ne reste plus que le dernier chapitre. Dans quelques jours, je reprendrai cette dictée. Je n'éprouve pas vraiment de haine pour Digby. Je serai contente d'en être débarrassée, mais il me suffit d'imaginer son agonie, je n'ai pas besoin de la voir. Par contre, je regrette de n'avoir pas assisté à celle de Maurice Seton.

« Et cela me rappelle que j'ai une dernière explication à donner. Pourquoi ne me suis-je pas contentée de faire abandonner le cadavre dans un caniveau de Paddington? La raison en est très simple. Nous étions obligés de lui couper les mains – ces mains révélatrices à la chair déchirée jusqu'aux os aux endroits où elles avaient frappé contre le couvercle du cercueil. »

La voix se tut. La bande magnétique continua à défiler pendant quelques secondes. Puis Reckless se pencha et arrêta le magnétophone. En silence, il se pencha pour retirer la prise. Jane Dalgliesh se leva et, après avoir murmuré quelques mots à Latham, partit à la cuisine. Presque aussitôt, Dalgliesh entendit un bruit d'eau qui coule et le cliquetis du couvercle sur la bouilloire. Que faisait-elle? se demanda-t-il. Allait-elle préparer le déjeuner? Refaire du café pour ses visiteurs? Que pensait-elle? Maintenant que tout était terminé, s'intéressait-elle même à ce tourbillon de haine qui avait détruit et troublé tant de vies, y compris la sienne? Une chose était certaine. Si jamais elle parlait plus tard de Sylvia Kedge, elle n'exprimerait aucun regret sentimental. Elle ne dirait pas : « Oh! si seulement nous avions su! Si seulement nous avions pu l'aider! » Jane Dalgliesh prenait les gens comme ils étaient. Pour elle, il était aussi inutile et présomptueux d'essayer de les changer qu'impertinent de les plaindre. Jamais encore le détachement de sa tante ne l'avait autant frappé; jamais encore il ne lui avait paru aussi effrayant.

Latham abandonna lentement sa pose affectée devant la

cheminée et se laissa tomber dans un fauteuil. Il eut un rire incertain.

« Le pauvre bougre! Assassiné parce qu'il n'avait pas choisi la bonne chemise de nuit. Ou était-ce parce qu'il n'avait pas choisi la bonne chambre à coucher? »

Reckless ne répondit pas. Il enroula soigneusement le fil du magnétophone, puis coinça l'appareil sous son bras. Se retournant à la porte, il s'adressa à Dalgliesh :

« Nous avons remonté le side-car avec la drague. Il se trouvait à une vingtaine de mètres de l'endroit que vous aviez marqué. Une fois de plus, vous aviez deviné juste. »

Dalgliesh se représenta la scène. Il devait faire bon au soleil matinal sur cette berge déserte de l'écluse. Il imagina la verdure, la paix que seule troublait le grondement lointain de la circulation, le murmure de l'eau, les voix des hommes penchés sur l'appareil de levage, le bruit de succion que faisaient les bottes cuissardes dans le lit de la rivière. Puis l'objet qu'ils cherchaient émergerait brusquement, pareil dans sa forme à une énorme courgette rayée. La coque noire festonnée d'herbes et dégoûtante de vase brillerait au soleil. Elle paraîtrait certainement très petite à l'équipe de policiers qui la hisseraient péniblement sur la berge. Mais il est vrai que Maurice Seton était petit.

Après le départ de Reckless, Latham dit d'un ton agressif :

« Je vous dois des remerciements. Vous m'avez sauvé la vie.

– Ah oui? J'aurais plutôt pensé que c'était l'inverse. C'est vous qui avez fait tomber Sylvia. »

Aussitôt, Latham se mit sur la défensive.

« Ça, c'était un accident. Je n'avais pas l'intention de la faire tomber. »

Bien sûr que non, songea Dalgliesh. Il fallait que ça soit un accident. Latham était la dernière personne à pouvoir vivre avec la pensée qu'il avait tué une femme, même en état de légitime défense. Eh bien, si c'était là la façon dont il voulait voir les choses, il pouvait tout aussi bien commencer à le faire dès maintenant. Et puis, quelle importance? Dalgliesh aurait voulu que Latham s'en allât. L'idée qu'il pût être question de gratitude entre eux était ridicule, gênante, et il était trop meurtri, moralement et physiquement, pour avoir envie de faire la conversation. Il y avait cependant une chose qu'il voulait savoir.

« Je me suis demandé pourquoi vous êtes allé à Tanner's Cottage la nuit dernière. Je suppose que vous les aviez vus – Digby et Kedge, je veux dire? »

Les deux enveloppes dressées côte à côte se détachaient, très blanches, sur les pierres grises de la cheminée. Il lui faudrait bientôt ouvrir la lettre de Deborah. Il éprouva le désir absurde et humiliant de la jeter au feu sans la lire, comme si, par un seul geste énergique, on pouvait brûler tout le passé. Il entendit la voix de Latham :

« Évidemment. Le soir de mon arrivée ici. J'ai d'ailleurs menti au sujet de l'heure. Il était un peu plus de six heures. Peu après, je suis allé me promener au bord de la falaise et j'ai vu deux silhouettes auprès du bateau. J'ai tout de suite reconnu Sylvia et j'ai pensé que l'homme était Digby, mais je n'en étais pas sûr. Il faisait trop noir pour distinguer ce qu'ils fabriquaient, mais, de toute évidence, ils mettaient le canot à la mer. Je n'arrivais pas à voir ce qu'était le ballot posé au fond, mais ensuite, j'ai deviné de quoi il s'agissait. Cela ne m'a pas bouleversé. Je pensais depuis longtemps que cela devait arriver à Maurice un jour ou l'autre. Comme vous semblez l'avoir deviné, Dorothy Seton m'a envoyé cette dernière lettre de son mari. Elle s'attendait sans doute à ce que je la venge. Je crains toutefois qu'elle se soit trompée de bonhomme. J'ai vu trop de mauvais acteurs se rendre ridicules dans ce rôle pour avoir envie de le jouer moi-même. Je ne voyais aucune objection à ce que quelqu'un d'autre se chargeât de la besogne. Cependant, après le meurtre de Digby, je me suis dit qu'il était temps de découvrir ce que manigançait Kedge. Celia nous avait dit que Sylvia avait l'intention d'aller voir Reckless ce matin. Il m'a paru prudent de lui parler d'abord. »

Bien entendu, il était inutile de faire remarquer à Latham qu'il aurait pu sauver Digby en révélant ces choses plus tôt. D'ailleurs, était-ce bien vrai? Les assassins avaient leur histoire toute prête : le pari avec Seton, l'expérience qui s'était terminée si tragiquement, leur panique quand ils avaient découvert que Maurice était mort, leur décision de lui couper les mains pour essayer de dissimuler la vérité.

Sans aveux, aurait-on pu prouver que Maurice Seton n'était pas mort de mort naturelle?

Dalgliesh attrapa la lettre de Deborah entre son pouce gauche et sa paume étroitement bandée, puis il essaya de glisser les bouts des doigts de sa main droite sous le rabat. Solide, le papier résista.

« Donnez-moi ça! » fit Latham d'un ton impatient.

Il fendit l'enveloppe de ses longs doigts tachés de nicotine, puis la rendit à Dalgliesh.

« Surtout ne vous gênez pas pour moi.

– Cela n'a pas d'importance. Je sais ce qu'il y a dedans. Cela peut attendre. »

Mais, tout en parlant, Dalgliesh dépliait déjà la feuille de papier. Celle-ci ne comportait que huit lignes. Deborah n'avait jamais été prolixe, même dans ses lettres d'amour, mais il y avait une économie de mots plutôt brutale dans ces quelques courtes phrases. Et pourquoi pas? Elles exprimaient le problème général des rapports entre homme et femme. Soit on passait toute une vie ensemble à les explorer dans tous leurs aspects, soit on y mettait fin en huit lignes. Dalgliesh se surprit à les compter et les recompter, à calculer le nombre de mots, à noter avec intérêt leur disposition, les détails de l'écriture. Deborah avait résolu d'accepter le poste que lui offrait la société pour laquelle elle travaillait dans sa succursale de New York. Elle ne supportait plus d'attendre en marge de sa vie à lui qu'il prît enfin une décision. Ils ne se reverraient probablement jamais. Elle pensait que cela valait mieux pour eux. Les phrases étaient conventionnelles, presque plates. C'était un adieu sans panache, sans originalité et même sans dignité. Et, si elle avait eu du chagrin en composant cette lettre, son écriture hardie n'en laissait certainement rien paraître.

Il entendait Latham continuer à parler de son arrogante voix aiguë. Le critique dit quelque chose au sujet d'un rendez-vous qu'il avait pris à l'hôpital d'Ipswich pour se faire radiographier la tête. Il suggérait à Dalgliesh de l'accompagner pour se faire examiner la main. Puis, avec une sorte de joie mauvaise, il commença à se demander quel serait le montant des honoraires que Celia devrait verser à son avocat avant de pouvoir toucher l'héritage de Seton.

Maladroit comme un collégien, il tenta encore une fois de se justifier pour la mort de Sylvia Kedge. Dalgliesh lui tourna le dos. Il saisit sa propre lettre sur la cheminée, posa les deux enveloppes l'une sur l'autre et tira furieusement dessus pour les déchirer. Toutefois, elles lui résistèrent et, pour finir, il fut obligé de les jeter entières dans le feu. Elles mirent longtemps à brûler. Chaque feuillet carbonisé s'enroulait et l'encre pâlissait. A la fin, son poème apparut en caractères argent sur fond noir. On aurait dit qu'il refusait de mourir et Dalgliesh ne put même pas empoigner le tisonnier pour le réduire en poussière.

DANS LA MÊME SÉRIE

Jakob ARJOUNI

Bonne fête, le Turc! (Happy Birthday, Türke!).
Demi-pression (Mehr Bier).
Café turc (Ein Mann, ein Mord).

Christianna BRAND

Mort dans le brouillard (London Particular).
La Mort de Jézabel (Death of Jezebel).
La Rose dans les ténèbres (The Rose in Darkness).

B. M. GILL

Le Douzième Juré (The Twelfth Juror).
Une mort sans tache (Victims).
Petits jeux de massacre (Nursery Crimes).

Georgette HEYER

Meurtre d'anniversaire (They Found Him Dead).
Un rayon de lune sur le pilori (Death in the Stocks).
La mort donne le la *(The Unfinished Clue).*
Tiens, voilà du poison! (Behold, Here's Poison).
Mort sans atout (Duplicate Death).
Pas l'ombre d'un doute (No Wind of Blame).

P. D. JAMES

A visage couvert (Covers Her Face).
Une folie meurtrière (A Mind to Murder).
Sans les mains (Unnatural Causes).

Meurtres en blouse blanche (Shroud for a Nightingale).
La Proie pour l'ombre (An Unsuitable Job for a Woman).
Meurtre dans un fauteuil (The Black Tower).
Mort d'un expert (Death of an Expert Witness).
La Meurtrière (Innocent Blood).
L'Ile des morts (The Skull Beneath the Skin).
Un certain goût pour la mort (A Taste for Death).
Par action et par omission (Devices and Desires).

H. R. F. KEATING

Un cadavre dans la salle de billard (The Body in the Billiard Room).
L'Inspecteur Ghote en Californie (Go West, Inspector Ghote).
Le Meurtre du Maharaja (The Murder of the Maharajah).
L'Inspecteur Ghote tire un trait (Inspector Ghote Draws a Line).
Meurtre à Malabar Hill (The Iciest Sin).

Jennifer ROWE

Pommes de discorde (Grim Pickings).

Cet ouvrage a été réalisé par la
SOCIÉTÉ NOUVELLE FIRMIN-DIDOT
Mesnil-sur-l'Estrée
pour le compte de la Librairie Arthème Fayard
en juillet 1993

Imprimé en France
Dépôt légal: juillet 1993
N° d'édition : 5512 – N° d'impression : 24295
35-17-8230-02/1
ISBN : 2-213-02458-8

35-8230-1